ジャン・ジオノ［著］
山本 省［訳］

彩流社

目次

第一章

ポプラ並木の街道　〈殿下〉　ジュアン　ペンダント

この土地で生まれた私くらいの年齢の者は、サント＝チュル［マノスクの十キロほど南西の村］に向かう街道に沿って密生したポプラ並木が続いていた時代のことを記憶している。街道にポプラの木を植えるのはロンバルディア［イタリア北部の州］地方の習慣だ。街道は、ピエモンテ地方［イタリア北西部の州］の奥地から木々の行列をここまで引き連れてきた。ジュネーヴ山［モン・ジュネーヴ峠、フランス・イタリア国境にある峠］を乗り越え、アルプス山地に沿って流れ、きーきー軋む長い荷車の積み荷と、陽気に歌いながら軽騎兵ズボンをはためかせて大股で歩く巻き毛の土方たちのいくつかのグループとともに、街道はこの地方までやって来た。ポプラ並木の街道はここまでたどり着いたが、それ以上向こうにはいかなかった。ポプラの木とおんぼろ車とピエモンテの男たちを引き連れてきた街道は、トウットＩゾールの小さな丘［マノスク南西郊外にある丘］まで進んだ。そこで街道はその向こうを見た。そこから見えたもの、それは靄のかかった低地で、キャベツスープのように煙っている泥だらけで灼熱のほこりっぽいボークリューズ県［県庁はアヴィニョン］だった。そこから、大きな野菜や、豊かさや、平原などの匂いが漂ってきた。天気のいいときには、石灰の白粉をつけた不動で蒼白な農場や、初物の野菜を栽培している何列もの温室のなかで肥満した農夫たちがひざまずいて緩慢に動いている様子が、見えた。そこから、風の強い日には、重々しい堆肥の泡立つような匂いや、雷雨に切り刻まれ血を流しているローヌ河の流れが、立ちのぼってきた。ポプラの並木はここでお終いだった。荷車は、トウモロコシの粉や黒いワインを積んだまま、街道筋にあるいくつかの運搬人用の旅籠の戸口の中へ大きなしゃっくりをしながら流れこんでいった。土方たちは「チクショウ」と言いながら、パイプの煙を吹きかけられたラバのようにくしゃみをし、ポプラの並木や荷車とともにこの丘のこちら側にとどまるのだった。大きな旅籠は〈ピエモンテの領土〉と名付けられていた。

このあたりでは、当時、大地は牧草地や果樹園として利用されていた。壮麗な春になり熱気がデュランス河を遡行してくると同時に、この地方は輝きを取り戻すのだった。牧草地と果樹園は大いなる日々の接近を感知するよう訓練されていた。何によって感知できるのだろうか？　確かなことは分からないが、ある種の鳥の囀りや、あるいは四月の夕方に丘を照らす緑色の炎などによって察知するのではないだろうか。つまり、牧草地と果樹園は、草の中に霜がまだ残っているときから、身震いをはじめ、ある朝、すっかり青くなった熱気が水かさを増したデュランス河に重くのしかかると、花の衣装をまとった果樹園が生暖かい風に吹かれて歌うようになるのだ。それは、私たちが学童服を身につけた黒っぽい子供でしかなかったとき、私たちの誰もが見ていたことである。

私の父の仕事場が今でも思い浮かんでくる。靴屋の屋台の前を通りすぎるときには、父がまだあの世のどこかで生きていて、煙でできたテーブルの前に青い前掛けをつけて坐り、切り出しナイフ、蝋引き糸、革通し錐などを手に持って、無数の足を具えたどこかの神様のために天使の皮で靴を作っているところだと想像せずにはいられない。

階段から聞こえてくる新しい足音に私は気づいていた。下で話している母の声が聞こえてきた。

「四階です、あがっていってください、明かりが見えますから」

そして、それに答える声。

「アリガトウ、オクサン」

ついで足音。

ほとんど二階まで登ってきた足音は、砂岩でできた階段の一段ごとにつまずいている。石組みがゆるんでしまっている踊り場は、大きな靴に踏まれてがちゃがちゃ鳴っていた。両手は暗闇のなかで左右の壁に押し当て探っているはずだ。

「またひとりやってきたぞ」と父は言った。

男はドアの把手を探していた。把手は見えにくく、しかもいくらかぐらぐらしているので、一回では開かなかった。

「クソッ!」

「ロマニア地方[イタリア北東部]の男だ」と父が言った。

そして男が入ってきた。

父はそうした訪問者たちにいつでもまず窓際の椅子をすすめ、それからおもむろに自分の眼鏡をはずしていたということを私は思い出す。新しいビロードとワインの匂いを発散し、両手を膝の上に乗せて、かしこまって坐っている男に、父はイタリア語で話しはじめた。時には長くかかった。時には微笑がほとんど即座に浮かんできた。片手には靴をもう一方の手には切り出しナイフを持っているので、父は身振りをしないで、場合によっては緩慢な身振りをまじえて話した。相手が微笑するまで父は話しつづけた。男が書類を取り出しても、その書類を手の甲で叩いても、父は話をやめなかった。

「チクショウ!」

微笑が出てこないかぎり、父は話した。時には男がため息まじりに言った。

「ナントウレシイコトダ!」

やっとのことで、男は微笑を浮かべるのだった。

それに彼らはすぐに父のところにやって来たわけではなかった。どうした奇跡のおかげで彼らがやって来るのか、私には知るよしもなかった。ツバメの知恵のように彼らに伝わっていったのか、それとも旅籠の壁の片隅のどこかに何かがナイフで彫ってあったのであろう。たとえば丸や十字架、いない。

あるいは星や太陽を意味するような印が、不幸な彼らに解読できる言葉でこう指示していたにちがいない。

「ジャン親父のところへ行け」と。

途方に暮れているとき、まるで哀れな小さな二十日鼠のように困り果てているときにしか見えるはずのないひとつの印。肘をついて泣くときにもたれかかる壁に記されているにちがいない印。彼らは壁にもたれて泣いたときに、その壁石に刻まれていた印を見たにちがいない。そしてジャン親父のところにやってきたのだ。

私が踏み石の近くに陣取り、ワインを積んだ長い荷車が往来するのを見ていると、男たちはロマニアやカナヴェッツァーニ[ピエモンテ州の地方名]からも来ているということが分かった。彼らは甘い愛の調べを歌っていた。彼らは大きなフェルト帽を斜めにかぶり、幸せそうな肩を見せて、両脚を大きく開いて立ち止まり、娘さんたちが通りすぎるのを眺めていた。こうした元気のいい時と、両側の壁に手を当てながらわが家の階段を登ってこなければならない時とのあいだには、数々の盛大な宴会や、目が朦朧となり、ついには頭もぐったりし、指は鉄のようにかちかちになってしまうモラ[イタリア式じゃんけん]で、二人がそれぞれ片手の指を出し、両者の出した指の総数を言い当てた方が勝ち]などがあったはずだ。

まず微笑。ついで父はイタリアの国王に手紙を書いた。当時、私はイタリア国王あての手紙を大いに信用していた。靴職人の粗末な板、安物のインク壺、ペン軸に豚の毛でペン先をくくりつけたペン、〈殿下〉と書きながらゆっくり回転する黒いひっかき傷だらけの父の手。こうしたものに私は感服していた。

今でも、父よ、私は知っている、奇跡を行っていたのはあなただけだということを。

「あがっていってください、明かりが見えますから！」

その夕べ、私たちは下りようとしているところだった。丁度、夕食の時刻だった。父はすでに銅製のランプを手で持ち上げていた。

「待つんだ」と父は言った。

その人物は階段で歌を歌っていた。歩調は確信に満ち素早かった。それは予知能力によって真っ暗闇でも目が見え、建物の構造を心得ている歩調だった。

「どんな男がやって来たんだろう？」と父は言った。

夜、壁、よく反響する廊下の暗闇、かつて修道僧たちの寄宿舎だった私たちの家の宗教的神秘、こうしたものを横切って男は私たちの方にやって来る。彼は歌っている。

「いったい誰なんだろう？」

それは若くて金髪の美青年だった。彼は戸口全体に立ち塞がった。額の上にちょこんと載せられた、ポワンチュ［南仏で使われる漁業やレジャー用の両端のとがった船］のような船乗り用の粗布で作った大きなベレー帽が、彼の頭の周囲にハート形の光輪を作っていた。

「トリノかね？」父は言った。

「トリノ、そのとおりだ」男はいささかたどたどしいフランス語で答えた。「サン・ベネデットの村だ」

彼はすぐに話しはじめた。この男については微笑の可能性などというものは問題外だった。彼ははじめから全身で微笑していた。微笑そのものだった。それに加えて、身振りはきわめて自在で、上半身はなめらかに揺れ動き、長い指は確実に空気に触れ、非常に均衡がとれた人物で、しかも若くて金髪で美しかったので、彼は生き生きした優雅な動作だけで私たちをうっとりさせてしまった。

「困っているんだ」と彼は言った。「俺ほど苦しんでいる者はいないだろう。あなたに会って話すように勧められたんだ。ここでいいんだろう？」

「そう、ここでいい」父は言った。

男は父の暗くて貧弱な仕事場を眺めた。床には革の切れはしが寝藁のように敷きつめられているし、蜘蛛の巣が大きな燭台のように天井からぶら下がっている。

「急ぎの用ならやってきた訳を説明してくれ。急がないなら明日来てほしい。このとおり、夕食に下りていくところなんだ」

「分かっている」と男は言った。「下では食卓が整えられていた。しかし女将（おかみ）さんがあがるように言ってくれたんだ。そう、急いでいるんだ」

「で？」

「俺は愛されすぎて、困っている」彼は言った。

父は銅製のランプをミシンの片隅に置き、煙草が入っている包みを取り出し、その煙草を小さな白い陶器製のパイプに詰めた。

父は煙草を三回詰めかえそれをふかす余裕があった。アリストパネス社の小さなガンビエ・パイプで、その火皿は少女の指輪程度の大きさだった。私は父が煙草を喫う様子を見ていたが、いつもやるように休み休みではなく、ポンプのように規則的にパイプを吸い、父は絶え間なく煙を吐き出した。濃い眉毛の下で父の目が暗くなっていった。二、三度「それで、そのあとは、早く」と言っては、金髪の青年から視線をそらし、包みから煙草を取り出していた。

その男の言っていることは私にはよく分からなかった。彼の口から哀調を帯びた歌、あるいは愛撫に飢えた犬の呻きのようなものが流れ出てきた。平らな水面に石が落ちるように、彼の言葉が私のなかに落ちてきた。この打ち震える波紋に私はすっかり感動した。その言葉は、私の心を震えさせながら丸く広がっていったり、あるいは私の喉のなかで苦くて冷たい小さな水の波を急に打ち砕いたりした。それは私にとっては歌としての力しか持っていなかったが、歌が秘めている力のすべてがそこにはこもっていた。私たちの銅製のランプの青白い光よりももっと豊かな油で燃える光を注油されたと思えるほど、話し手の方も話しているうちに表情が変わっていった。私には、自分の周囲で新しいいくつかの村が、その種子が破裂することによって孵化し、荷車や無輪犁や奔流や家畜の群れなどの流れや、鶏や燕や鴉などの飛翔とともに、生を営んでいる様子が聞こえてきた。山々が私たちの床板の下で膨れあがり、まるで巨大な海の大波のように、私を立ったまま空の高みまで運びあげていった。そして、興奮のあまりうっとりしている私は、その高所では、哀れな遭難者にすぎなかった。父から引き裂かれてしまった私は、父の口という堅固な良港や、父の口髭という鳥で一杯の美しい葉叢や、父の頬という柔らかい丘などから、引き離されてしまっていたからである。泡立つ大きな波のなかで、ひとりで、はだかで、傷めつけられ、血が出るまで凄まじい塩のやすりをかけられ、私はその高所にいた。私の目の前に広がっている新しく広大な国は、ありとあらゆる風や雨や凍結が暴れまわっている闘技場のようだった。そこでは、自由自在に動きまわる青くて大きなサイクロンが、砂の軍旗をはためかせて私の前で転がりまわっていた。

父は口からパイプを引き抜いた。

「気の毒な奴だ」父はこう言った。

父がブロンドの男にそう言うと、男は急に打ちひしがれ死んでしまったように見えた。まるで男の腹のなかに手を突っこんであちこち隈なく探しまわってから、先ほどまで指と舌を惚れ惚れするほど見事に活動させていたある小さな装置を抜き取ってしまったかのようだった。

身動きもせずに黙っている男を、父は一瞬のあいだ見つめた。

「名前は？」

「ジュアン」

父はランプを持ち上げた。

「私たちと一緒にスープを食べるがいい」

父がランプで照らす階段を私たちは下りていった。私は父に続いて下りた。私のうしろでは、ジュアンの足が階段の踏面（ふみづら）を探していた。彼はつまずいては、私の肩につかまった。

「スマナイ、ボウヤ」男が控えめに小さな声でこう言うのが聞こえた。

戸棚の戸の向こうで、母はいつものようにちょっとふくれっ面をして肩をすくめた。私はすでに流しの板の上に置いてあった皿を取ってきていた。

「彼をそこに坐らせてあげてくれ」と父は言った。「鏡の正面に。ベレー帽をとってくれ」と父は男に言った。「楽にしてくれ。食べてもらうのは貧乏人のスープだ」

ソーセージ入りスープが給仕された。母はジュアンにジャガイモは潰す方がよいかそのままの方がよいか訊ねた。彼は向こうを向いていたのだ。手のひらを嘗めて髪の毛をなでつけていた。

「ポーリーヌ、ショルジュを通りかかったときのことを覚えているかい？」と父は言った。

「いいえ」と母は言った。

「お前が坊やと一緒にルモロンへ行ったときのことだが」

「車のなかで具合が悪かったものだから、何も見えなかったわ」

「この人はショルジュから来たんだよ。そこで馬鹿なまねをやらかしたってわけだ」と父は言った。

私は街道筋のその村のことを覚えていた。仮設キャンプ、石作りのキャンプ場、旅人たちの宿泊地。車軸の軋み、車輪ががたがた動く音、鞭のびしっという音、乗合馬車の唸り、叫び声や呼び声、こうした物音が満ちあふれている夜そして昼だった。旅籠(はたご)から重い荷車が出て行くと、その航跡には厩舎の赤茶色の匂いが泡立った。若者たちが角灯を揺らめかせていた。ひとりの少女が軽二輪馬車を追って走った。ギャップ行きの乗合馬車が、シートの覆いが高すぎたので、旅籠から出発するとすぐさまプラタナスの枝という枝を引っかけていた。イタリアの方からやって来た馬たちは、宿泊地を嗅ぎつけ、山のなかのつづら折りでいないないていた。私たちが到着したのは夕闇がおりる頃だったということを私は覚えている。寒かった。凍えるような風が窓ガラスの継ぎ目から入ってきた。御者は身体を温めるために足踏みをしていた。角灯の光を浴びた馬たちは、沸騰する湯を浴びせられたように、湯煙を発散していた。回転する車輪の下で街道はかたい音をたてていた。すっかり蒼白になり、苦しそうに呻き、唇は血の気を失い、馬車の板に頭をぶっつけている母を、私は見ていた。外には、むきだしの辺岩の谷間や、ねじ曲がった緑色の急流や、闇夜そして風、こうしたものの他には何もなかった。それから急に、馬車の窓ガラスに旅籠の高らかな笑い声が飛びこんできた。正面のドアが大きく開け放たれていたので、旅籠は喉の奥まで明るく照らしだされていた。羊の毛皮の上着を着込んだ男が、ドアの前でパイプをふかしていた。馬車は止まった。暖炉や料理やランプなどの匂いが漂ってきた。

「ショルジュの村のなかなのか?」と父は訊ねた。

「いや、ある農場でのことだ」とジュアンは言った。

「どの方角だね？」

「ラ・ムネストルの方だ」

「そこであんたはいったい何をしたというんだね？」

「別に何も」

この言葉の意味するのは、もちろん、俺はそこで何もしなかった、ただ偶然そうなっただけのことだということだ。

「足の具合が悪くなったので、そこに滞在していたんだ」ジュアンは言った。

「女か、それとも娘かい？」

「女だよ」

「この人にゆっくり食べさせてあげなさいよ」母は言った。

「話しながらでも食べられるさ」父は言った。

父の顎髭の奥には硬い顎があった。父は付け加えた。

「向こうの男だって食事もできないにちがいない」

「あんな奴のことなんか知るもんか」とジュアンは言った。

「それでは、あんたが奴の眠りと食欲を台無しにしてしまったことについてはどう考えているのかね？」

「そんなこと知るもんか」

「それにその男から、完全に彼のものだった所有物をあんたが奪ったことについてはどうするのかね？」

「女はもう奴のことなんか愛していない。俺を愛しているんだ、この俺を。それに俺の好みの女だ。若いし、女だって自由だよ」

「私が話しているのはそういうことじゃないよ」

「こんなことも考えておかないと……」と母が言った。

「私の言いたいのは、その男の心の平和のことだよ」と父は言った。

ジュアンは山用の大きなナイフを取り出した。先端部分は鉈鎌のように幅広く、刃は肉屋の畜殺ナイフよりも鋭利だった。

「あの男の平和とはどういうことだね？」

「あの辺の農場のことは知っている」と父は言った。「あんたもよく知っているだろうが？」

「スーサ［ピエモンテ地方の町］でも同じだよ」

「そのとおり、あそこで暮らすには平和が必要なんだ」

「そんなこと知るもんか」

「勝手なことを言うな」と父は言った。

「そんなこと知るもんかと言っているだけだよ」とジュアンは言った。

「首のまわりにつけているのは何だね？」

父はジュアンの首を指さした。赤い紐が私には見えた。

「マドンナだよ」

ジュアンは布製のペンダントを取り出したが、そのオレンジ色の心臓から血が流れ出ていた。

「私は平和のことを話したのだ」と父は言った。

私たちはスープを食べおえた。

「平和な暮らしが、その男を助け支えていたんだよ」そのとき父は言った。「男なんてゴムボールのようなものだ。男が飛び上がるためには、何かが男を叩いてやる必要がある。そういう時があるんだよ。自分の力では男はもう何もできない。ひとりきりになってしまったら、男は草の上で二、三度くらいは飛び上がるだろう。そのあと死んでしまうのだ。分かったかな？」

父は手でボールを叩いて弾ませる動作をした。

父は続けた。

「あんたが彼女を彼のところに残しておくかぎり、そして彼が事情を知らないかぎり、その男は女を所有していることになる。あんたにはそのメダルがついているじゃないか」

「俺たちは対等でありたいものだ」とジュアンは言った。

彼はナイフで紐を断ち切った。布製の心臓をテーブルの上に押しつけた。

「あんたのところにこれを置いておくよ」

しばらくしてから、彼はさらにこう言った。

「これでいいかい、親方？」

彼は血を流している心臓に手をじっと当てていた。誰の親方でもなく、自分自身の親方でさえもない父に、彼は〈親方〉と呼びかけた。死が迫ってくるのを見つめている人間のように彼の唇は震え、彼の目は大きく見開かれていた。

「いくらかよくなった。そうすると、いっそう公平になる」と父は言った。

ジュアンはゆっくり手を引っこめた。彼は立ち上がり、ベレー帽をかぶった。

「それじゃあ、みなさん！」挨拶するために左手を持ち上げて、彼は言った。

彼はドアを開き、ドアを開け放したまま立ち去っていった。外では雨が降っていた。

第二章

アントニーヌと二人のルイーザ　修道院　修道女ドロテ
修道女クレマンチーヌ　死んだ聖母マリア

私は奉献会の修道女たちに運営されている小学校に通っていた。私を小学校まで連れていってくれたのは、大抵の場合、母のところで働いている女性たちだった。アントニーヌだったり、ルイーザだったり、もうひとりのルイーザだったりした。

アントニーヌは、ぶっきらぼうで髪の毛は赤茶色だった。彼女の頑丈な手は私の手首を揺り動かした。彼女は大股で歩いた。彼女が少年たちを見つめて笑うと、閉じられていた唇がナイフで切り裂かれるような具合に開いていき、白く輝いている歯が見えてきた。そういう時には、彼女の視線は目の隅っこにすっかり寄せ集められてしまった。彼女の視線は普段は泥のような紫色だったが、その視線をいったん彼女の目のとがった隅っこに流しこんでから、今度はその視線を、調味料入れの口から注ぐように、彼女は少年たちの目のなかに注ぎこんでいるようだった。そういうことが私にははっきり見てとれた。そのたびに、そのあと白くなってしまう彼女の眼窩の視線を目撃し、さらにその少年がアントニーヌの視線の色彩を持ったまま走り去っていくのを見るのが、私には怖かったのだ……。これは恐れるに足るだけの充分な理由があった。というのは、小学校の格子門の前で私から離れるとき、彼女は私に対しても同じような視線を投げかけてくるのだった。私にはよく分かっていた。その日のあいだずっと、私には紫色の三日月形の目玉模様がまとわりついてしまうので、花や黄楊（つげ）の木や聖母マリアの像やその他何を見ても、かならずこの星座の踊り輝いているうごめきがそれらを取り囲んでしまうのだということが。

一人目のルイーザはドラジェ［アーモンドなどを糖衣でくるんだボンボン］のようにすべすべして柔らかで白かった。出かける前に彼女は鏡の前に行き、髪の毛に艶（つや）を与え、襟のレース飾りを整え、小さな白粉箱を取り出した。

「そう、ルイーザ。それでいいわよ、あなた」と母は言った。

ルイーザの小さな手は、小鳥のようにぴくぴくと震え、生暖かかった。馬が走ってきたり通りで叫び声が聞こえるたびに、彼女は私を自分の方にぴったり引きよせ、私の頭が彼女の太股に触れるほどきつく私を抱きしめた。そのたびに、彼女のスカートの下で何か大きな熱いものが活発に動くのが感じられるので、私は驚いた。いつも清潔で、いつも鋏で繊細に裁断されており、新鮮で、山査子の生け垣のように花が咲いているスカートのなかに、ごろごろと唸る裸の動物がいっぱい詰まっているなんてことがありうるのだろうか？　ルイーザの目は明るく丸かった。その目はいつでも子供のように無邪気に正面を見つめていたが、そうした無邪気さは彼女の美しさを通して、またその美しさによって保たれているのだった。彼女は風や通りに正面から向きあっていた。通りは馬や運搬人や手押し車や、板を運んでいる男などで溢れていた。彼女は何に対してもドラジェのような顔と穏やかな美しい目を向けた。あなたは私に対して何かできますか？　とでも言っているようだった。この小さな子供と私に、この私に？　ルイーザはとても柔らかく艶やかで白かった！　私は自分の小さな両手を彼女の生暖かい両手のなかに差しこんだ。私は彼女を見つめた。そうすると彼女は私に微笑みかけた。私たちは同じ歩調で歩いた。ハイヒールをはいた彼女の歩行の帆走するような大股のリズムに追いつくために、私はいくらか努力して早く歩いた。時おり、彼女は自分の香りを満載した軽やかな歌を口ずさんだが、その歌は彼女と私をまるで雲で包みこむようにして運んでいった。

雲で包みこむようにして！

その雲は彼女のスカートのなかに住んでいたにちがいなかった。しかしその雲は、私が一度も見たことがないあの動物ではなかった。この動物は、大きな恐怖が伴っていたのでどうしても見たかったというわけではなかったが、それでもやはり一度は見ておきたいものだったということには変わりない。ともかくその動物は、無邪気なルイーザのなかでかすかに唸っていたのだった。格子門のところで、私の方にかがみこみ、彼女は私に接吻してくれた。私は唇をなめながら小学校に入っていくのだった。

　二人目のルイーザはたびたび私を送ってくれたわけではなかった。そのことで彼女が不満を言うこともなかった。私も不満を覚えたわけではない。彼女は決して口をきかなかった。彼女はいつも仕事をしていた。決して目を上げることがなかった。彼女はいつも仕事のことを考えていた。私の付添いをするときはじつに速く歩いた。早く帰って仕事をしたくてたまらなかったのだ。彼女は田舎からやって来ていた。父親は大きな農場を所有していた。彼女は私たちの家に下宿して、母のもとでアイロンかけを学んでいたが、それはアイロンかけを自分の仕事にしようというよりも、模範的な主婦の仕事ぶりを学ぶためであった。彼女の浅黒い顔色、大きな手、素朴すぎる良識、重々しい歩き方、こうしたことのすべてが仕事場で働いている女たちの笑いの的になっていた。みんなは彼女を実直だと感じていた。彼女は小銭入れを服の内側にぶら下げた布製のポケットのなかに入れていたので、店に入って何か買うようなときには、服を持ち上げるための片隅を探すのだった。彼女と一緒に出かけるときは、私がいくらか引っ張られるような感じで、私たちは無言で歩いた。学校までのこの散歩では自分が主（ぬし）だということを私に納得せるために必要な厳しさをたっぷり彼女は見せつけたが、それと同時に、美しい少年であった私が受けてしかるべききわめて柔軟な態度でも接してくれた。

美しい少年！　服装についてはなるほど美しいと言える。そしてそれ以外については、私の長い顔はぶざまで痩せていたし、優しい目だけが何とか見られる程度であった。しかし、私の両肩は糊のついたじつにいかめしい襟のなかにぴったりと嵌めこまれていたし、また、二人目のルイーザに私を委ねる前には、蝶結びネクタイの空色の素晴らしい絹を何人もの女性の手が膨らませたり広げたりしたことだろう！　私の衣装のどこかが途中で乱れても、彼女を頼りにすることはできないのがみんなに分かっていたので、万事が整いぴかぴかになってはじめて、私は彼女のざらざらした善良な手に委ねられるのだった。こうして私たちは出発した。私が自分の顔を持ち上げて下から彼女の目の光に見てとれたのは、第二のルイーザの目は青いということだけだった。その青い目のまぶたを伏せ、そのまぶたの端から、私たちが歩いている場所をルイーザは監視していたのだった。私にとって彼女には神秘的なところはなかった。格子門のところで彼女と別れても、彼女を失ってしまうという恐れは私にはなかった。夕方になればいつもと同じ彼女に会えるということは分かっていた。立ち去る前に彼女は私にこう言うのだった。

「おしっこがしたくなったら、そう言いなさいよ」

彼女だけが私に「あなた」と丁寧な話し方で言った。

私は彼女に先年再会した……。

以上の三人の女性のすべてにも私はここ数年のうちに再会した。私は言った。

「アントニーヌ！」

それから、

「それにしても、あんたは本当にお馬鹿さんだったなあ！　私が新しい服を着せられていたあの日曜日に、私を下着入れの籠のなかに寝かせたのを覚えているだろうか？　あんたは私を流れのなかに落っことしてしまったんだよ？」

「あのことはもう話さないでよ。あなたのお母さんは今でも震えあがるにちがいないからね」と彼女は言った。

一人目のルイーザの夫に挨拶し、彼女の大きな息子と握手し、三人すべてが話すのに耳を傾けた。私は心の奥では相変わらずいくらか彼女に恋心を抱いていると思った。彼女はやはり昔と同じで、何も変わっていない。

しかし、二人目のルイーザについては、私はどうしても彼女を「マドモワゼル・ルイーザ」と呼ばざるをえなかった。

独身のままだった彼女は、農場の主だった。彼女にはとげとげしさと厳しさが感じられた。女の目標としてはあまりふさわしくない目標に向かって彼女は全力で緊張していた。そして今でも、彼女は私たちを正面から、あまりにも真正面から、哀願すると同時に燃えるような目つきでじっと見つめる。

私たちの小学校の校庭は、果肉と果汁がいっぱい詰まった大きな果物のようだった。壁が校庭を圧迫しすぎているので、校庭は壁から噴出し、沸騰していた。いたるところからリラ［ライラック］の木々が流れ出ていた。大きな黄楊（つげ）の木々は私たちの小さな教室の壁に陰と香りを跳ねかけ、蜜蜂で泡立っている木蔦はテラスの高い壁からジャムのムースのようなものを垂らしていた。小径では、小石が縦向きに敷きつめられていた。ドロテ修道女がその小径を舗装していた。泡のような木陰にうずくまっている彼女の姿がいつでも、本当にいつでも急に見えてくるのだった。彼女は円弧を描くような具合に小石を並べていたが、小径が狭いために円弧のわずか一部分しか見えなかった。私たちが見ることができたその平穏な一部分は、修道院によって保護されているのだった。円弧のそれ以外の部分は庭のなかへ、向こうの世界のなかへ、遠くまで、はるか遠くまで、その一部が垣間見える壁や丘の向こうへと、煙になって遠ざかっていった。その円弧が、ドロテ修道女の手のなかにふたたび戻ってくるまでにどこをどうまわってくるのか、それは誰にも分からないことであった。

　それは罰を受ける者の仕事だということと、色のついた小石を並べる者は罪をおかしたんだということが、私たちにもすぐに分かった。それをやっているのは、いつでもドロテ修道女だった。私たちより彼女の分別の方がまさっているというわけではなかったのだ。私たちは黄楊の木々の向こう側へ、四つんばいになって彼女を探しにいった。すぐさま私たちは彼女と鼻を突き合わせるのだった。

「どこへ行くの？」と彼女は小さな声で言った。

「あなたに会いにきたんだ」

「隠れなさい」

私たちは隠れた。

「中庭を監視しているのは誰?」彼女は訊ねた。

「フィロメーヌ修道女だよ」

「それでは、すでに少なくとも五人は罰を受けたはずだわ」

「六人だよ」

「あなたたち四人も私のところへやって来たために罰されると、いったい何人が罰を受けることになるの?」

「十人だよ! 手伝いましょうか?」

「いいわよ。面白いんだから」

「チョコレートは欲しくない?」

「誰が持っているの?」

「僕だよ」

彼女は服の裏で両手を拭った。

「こちらにいらっしゃい」彼女は言った。

そこは丈の高い夾竹桃の下の隠れ家だった。夾竹桃の匂いは多彩でしかも強烈なので、その下に入るだけですぐに酔ったような気分になるのだった。その匂いが私の目の上にのしかかってきた。それまで私に見えていたものが、またたくまに姿を変えていった。青い陰のなかで、私の小さな仲間たちの顔が火のついた蝋燭のように溶けていった。溶けて流れていったので、草のなかに染みができた。暗がりのなかで踊っているような染みがあった。溶けた脂肪の塊が、目や口や耳をつけて漂っているようだった。あるいはそれは頬に穿たれた光り輝く小さな赤い窓のようでもあった。ドロテ修道女は草の上で身体を伸ばした。山や丘の起伏がある黒い世界に彼女は変貌していったが、そこには、水も木もなく、生命の気配がまったくない、まるで呪われたような乾燥した静かな谷が穿たれていた。生命が息づいているのは彼女の顔という幸福な世界だけであった。彼女の顔のなかの口はチョコレートを食べ、彼女の唇はやっと湿った音をだし、斜めに滑りこんでくる太陽光線を浴びた彼女の頬のブロンドの産毛はビロードのように柔らかだった。匂いに酔った私には、その産毛が、熟した草の広大な海のように波うち漂っているのが見えていた。

私たちはほとんど呼吸もせずにそこにいた。そこにいると、大きな敷石を敷いた校庭が、子供たちが走りまわったり遊んだりしているので、音をたてていた。壁は叫び声の唐揚げでじゅうじゅう音をたてていた。吊り輪の横木に取り付けられた鉄の輪が響き、ぶらんこのロープが鉤(かぎ)のところで軋むのが聞こえた。小さな教室では、罰を受けた三人の生徒が教科書を平板な声でたどたどしく読んでいた。

夾竹桃は、男のように本当に大きくて強かった。

「黙って」とドロテ修道女は言った。

私たちは呼吸を止めた。

砂利が軋んだ。鍵ががちゃがちゃと鳴った。周囲を眺めまわしながら尻尾で自分の身体を叩く猫のように、柳の細枝の鞭が神経質にドレスをぴしぴしと軽く叩いていた。フィロメーヌ修道女だ！見捨てられた舗装工事に彼女は足で触れていた。そして、鼻が尖った動物のように、自分のまわりを抜かりなくさぐっていた。鼬（いたち）のような鼻は大気を深く吸いこみ、鋭く研がれたその目は陰を切り裂いていた。しかし、夾竹桃は男のように本当に大きくて強かった。そのなかに隠れていると充分に保護されているのが感じられた。夾竹桃は濃密さと美しい策略で満ち満ちていた。だから、私たちは命を賭けてもいいほどその夾竹桃が好きだった。フィロメーヌ修道女はため息をついていた。もう一度彼女は舗装の円弧の断片を眺めた。それは丘また丘を越えたその向こうの世界のなかで丸く完成することになる円弧の一断片なのである。彼女はため息をついた。そう、何回も。そして、ほとんど音もたてずに、大きな猫のように立ち去っていった。神経質にドレスを叩く鞭の音だけを残して。


私の友人のポールは、いつでも階段席の下の方にある机の上に横たえられた。クレマンチーヌ修道女は、彼女の長い腕で翼のような音を出して、小さな子供たちを避難させるのだった。

「早くどけてちょうだい。インク壺やノートを、早く。ほら、そこにある石盤も、早く」

その間、ポールは血で赤く染まった自分のハンカチを鼻に詰め、おとなしく待っていた。鼻から出血したために他の生徒たちから隔離され、神に働きかけられている［特別な存在になっている］ポールは、クレマンチーヌ修道女の心遣いとみんなの好奇心の無気力な対象になっていた。机の上のものが一掃されると、ポールはその上に頭を低くして寝かされた。次のような言葉をかけられてから。

「ポール、鼻はさわっちゃだめよ」

クレマンチーヌ修道女と一人目のルイーザは、私の心のなかで、まるでユリの花のように永久にまっすぐで白い。

クレマンチーヌ修道女で魅惑的だったのは彼女の身体の中央部分だった。彼女が休息しているときは、じつを言うと、豊かでごわごわした組紐と黒い綾折綿布の襞飾りしか見えなかった。私の記憶のなかでは、それは花飾りのように彼女の胸を上昇していく三つの大きな襞飾りと、彼女の足元まで下降していく十の襞飾りであった。彼女は踝を露出させるには充分な、いくらか短めの衣服を着ていた。だから、本を持つために腕を曲げ、頭をまっすぐもたげ、じっとたたずんでいる彼女には列柱の高貴さが具わっていた。しかし……。

しかし、私たちの午前中の授業のなかで、通りや町の騒々しい世界からすっかり隔離され、修道院の静寂が鳩の囀りとリラの枝が壁にこすれる音とともに私たちのなかに流れこんでくるのが聞こえるようなとき、クレマンチーヌ修道女は歩きはじめるのだった。こうして書いているこの瞬間、苦い巻き煙草を口の端にくわえ、目がひりひりするのを我慢し、ランプを灯し、窓の向こうでは農夫たちの荷馬車の燐光がたなびいている谷間に夕闇が忍び寄ってくるこの瞬間、私はペンを置き、男としてのありとあらゆる経験に思いをめぐらせたところである。たしかに、五感を奥深くに秘めた私の目の前で、世界中の魅惑的な蛇をすべて集めたような踊りが繰り広げられていたのだった。

クレマンチーヌ修道女が歩くのを見る喜び以上に純粋で、音楽的で、完璧で、それ以上に確実に平衡感覚にあふれているような喜びを、私は一度も味わったことがない。

その喜びはつむじ風のように生まれるのだった。階段席の木材は磁気を帯びた小さな叫びを発している。彼女は歩いていた。彼女はフェルトのサンダルを履いている。彼女の足の裏がかすかな音をたてている。同時に波であり白鳥の首でありさらに呻き声でもある波動が、柱のなかを登っていく。きわめて豊かで堅固なその波動は、大地の奥深くからまっすぐの線になって湧きあがってきているので、もしもその波動がクレマンチーヌ修道女の首のところまで登っていくようなことがあるとしたら、その波動は彼女の首をアイリスの茎のようにへし折ってしまうであろう。しかし、彼女はその波動を腰の美しいばねで受けとめ、それを出航する船の揺れへと変質させていた。胸、肩、首、頭、白頭巾といった彼女の上半身のすべてが、風の先端を受けて膨らむ帆のように、震動していた。

机の上に横たえられたポールは、手で鼻に触れることができないので、鼻から血を流していた。

彼は死者のように動かず、死者と同じほど蒼白だった。鼻孔のなかで血が凝固して大きな塊になっていた。しばらくすると、血はもう流れなくなった。ポールが鼻をならしたので、凝固した血は鼻孔を離れ、新鮮な血で光り輝やいている茎の先端に咲いた小さな花のように、頬をすべり落ちた。血のついたハンカチは窓際の椅子の背もたれの上に広げられていた。まるで子供の屠殺場のようだった。少したって、ドアをノックして入ってきた受付修道女から、玉葱と薬草の匂いが漂ってきた。

「この子はまた鼻に詰めるのよ、このヌスットグサを。血はいくら出ても大丈夫ですよ。あなたは美しいわ、ポールさん」とクレマンチーヌ修道女は言った。

彼女は病人に近寄り、その身体を持ち上げた。ポールは彼女の腕のなかでぐったりしていた。彼は彼女を雄牛のような目つきで見ていた。そして喉の奥から言葉にならない嘆きを彼女に向かってつぶやいていた。

「はい、はい、いい子だわ」彼の顔を拭いながら彼女は言った。

彼女は唾でハンカチの片隅を濡らし、指の先でポールの口から凝固した血を取り除いてやった。

「この子を連れていって」と彼女は助修女に言った。「さあ、行くのよ、坊や」

そして彼女は彼の髪の毛のなかに手を入れて頭を撫でた。

私たち二人か三人だけが、クレマンチーヌ修道女への愛のために、髪の毛に入れ頭を撫でてもらえるこの手のために、唇から移されるこの唾のために、ポールはそのヌスットグサという薬草を吸入するのだということを知っていた。ポールはその乾燥させた薬草を、ワックスを塗られた古い箱が一杯になるほど持っていた。それは私たちの足の下にまるで宝物のように隠されていた。階段席の板を少し持ち上げるだけで、薬草を取り出すことができた。そこには、闘牛の雄牛のように私たち生徒全員の血を流しても充分に介抱できるだけの薬草が備蓄されていた。

聖母マリアと私のはじめての交わりは、復活祭の月曜日に、参集した大勢の人々に見守られ、花盛りのアーモンドの果樹園の奥で行われた。それは私のはじめての大切な交わりだったと言っておきたい。

修道院の学校は、当然そうあるべきなのだが、波形模様のついた絹の衣服をまとって町のなかを散歩するような人たちによって、道義的にも金銭的にも申し分なく経営されていた。公証人夫人、薬剤師夫人、退職指揮官夫人、執行官夫人、地主夫人、治安判事夫人、書記官夫人たち、マリア会修道女たち、ハープ演奏家たち、デルフィーヌやクララといった可愛いお嬢さんたちのすべて、指先のない婦人用手袋をつけ視線を下に向けている一団、傘の骨のコルセットをつけた者すべて、鷺のように歩く者すべて。こうした女性たちは修道院の味方で、修道院を、あたかも栄光とたっぷりのおべっかをもたらしてくれる素晴らしい動物であるかのように思いこんで、養い、磨き、艶だししていた。

父のような革命家が私をこの学校にやることに同意したのは驚くべきことである。そのことが決められた当時、何をおいてもともかく毎日のパンが問題であった。父は年老いていた。父はいい仕事をしていたとしても、一人で働いていた。しかも、家の奥の高いところにある暗い部屋で一人で黙々と働いていた。店も店頭陳列窓もなく自分の仕事に一人で取り組んでいた。父は町の奴隷だった。当時、靴一足の値段は二十フランだった。できあがった靴は頑丈だった。革靴をはけば楽に歩くことができる、と父は言っていた。しかし、その当時、革靴をはいて楽に歩くためには、〈上流階級〉であることが必要だった。人々は親切にも靴の注文を父の手に委ねてくれていたのだった。

「この可愛い子は」鼻をつまんで仕事場に入ってきて、椅子の端っこに坐った婦人はこう言った。「この可愛い子は、とても華奢でお母さんによく似ていますわ！　知らないとはおっしゃらないと思いますが、ジャンさん、あなたと結婚する前は、ポーリーヌさんは私たちの修道会の一員でした。しかも、あえて言わせていただけば、絶大なる熱意を持っておられたので、私たちは全員大いに期待していました。彼女はあなたと幸せな結婚をしました。私たちは誰にもおせっかいはしたくありません。あなたが私たちと異なった宗教をお持ちだとしても、彼女に対しては優しいということは知っています」

父は手で彼女を制止した。

「宗教が異なっているということはありませんよ、奥さん」

「あなたはプロテスタントだそうですが」と彼女は続けた。

「そうかもしれません」と父は言った。「もしそうなら、何ら恥ずかしい思いもせずにそう打ち明けることでしょう。しかし、私はプロテスタントではないと言わねばなりません。みなさんにそのように思わせたのは、私が聖書を読んだり聖書について話したりするからでしょう。実際のところ私は何者でもありません。私は神を信じています。もし私が家内と考えを異にするとすれば、それは次のような点だけです。彼女は神が、神に向かって紙幣を交付する役人や従業員たちだけではなく、彼らが働くための支店や事務所を地上に創造したと考えているのに対して、私の方は、神は何事でも自分の力でやれるほど偉大であるし、それに私たちに神が必要ならいたるところで神を見つけることができると想像しているということです」

婦人は頭を動かした。帽子についたダチョウの羽根が、壁に影を投げかけて指人形のような動きをした。

「そうおっしゃっても、あなたが善良な方だということを、私たちはよく知っておりますが」と彼女は言った。「あなたはいくらか突飛なことを言ったりされるのでそう考えているわけではありませんが……。ポーリーヌの言うところでは、あなたは彼女が教会に通うのを許しておられるのですね……」

「彼女は自由です」と父は言った。

「よく考えてみてください。私たちの方もきわめて親切に対応してきたはずです。ポーリーヌのために、私たちは修道者たちの靴底の張り替えをあなたにお願いしましたし、私の主人も狩猟用長靴をあなたに注文しました。某夫人が養老院のさる老人のことをあなたに話すでしょうが、彼女が好意を寄せているその老人は間もなく靴を修理する必要があるということです」婦人はこう言った。

「つまり、いったい何をおっしゃりたいのでしょうか？」と父は言った。

「では言いましょう。私たちがサン＝シャルルに学校を開いているのはご存知ですね。優れた修道女たちが提供できる徳育や教育と、公立小学校の教師たちが与えることのできる教育は、比較にもならないということは充分にお分かりかと思いますが、いかがでしょうか？」と彼女は言った。

「子供たちは六時まであずかります。校庭もあります。費用は週二十スーです……」

「ポーリーヌは自由です」と父は言った。

沈黙が続いた。父が縫っている革底だけが音をたてはじめた。

婦人は「さようなら」と言った。私は彼女を照らすために階段のところに行った。彼女は母のところへ下りていった。

父は日頃から次のように言っていたのだった。

「この子が私の血筋を受け継いでいるなら、自分ひとりでしっかり生きていけるだろう。もしもお前が望むなら、学校に行かせてやればいい」

復活祭の月曜日、サン＝シャルルの小教会で特別の晩課があった。窓にステンドグラスはなかったが、それなりの水のような緑色の板ガラスがはめられていた。それは瓶に用いるガラスにいくらか似ていた。そのガラス越しに、先端に輪のついた十本の紐の垂れ飾りのある吊り輪の上部、ぶらんこの台形と綱や横木が見えていた。祭壇は、いくつかの大きな星が頂を飾っている金色の木材でできていた。聖具室は祭壇のすぐうしろにあって、簡単な棚板と戸棚から成っていた。司祭がそこで衣装をつけていた。カズラ[司祭がミサのときに着用する袖なしの祭服]を着ている司祭の腕と肩が見えた。

午後になると、すぐにご婦人たちが到着しはじめた。学校の玄関は全面的に受け付け会場として利用されていた。寄せ木張りの冷たい床が美しい黒い水のように輝き、セラミックの花々が、まるで打ち捨てられた穏やかで美しい池の水面を滑るように、その床の上を漂っていた。

この日、私を学校に連れていったのは母と代母だった。私の襟はかつてなかったほど白く糊付けされており、ラヴァリエール[大型の蝶結びネクタイ]はとても青かったので、普段は青い私の目は、その日は、まるで二つの小さな灰の玉のようだった。手には手編みの手袋をはめ、靴下の上部にゆるやかなゴム飾りをつけてもらった私は、両手を学校に向かって引っ張られていった。両手をということはつまり、母が一方の手を代母がもう一方の手を持っていたということだ。彼女たちにはさまれていた私は、まるで囚われの小さな猿のようだった。

私は聖母マリアへの賛辞を朗唱しなければならなかった。

母がそのことは家では秘密にするよう勧めたり、父には内緒にするようになどと私に言ったりする必要はなかった。神秘に接近していくだけで、すぐさま私は自ら進んでかたく沈黙を守る子供になっていった。大気の彼方に関わることのすべてに対して、まるで祖国に対するような心からの愛情を私が抱いているのが自分で感じられた。今ではそこから追放されているが、かつて私がそこに住みすっかり気にいっていた国に対するように。そこでは道路が編み目状に広がり大きな河がゆったりと流れている。それは長い枝を豊かにそなえている樹木のようでもあるし、すべての航跡を見分けることができる泡立つ丘の波のうねりのようでもあった。こうしたものすべてが、私の内部で脈々と生命を保っているのだった。私は大人たちよりももっと確実にこうしたことを自分が認識していると自覚していた。そして、アントニーヌや二人のルイーザならそれを前にしたらすぐに逃げてしまうだろうと思われるような影の戯れを私は知っていた。私は、尻の先に氷の炎のようなものを感じてはいたが、その影の戯れを直視することができた。そうすることによって、一種超人間的な誇りを私は感じていた。イエス、聖母マリア、父なる神、彼らがたとえ私の前に現れたとしても、そして彼らが私を地上における彼らの道連れに選んだとしても、私はジャンヌ・ダルクやベルナデットのように叫び声をあげたりしなかったであろう。それでも、世界はこうした出来事については何も知らないままでいるだろう。私にとってはそれはごく自然なことだと思えたことであろう。

それに反して、雲のような埃のなかで神々の巨大な群れが流れているあの目に見えない国の地理と同じく超自然的で私には理解できないと思われたもの、それは、私の考えでは、修道院の玄関でがやがや言っているあの女性たちの存在であった。あの女性たちが肉体と言葉に恵まれているということ、それこそ超自然的だと思われた。ガラス装飾品やブレスレットの打ち合う音、かさかさという衣擦れの音、浜に打ち寄せる波のようなざわめき、彼女たちはこうした物音をたてていた。それと私がこれから話しかけようとしている聖母マリアのあいだにどのような関係があるというのだろうか。またこうしたことと小柄な修道女ドロテ、またもや罰を受けて丸い小石を両手一杯に持って通りすぎていったあのいとしい修道女ドロテとのあいだにさえ、どのような関係がありうるというのであろうか？

それぞれ幟(のぼり)を持った二人の少年と二人の少女が私の周囲で四角形に陣取った。彼らは私をちらっと盗み見していたが、その視線のなかには恐怖がまるで大きな蝿のように鼓動していた。ドロテ修道女も、細目に開いた台所のドアの隙間に消えていく直前に、じっと私を見つめた。

「さようなら、さようなら！」彼女は私にこう言っているようだった。

私を神秘の国に運ぼうとしている帆船だけが、目に見えない大きな力の秩序の働きかけを受けて、私の周囲で自らの形態を整えていた。私には小さな仲間も友だちももういないのも同然だった。彼らは船の甲板でしかなかった。彼らは私の周囲に群がり、寄り集まって、私を運んでいった。火を灯した蝋燭の金色の釘は、波と風が迫ってくると緊張を高める帆船のボルトのように、打ち震えていた。

ただ船主たちと出資者たちだけは平静だった。修道院長は行列を整え、旗をかかげ、蝋燭を傾け、頬を指で叩き、若いカトリーヌ・ド・フェデルブに微笑みかけ、白い波形模様の美しいドレスのフリルの皺を伸ばすために彼女の前にひざまずいた。このことが肝心なのだ！　どう考えても自分が中心人物だ、と私は考えた。このなかで大切なのは私なのだ。彼方に上陸するとき、誰が声をかけるのだろうか？　誰もいない浜辺で、聖母マリアに向かって誰が先頭を進むのだろうか？　誰が神の偉大な視線に耐えるのだろうか？　つまるところ、誰が犠牲者になるのか？　それは私だ。それはそれでよい。それなら、乗組員たちから離れたところで私をもっとひとりっきりにしておく方が賢明ではないのだろうか？　巻いたロープやタール入りの樽のうしろに私を連れていって、勇気を奮い立たせるようなしっかりした友情を示してくれる方がいいのではないだろうか？　船尾の旗のような存在でしかないカトリーヌ・ド・フェデルブなにがしを愛撫したりするよりも、こうする方がもっと賢明ではないのだろうか？

「静かにしているのよ」と母は私に耳打ちした。

庭の門が開けられた。

外では、太陽と春が生暖かい突風を受けて一戦を交えていた。アーモンドの花が四方八方に飛散っていた。

拍子木が鳴ると、子供たちの船底が海のなかに滑りこんでいった。

　　私たちの優しい母のところに
　　私たちの傷ついた心を運んでいこう……

オルガンは大音響を響かせていた。私の心は傷ついていなかった。それはすっかりくすぐられ愛撫され花開いており、海のなかで船のそばを漂っているようだった。身体の動き、歩みの拍子、一度に蝋燭のすべてを吹き消してしまい、同時に私たちに右舷から襲いかかってきたあの風、こうしたものすべてが私たちの美しい出発に歌を提供してくれていた。五月の鳥たちのように、子供たちは全員「ああ！　ああ！」と叫び声をあげたばかりだった。私たちはすでに庭のなかに、庭のまっただなかにいた。たしかに私は、黄楊や大きな無花果の木や夾竹桃などが見える慣れ親しんだ光景を確認していた。しかし、すべての窓を開け放って、聖歌隊がオルガンに合わせて歌っていた。

私たちの優しい母のところに
私たちの傷ついた心を運んでいこう……

幟は大きな白い鳩のように翼を羽ばたいていた。火のついたラヴェンダーの松明が、私の後方で列から列へと受け渡されていった。さらに木々のあいだを聖母マリアの太った召使たちが走っている物音が聞こえてきた。彼女たちはマリアに向かって叫んでいたにちがいない。

「マリアさま、マリアさま、みんながやって来ます」と。

私たちは続々と到着していた。

聖母マリアはアーモンドの果樹園の奥に住んでいた。すべての木々が花咲き、草は緑色だった。それは美しい家だった。木々の黒い幹が柱の役割を果たしていた。病気の男たちに似ているそれらの黒い幹は、捩じれた腕を空に向かって投げかけていた。花々の大きな荷物が、天井になっていた。密生している葉の縮んだサラダ菜と、足に踏まれて汁を出しているタンポポが、カーペットになっていた。

いつものように聖母マリアは台座の上にいた。墓用の石でできている彼女は、雨であちこちに穴を穿たれていた。私には分かっていた、普段なら……。普段なら彼女は次のような態度をとるのだ。例えばある夕べ、私は彼女に近づいたことがあった。いつものように風が吹いていた。ある時は水のように冷たく、別の時にはまるで燠のように私たちの頬を熱くする、そうした気まぐれな風であった。柔らかい石でできた聖母マリアは、雨に打たれてすっかりすり減っていた。風を受けて彼女は歌っていた。

今日は、彼女はおし黙っていた。人が多すぎたのだ。彼女をよく知っている私には、いつもの彼女ではないということがはっきりと感じられた。今日はふさわしい日ではなく、私たちは病気になってしまっているので、もしも彼女に時間的な余裕があったならば、私の代母が時々そうするような具合に、自分の女中を通して彼女が病気だということを伝えてきたであろうに、といったことがはっきりと感じられた。

一番いいのはそっと引き返し、立ち去り、ドアや窓を閉め、オルガンの演奏を止めて、彼女が樹木に覆われた家のなかで太陽や花たちによって優しく介抱してもらえるようにしてあげることだった。

万事を心得ている私が指揮をとっているわけではなかった。また、こうしたことはその行事のお金を支払った人たちのあずかり知らぬことだった。私はすでに彼女の前でひとりきりになっていた。他の人々は向こうで黙って並んで待っていた。

修道院長が私を見つめた。

「さあ、坊や」と彼女は言った。

私は目を聖母マリアの方へあげた。

「優しい母よ」と私は言った。「はじけた美しい石榴であり、熟したオレンジでもあるあなたは……」

私はむせび泣きはじめ、そして叫んだ。

「マリヤさまは死んじゃった！　マリヤさまは死んじゃった！」と。

そこから逃げだすのは、私にはじつに簡単なことだった。みんなが殺到してきた。母の姿だけが見えた。人々は事態をかなり厳しく彼女に説明していた。

紫陽花の植わっている道で、私は修道女ドロテを探し当てた。

「美しい服装をして土の上をはいまわるものじゃないわよ」と彼女は私に言った。

「大丈夫だよ」と私は言った。

彼女は私に反論などすることなく、夾竹桃の下を四つんばいになって私の前を進んでいった。

彼女は私を抱擁した。

私は彼女にチョコレートを差し出した。

「ドロテ修道女さま」と私は言った。「ドロテ修道女さま、聖母マリアさまは、ねえ、聖母マリアさまは？」

「何、聖母マリアさまが、どうしたんですって？」と修道女ドロテは言った。

「マリヤさまは死んじゃったよ」と私は言った。

「そのとおりだわ」と修道女ドロテは言った。

そして、彼女はそのことをずっと前から知っていたんだということが私には分かった。

チョコレートを食べながら、彼女は笑っていた。

第三章

無政府主義者

ある夕べ、通りに面するドアを父が閉めたばかりだった。そのドアを誰かが叩く音がした。きわめて素早い力のこもった二度のノック、そして聞いたことのない声。それは柔らかく大きな声で叫んだ。

「ジャン親父さん！」

「どうしたのかしら？」柳の木のように白い母が言った。

「見てみよう」

父は鉄の掛け金を持ち上げた。外では、歩道に立っている男が大きな靴で足踏みしていた。父はドアを細めに開いた。男の途方に暮れたその手を、私はいつまでも覚えていることだろう。その手は黒く脂でよごれていた。その手が通りからいきなり現れた。手はドアを大きく開けるために引っ張った。それは棒で追いまわされるネズミのように、怯え懇願していた。ドアは開いた。男はわが家に飛びこみ、ドアを閉めた。

「閉めて、早く閉めて」身震いしてこう言いながら、男は差し錠を指さした。

父は錠を押した。

父と私と男、私たちは三人ともドアの敷居の内側にいた。テーブルの向こうの少し離れたところで、母がランプを持ち上げていた。そしてたった今やって来たばかりのその男は、痩せこけ、苦悩にうちひしがれ、髭の奥の顔は真っ青だということが私たちには分かった。

男は錠ががちゃりと音をたてるのを聞いたばかりだった。申し開きをするような具合に彼は言った。

「クパール、クパールさんです」

「あんたをここに寄越したのは彼なのかい？」と父は言った。

「そうではないが、彼は俺に話しかけてくれたんだ」

「どこから来たんだね？」

「逮捕されたときはサロン［アヴィニョンとマルセイユのあいだにある町サロン゠ドゥ゠プロヴァンス］で働いていた」

「それで？」

「憲兵たちは俺をディーニュに連行していた。小便がしたくなった。両手をほどいてくれた。俺は打ってでた。そして走ったんだ」

「遠くから？」

「この町の入口だった」

「しいっ」と父は言った。

通りを人々が走ってくるのが聞こえてきた。彼らは丁度ドアの前を通りすぎた。左に折れて薄暗い界隈の通りへ入っていった。

「ポーリーヌ、コーヒーを入れてくれ」と父は言った。「食事はすんだかい、あんたは？」

「いや」

「パンとチーズをあげてくれ」

私はテーブルの向こう側にいる母のそばに行った。

「お前の父さん、父さんという人は」母は頭を動かして小声でこうつぶやいていた。

母は二人の男を見つめている。二人ともそこに坐っている。彼らは話さない。

男は穏やかな呼吸を少しずつ取り戻していった。

上の四階の部屋を彼のために整えたが、それは父の仕事部屋の近くのオリーヴ貯蔵部屋だった。上がっていく前に、「手を洗いたいんですが」と男は言った。

男のために、父は床にマットレスを広げた。

「眠るんだ。心配はいらないから」と父は言った。

男は父に手を差し出したが、その手は今では静かで美しい鳩のようだった。

「ありがとう、同志よ」

私は部屋を出る前に振り向いてみた。男はポケットから小さな鏡と小さな櫛を取り出して、髭に櫛を当てていた。


私たちの家はすっかり二重構造になっていた。そこには二つの声と二つの顔があった。一階は母のアイロンかけの仕事場だった。大きなテーブルには白い布が積み重ねられていた。母は小鳥のように歌っていた。「サクランボの実る時」、「金色の小麦」、「苦しみは激しい」、「黒いストッキング」、「フル・フル」。第一のルイーザは三度音程で歌った。アントニーヌは男のように口笛を吹いた。第二のルイーザは頭を揺り動かして拍子をとった。大きな籠を持って洗濯物の配達に出かけていく小柄な見習いの娘さんも二人いた。丁度パンゴン夫人のドレスを紐から外すところだった。

「ボタン穴の縁かがりに注意して！」

そのドレスは籠のなかに寝かしつけられた。ハンカチの山が作られた。女性用のズボンが折り畳まれた。

「レースは取りはずしてよ」

「あの人はレースで飾るからね」とアントニーヌは言った。

「気をつけて、坊やがいるのよ」

「坊やは自分でいろんなことを学んでいくわよ」

「ここにおいでよ、キスをしてあげるわ、私の美しいアーモンドさん」

彼女たちは熱い布の匂いのする熱くて湿った手で私の顔を触るのだった。

お互いに隣同士の、肉屋とパン屋の女将さんが暇つぶしにやってきた。

「この太股はどうなってしまったんでしょう。胡桃ほどの大きさなのよ。触ってみて」

彼女たちはスカートをたくし上げた。母が触った。アントニーヌが触った。二人のルイーザも見習いの娘たちも。

ふれ役が腕でラッパを抱えて入ってきた。

「一曲吹いてよ」とアントニーヌは言った。

「陽気にやってよ」と母は唸った。

ふれ役は仁王立ちになり、腕を丸め、紐につり下げられている布類を吹き飛ばした。

「ああ！　大変だ、それはデルフィーヌさんの頭巾だわ」

アントニーヌの恋人が陳列窓の前を通りかかった。

「あの人はまたあんなところにいるわ。桶の水をぶっかけてやろう、犬を追い払うように」と彼女は言った

「あんた、自分にも水をぶっかける必要があるようだわ」と母は言った。「気をつけるのよ。焦がしてしまうわ、しようがない子だね」

ひとつのドアが廊下に通じていた。店に接している通りの物音は廊下からでも聞こえたが、廊下を数歩進むとまるで別世界に入りこんでしまうのだった。家の顔は、そこでは陰と沈黙だった。一段下りると、中庭に出た。真冬になると、夕闇が朝から夕べまで中庭の奥底に居残っていた。夏には、正午頃になるとやっと一滴の陽光が雀蜂のように中庭に降りたち、やがてそれも飛び立っていった。

私は四時になると学校から帰ってきた。私は小さな学校の生徒だった。私たちの学校はその当時町では厄介者扱いされていた。町当局はその学校を町の外の、いくつかの丘がある方角の麦打ち場へと追いやっていた。

母のところは快適だった。みんなは歌っていた。アントニーヌは李（すもも）の匂いがした。第一のルイーザはヴァニラの匂いだった。第二のルイーザはベルランゴ［ミントなどの入ったボンボン］を食べていた。

「父さんのところに行きなさい」と母は言った。

中庭は、その時刻になると、いつでも暗かった。隣の肉屋では、機械が豚肉を絶えずかみ砕いていた。壁の向こう側からその機械が唸りしゃっくりする物音が聞こえてきた。階段は広くて平らだったので、馬に乗って通れるほどだった。家主は二階まで馬であがっていけると言っていた。頭巾の下で目を丸くし、そのあとすぐに両手を組み合わせて、彼女はそんなことを言うのだった。

壁から染み出てくる挽き肉の歌は別にすれば、屋根瓦の上では大きな鼠の足音が、そしてしばらくじっとしていると、大きな石が水の深淵のなかに落下する物音が、聞こえてきた。古井戸が語りかけてきたのだ。その井戸のドアは鍵をかけて閉じられているので、井戸はドアの向こうで腐るがままに放置されているのだった。井戸掘り人夫が井戸の底には二種類の動物がいると私たちに言ったことがある。白い、目のないまっ白の、皿のように大きな蟇蛙。それは豚の膀胱のように膨れあがっていて、いくら水に浮かんでいても疲れないということだった。「奴らはあそこにじっとしている」と彼は言った。「何年も、動くこともなく、空気も吹きこまないし日も届かなくて、石油よりも濃いあの水に浮かんで年を重ねているんだ。蟇蛙はこういう風に暮らしている。それに蛇がいる。皮のない、というか煙草に巻く紙のように薄い皮で、心臓と内蔵をかろうじて包みこめるだけの皮を具えている蛇なんだ」

私は階段をあがる。そして暗闇のなかで足が砂岩の踏み段に出会うたびに、脱走してきた白い蟇蛙に触れるのではないか、あるいは腐った杏のような蛇のすっかり熱くなった心臓を踏んづけて滑るのではないか、とおびえていた。

あの夜家に入ってきた男は、あのあとはみんなの前に出てくることはなかった。二週間のあいだ、彼のために食事が上に運ばれていた。

彼は今では父の仕事台の向こう側で、膝に肱をあて、頭をかしげ、丈の高い銅製のランプに明るく照らされていた。そして紙巻き煙草を巻いていた。

「いや、あんたには革命の精神はないが、正義の精神はある。それだけのことだよ」と父は言った、

「バクーニンは読んだかい？」と男は言う。

父は頭を動かして金具のついた大きなトランクを指し示した。それは部屋の片隅を占領していた。

「あのなかに入っている」

「ジャン・グラーヴも？」

「彼もだ」

「ローラン・タイヤッドは？」

「もちろん」

「プルードンは？」

「もちろん」

「ブランキは？」

「ピュジェ＝テニエ［ブランキが生まれたアルプ・マリチーム県の町］で知り合ったよ」

「俺は、〈四季協会〉［ブランキたちの結社］に加盟していたんだ」と男は言った。

「それはもう解散してしまっていた」と父は言った。

男は手を開いて髪の毛のすべてをうしろになでつけた。その時、私には男の手がよく見えていた。

その手は人間的で思慮深くなっていた。その手は、もはや自らの生命をあるいは友情の肉体をひと

りで手さぐりして探し求めている手ではなくて、立派な腕を通じて人間の身体にしっかり結びついている手だということが、感じられた。それは長く先が尖っていて、豊かで善意に溢れている手だということも感じられた。指は痩せてほっそりしていた。爪のまわりの肉との境界の溝には石膏職人に特有の白い輪が残っていた。男は話すとき開いた手を光のなかに伸ばしたが、手の指は湾曲し、広く大きくへこんで荒れた手のひらは労働によって噛み砕かれていた。

「協会はやり直したんだ。プルードン、結構だ。あんたがいくらかでも彼の人となりを知れば、プルードンはもう信用できない。あのなかには……」と彼は言った。

彼は両手の拳で胸をどんどんと叩いた。握りしめた彼の手は槌の頭部のようだった。

「あのなかには、欲求と快楽しかない。あのなかには、獲物の狩りへと俺たちをかりたてる装置しかないんだ。俺たちの口が求める獲物の……」

男は私を見つめた。

「俺たちの口や……。俺の言っていることが分かったかな? 他人に対する援助、そんなものはあそこにはないんだ。相互扶助? そんなものは糞くらえだ。あいつがやることのすべて、それは小さな私有地を永続させることだけだ。ただそれだけだよ。俺たちはブランキの協会をやり直したんだ。俺も参加していた。おい、聞いているのかい?」

彼は手を光のなかに伸ばした。手の指はすっかり開かれていた。話しながら、あたかもランプの光をすべてとらえてしまおうとでもするように、彼は指をゆっくりと閉じていった。

「闘い。これだよ。俺たちは闘うしかない。これしか残っていないのだ」

彼の姿はもう私には見えなかった。私たちの方に突き出された彼の拳しか見えなかった。その拳は世界のように大きかった。

「俺はすでにあんたにそう言ったじゃないか。あんたには正義の精神がある。それだけのことだよ」と父は言った。


ある朝、男は母の竈のところへ湯をもらいに下りてきた。彼は訊ねた。

「はさみはありませんか？」

湯の入ったお碗と第二のルイーザの刺繍用のはさみを持って、彼は上の方にある自分の暗い部屋へ戻っていった。

彼は顎髭を切り落とした。顎の先端に小さなちょびひげだけを残した。口髭の先端を持ち上げた。彼がそうするあいだ、私はそこにいた。二本の指で髭をよじりながら、彼は私の方を見ていた。

「これはむずかしいんだ、こいつを空中にぴんとさせておくのは。これまでこういう習慣がなかったからな」と彼は言った。

事実、彼が口髭を放すとすぐに、それはそっと落ちてきた。そうするといつもの見慣れた彼の顔が現れた。たっぷりと口髭をたくわえている彼の顔が、彼がわが家へ駆けこんできた夜の彼の顔が、現れてきた。すぐさまあの時の彼の顔が認められた。もとの悲しそうな表情になってしまった。結局のところ、彼は口髭の先端に少量の松脂を塗り付けることにしたと私は思う。

夜になり、寝ようとして上着を脱いでいたら、父が私に言った。

「そのままでいなさい。外出するから」

「坊やを連れていくの?」母が驚いた。

「安心感をかもしだすからな。すっかり散歩をしているという雰囲気になるだろう」父は言った。上の仕事場で、男の準備は整っていた。チョッキをぴったり身につけた彼は、見事な丸い腹をしていた。父は彼の足元から頭まで眺めまわした。

「どう思う?」と男は訊ねた。

「そう、これはブルジョワ風だ。今夜はこれでいいだろう。だが、明後日からは別の衣装を探した方がいいだろう。腹が邪魔だな。ここからスイスまでは何キロもあるんだからな」と父は言った。

私たちは外出した。通りに人影はなかった。夜の十一時だった。秋も終わろうという頃だった。天候はうっとうしく、少しじめじめしていた。夕闇とともに腐敗したような小粒の露がおりていた。

私たちはすぐに大通りから離れた。〈鐘の下〉と呼ばれている薄暗い路地に入っていった。錯綜するいくつかの小路は、教会のまわりで、丁度鐘の下で、網状につながっていた。トネリコの葉脈のように路地はひしめき合っていた。そこは夜の闇よりも暗く、牛小屋と流し台の匂いがした。パンと乾いた柴の束の匂いが漂ってきた。壁の向こう側を叩くにぶい音が聞こえた。ある屋根窓は泡だった血のような光をどくどくと流していた。光は液肥の水たまりで凝固していた。

「パン焼き竈だ。パンを焼いているんだ」と父は言った。

そして付け加えた。

「ところで、あんたは外の空気に慣れてきたかい？」

「大丈夫だ。慣れてきたので、心配はいらないよ」と男は言った。

彼は労働の物音に耳をかたむけた。

「家のなかで誰かが闘っているようだな」

私たちは馬小屋がいくつかある小さな通りへと曲がっていった。馬が鼻を鳴らし足で地面を叩いていた。雌山羊は鎖を引っ張っていた。子羊は乳房を欲しがっていた。暗闇に坐っている猫が、二つの赤茶色の星で私たちを見つめていた。町のなかにはもう私たちの足音の他に聞こえるものは何もなかった。私たちは農民たちの住んでいる界隈を横切っていた。道路の敷石の上には平原から運ばれてきた泥があった。大きな土塊となった丘の土が乾いていた。エニシダの柴の束が壁際でしなびていた。それはすでに茸の匂いを発散していた。牛小屋の戸口に筒切りにされた無花果の幹が置かれていた。ロバが呻いていた。犬が私たちの通りすぎるのを見つめた。その犬が頭をもたげると、首輪の音が聞こえた。数珠つなぎになった大蒜が、いくつかの玄関の庇の下でかさかさと音をたてた。ある建物の一階の窓だけに光が灯っていた。私は通りすがりに中を見た。ベッドの近くに立った女が、煎じ茶のお椀をスプーンでかき混ぜていた。

町のなかには私たちの足音しか聞こえなかった。私たちは大通りの方へ、そして田園の方へ、さらに木々の茂みの方へ進んでいった。男は父の大きな歩幅と同じく安定した歩調で歩いていた。

「耳をすますんだ。泉だ！」男は立ち止まってこう言った。

泉は水盤のなかで太鼓を叩いていた。

急に私たちは大通りに出た。顔全体に星たちの燠が降りかかってくるのがまざまざと感じられたし、風に揺さぶられた丘が呻くのが聞こえてきた。

「同志！　同志よ！」と男は言った。

彼は父の腕をつかんでいた。彼の手が震えているのが私には感じられた。自由だ！

「泣いているのかい？」と父は言った。

「逮捕されたとき、俺は新築の家でマントルピースを作っていた」と男は言った。「悪魔のように風をよく通すはずの暖炉だった。だが、煙がのぼるようなことはもうないんだ。北風が吹こうと南風が吹こうと、煙はもうのぼらない。俺にはひとつ秘密がある。マントルピースの正面に親指を使って楢の枝を二本描きこんでおいたんだ」

星が投げかける微光のなかを彼の親指が動いているのが私には見えた。その親指は樹木の根のように暗くて太かった。

「サロンで三か月のあいだ牢獄にいた。光が廊下から射しこんできた。俺が古い考えをはぎとったのはその時だった。箱に入れられたまま二輪馬車に乗ってアヴィニョンまで連れてこられた。アヴィニョンで五か月。それにはじめてのことだった、あの時以来……」

私たちの背後で、蜜蜂のいない巣箱のように町は眠っていた。まるで積み重ねられた豊かな砂糖のかたまりが町の細胞の奥底で崩れ落ちていくように、時おり、町のなかから唸り声が聞こえてきた。すべてが眠っていた。町で呼吸しているのはもう泉だけだった。どこかの柱時計が真夜中を知らせた。

今では、世界は男たちの上で風や星の声で話していた。

「同志よ、最後の審判の日のような時が来るだろう。俺の言うことを聞いているのかい？」と男は言った。

私たちは楡の木の下で立ち止まっていた。物言わぬ梟たちが葉叢のあいだを飛んでいる物音が聞こえてきた。

「……不公平と不正を最後に審判することになるのは俺たちだ。不幸な者たちは地下から出てくるだろう。そして大地はすっかりひび割れてしまうだろう。野原で、牧草地で、丘や山で、もっともかたい道の中央で、大地が裂ける音が聞こえるだろう。大地が星の形に裂け、モグラが地面から出るときのように盛り上がるのが見えるだろう。そして不幸な者たちは俺たちのまわりでまるで植物のように成長していくだろう。あんたは同志だ。俺も同志だ。そしてこの坊やも」彼のかたい手が私の頭の上に置かれた。そこで夢を築きあげるとでもいうような具合に。

「……労働者と農民である俺たちは、今では死のシーツのなかにすっかり折り畳みこまれてしまっている。しかも帯で括りつけられているんだ。まるで死者につけるように、俺たちが話すのを防ぐための顎当てもつけられている。最後の審判のような具合になるだろう。トランペットがいったん鳴り響いてしまうと、シーツは俺たちの肩から落ち、口の封印は取り外されるだろう。うまく言えないが、俺には分かるんだ」

「私にも分かる」と父は言った。

「はじめてこういうことが分かったとき、俺はオリーヴの林のなかで家を建てていた」と男は言った。「四方の壁と天井はすでにできていた。鏝(こて)を手に持って、俺は角(かど)のところでひざまずいていた。白い壁に石膏を広げていたんだ。俺のまわりには漆喰の匂いの他には何もなかった。しばらく前から頭のなかに小鳥の目覚めのようなものを感じていた。急に俺は酔いしれた。色鮮やかな翼を具えた何か大きなものが戸口に入りこみ、俺の方に近づいて何かを告げようとしているような気がしたんだ。この時から俺には分かってしまったのさ。牢獄に入れられようと、どこに入れられようと関係ない。革命を持ち運んでいるのは俺なんだから。

同志よ、俺たちプロレタリア、労働者、農民は頑丈な手首を所有している。俺たちが空にある栗の木を揺り動かすんだよ、そうしたら星々が刺をすべてつけたまま栗の実のように大地に落ちてくるだろう」

「血が出るだろうな」と父は言った。

「腐っているからな」

「私は看護士になりたいよ。診療室に入れてほしいな」と父は言った。

「診療室なんてもうないだろうな、同志。審判のあとでは負傷者もいないだろう。二度目の大洪水になるだろうから」

彼はしばらくじっとして夜の大気を吸いこんだ。

「さようなら」彼は言った。

「何だって?」父は言った。

「俺は出発しなければならない。今、俺たちのまわりのあらゆる物音を聞いて、そうしようと決意したところだ」

「今晩?」

「今晩だ」

「出発は明後日だと相談したじゃないか。ここからスイスは遠い。あんたには食べ物が必要だ。それに金もいる」

「今持っているだけくれないか」

父が手探りしているのが聞こえてきた。

「三十五スーだ。ジャン、お金は持っているかい?」

私は探した。

「四スーあるよ、パパ」

「これが今持っているすべてだ。家に戻ってくれれば、あんたのために包みを用意してあるんだが」

「自由だ」と男は言った。「自由だよ。友もなく、鎖もなく、感謝もない。アダムのようにすっ裸だ」

彼はそれ以上は何も言わなかった。ついで、彼が柔らかい大地の上を大股で足早に歩いていく音が聞こえた。

第四章

小鳥の飼育　遍歴者たちの家　壁の表情　〈断固として（デシデマン）〉と〈女王様（マダム・ラ・レーヌ）〉
音楽のレッスン　バッハさん　羊のいる中庭　スペイン大公

夕闇が押し寄せるとすぐに、私は父の仕事台のそばに行き、そこに坐るのだった。父は丈の高い銅製のランプを灯した。ついで、父は鳥籠を下ろした。

父はカナリア、アトリ、ゴシキヒワといった鳥が一杯入っている籠を五つ持っていた。さらに囮（おとり）の鳥を入れるための小さな籠があったが、そこにはロッシニョル［ナイチンゲール］が一匹だけいた。ロッシニョルの籠は腐敗の匂いがしていた。輪切りのみじん切りにした蚯蚓（みみず）を餌として与える必要があったからである。父は蚯蚓を鉄製のフォークで切り刻んでいたが、その五本の歯を三角やすりで研いだ。父はロッシニョルに蠅（はえ）を餌として与えることもあった。手で生け捕りにした蠅を餌にしていたのだった。ロッシニョルは蝿の腹を首尾よくつつけるように、籠の格子で嘴に磨きをかけていた。膿(うみ)のような白くて濃厚な血が一滴流れ出てきた。大きな蝿か虻(あぶ)の場合には、父はそれらを二つに切り分けた。父はまず青い羽根のついた胸部を与えた。

「まずおいしくない方から」と父は言った。

そのあと、蜜のつまっている腹の小さな袋をそっと差し出した。

ランプに火をつけ、火加減を調節してから、父はそれらの鳥籠を下ろした。鳥たちがランプの赤茶けた光のなかに入るように父は鳥籠を仕事台のそばに置いた。そして、しばらくするとすべての鳥たちが囀りはじめるのだった。

私はとりわけアトリとゴシキヒワの囀りに聞き入った。ロッシニョルが囀ろうと決心するには少し暗いところ、水のなかに革を浸している桶のそばにロッシニョルを置いてやる必要があった。そうすると、ロッシニョルは小さな嗚咽(おえつ)の囀りからはじめるのだった。

「よく聞くんだ、よく聞いておけよ」と父は言った。

ほかの鳥たちはすべて沈黙し、木製の小さなとまり木にかたまってとまり、毛を逆立てて怖そうにじっとしていた。鳥たちの羽根の透明な縁が震えるのが見えていた。

「よく聞いておけよ」

ロッシニョルは自分自身のためにごく静かに泣いていた。それは灰色と赤の苦悩の色彩を帯びた、かぼそくて小さな鳴き声だった。

「よく聞くんだ。囀りたがっている」

そして、私は、鳴き声に変化が生じているのが分かった。腐った餌の匂いが二つか三つの大きな泡になって立ちのぼってくると、すぐさまロッシニョルの巻き舌の素晴らしい歌が炸裂した。

私は父の左側で、大きな戸棚の前に坐る習慣だった。その方角でわが家の壁は全面的に隣家に接していた。隣家は亀裂がはいりぐらぐらした巣窟で、その壁にはひび割れや曲がりくねった陽射しの透かし模様があちこちにあった。その建物の部屋は安い家賃でポプラ街道の遍歴者たちに提供されていた。父の仕事場と同じく、そうした部屋の窓は中庭に向いて開いているだけだった。中庭の奥には羊たちが野営していた。山から下りてきた羊たちは、そこにたどり着いたのである。一日か二日のあいだ鳴いていた羊たちも、そのあと静かになった。私は羊たちを眺めた。彼らは黒い麦藁の上で首を伸ばし、そこで静かに息をしているだけだった。土曜日になると肉屋がやって来てドアを開いた。彼は足でこづいて数頭の羊を起き上がらせた。起き上がった羊たちの腹の下は糞尿で黒くなっていた。羊たちは足を引きずりながら立ち去っていった。

時として隣の窓から男や女の顔が現れることがあった。女たちはすぐさま、太陽が出ている方角の空を眺めるのだった。石のように純粋で平らなその空の断片は中庭を上から塞いでいた。男たちは窓に寄りかかって両腕を広げ、頭をかしげ、長いあいだ何も言わず、何をすることもなく、ただ呼吸だけして、羊たちを眺めていた。

隣家は中庭の二面を占めていたので、父の仕事場のほぼ正面の部屋に住んでいる人たちの様子を私は観察することができた。そこには少女がいた。彼女の父はトランプ用のカーペットを持ってカフェに出かけていった。地面のおが屑の上にカーペットを広げ、シャツの袖をいくらか巻き上げ、両手を打ち合わせ、身体を投げ出した。そうすると今では彼は両手で倒立しており、両脚で歩くのと同じように両腕で歩いていた。時おり彼はカーペットのところに戻ってきて、ゆっくり、じつにゆっくり両腕を曲げていき、顎でカーペットに触れた。そうして、彼は大いに満足して立ち上がり、テーブルにのっている客用の小皿を手にとり、小銭を求めるのだった。少女は私よりかなり年下で四歳くらいだったと思うが、彼女がその部屋に着いたときからその姿は目にしていた。赤い上着を着た少女は、黄色の大きなリボンをつけていた。鉄兜のように硬くて黒い彼女の髪の毛に載せられたそのリボンは飾り紐のようだった。彼女も他のあらゆる女たちと同様にまず空を眺めたが、すぐさま彼女は視線を下にいる羊たちの方に向けた。

彼女は小さな手を羊たちに向かって差し出し、握りしめた他の指の上に親指を動かして「餌を与える仕種をして」、羊たちに呼びかけた。

「さあ、羊さん、おいで、早くおいで」私たちのロッシニョルが囀る装飾音に似た装飾音をつけて彼女は歌った。

羊たちが彼女の方を見ることはなかった。

ある夕べ、囀りを終えたばかりのロッシニョルが、肉の入ったお碗のなかの餌をつついているとき、隣の家の階段を誰かがのぼってくる物音が聞こえてきた。それは新入りだった。彼らは私たちの向こう側で、私たちとは壁だけで隔てられて生活しようというわけだった。彼らは箱を押したが、その箱に取り付けられている釘のすべてが床板の上で軋んだ。ドアが閉まるのが聞こえた。そして、二人の男は話しはじめた。長いあいだ、じつに長いあいだ、とどまることなく。際限のない言葉は、まるで呼吸のようだった。父も聞いていた。彼はゴシキヒワの籠を指で叩いた。

「さあ」と彼は言った。

鳥たちは囀った。向こうの男たちは話さなくなった。しばらくして鳥たちは種子を食べはじめた。男たちが喉をごろごろ鳴らす猫のように非常に低い声で話しはじめるのが聞こえた。

父はアトリの籠を指で叩いた。

「さあ!」

アトリたちの囀りが炸裂した。しかし、すぐさま沈黙してしまった。アトリはランプの光を好まないのだ。

ロッシニョルは鉄製の餌箱を揺すぶり、そして囀った。父は切り出しナイフを握っている手も、角金敷(つのかなしき)を締めつけている脚もあえて動かさずに、その囀りに聞きいっていた。それは赤くきらめくいくつかの小さな月のようだった。その中央で、白いナイフのような光線を発する悲しく大きな太陽が、夜の闇を刈り取りながら全速力で回転していた。

ロッシニョルが囀りを止めると、父は切り出しナイフを手放し、ランプを手にとり、私に言った。

「さあ、下りよう」

もう隣家の物音は聞こえてこなかった。


父は小さな庭が欲しかった。父の欲求は私たちのあいだで炎のように燃えていた。父の欲求を共有していた私たちも燃えあがり、熱くなっていた。昼の食事を終えるとすぐに、通りを吹き抜ける風の歌が父を引きつけた。父は町はずれの道を一周するために出かけていった。父はあらゆる囲い地を眺め、壁のひとつの角(かど)から向こうの角までの土地の広さを大股に歩いて計ったりして、そして、一メートルあたりいくらで全体としてはどれくらいの金額になるかなどと計算していたにちがいない。父はそうした散歩を利用してロッシニョルの餌を持ちかえってきた。私はというと、そのあいだ大きな階段を登って太陽と対面していた。父の仕事場の上には、船倉のように音がよく響く広い屋根裏部屋があった。羊のいる中庭の全体を見下ろすことのできる大きな窓のおかげで、そこから屋根の向こうのずっと遠くまで見渡せたので、川のきらめきや、丘の眠りや、腹の下に影を作って魚のように泳いでいる雲、そうしたものを眺めることができるのだった。私たちの家の下の方の階では、夢想にふけることによってはじめて暮らしていくことができた。壁の表面にはあまりにも沢山の土の染みや、傷んだ茸の匂いを発するあまりにも濃厚な暗闇や、分厚い石のなかにはあまりにも多くの雑音などがあったからである。静寂というものは、この家の外に出なければ得られないものだった。そして、外に出かけるために、そうした雑音、そうした暗闇、壁の上に湿気が描くそうした奇妙な様相を利用することもできるのだった。広い窓を利用することもできた。

私は今でも町の彼方でとどろいていたあの海の深さを思い浮かべる。街道の泡の下で平原が一面に水蒸気を立てていた。馬鍬で耕されたばかりの畑から、捩じれた波しぶきが飛び立っていた。風が突き進んでいき、すべてが風の通ったあとで震えていた。風がまっすぐ自分の前方に向かっているということが、さらに風がまさしくそこに存在しているということが、しかし、極彩色の大きな鳥のように尾羽を開き、目の前に広がっている新たな国に向かって風の目がすでにかっと見開かれているということなどが感じられるのだった。風が強力で穏やかだということや、私たちが広い世界のなかに運び去られるためには少し力をいれて風に寄りかかれば充分だということが感じられた。この逃亡の欲求、それは風が私たちのなかにゆっくり成長していく獰猛な種子のような具合に植えつけたものであるということや、さらに私たちはそのあと蛸のように動く巨大な根によって引き裂かれるであろうということが感じられた。私は風が私の内部にしっかりと根を張っているのを感じた。今でも、血を流し激痛の走る破裂した肌を手入れしようと試みるようなことがあると、大きな窓を前にした私に植えつけられてしまったそれらの種子のことに思いいたり、私はいつでもその傷の奥に小さな紫色の蛇が巣くっているのを見出してしまうのである。

湿気は壁のなかを屋根裏部屋までのぼってきた。北に面している壁では灰色の陰が眠っており、まっ昼間でも時として鼠の青白い稲妻が走った。私はしばしばその壁を眺めるのだった。まず目を陰に慣れさせる必要があった。私の視線が陰のなかにいよいよ深く入りこんでいくのが感じられた。その陰は、まるである国に到達するために横切らねばならない幾重にも張りめぐらされた部厚い空のようだった。陰が明るくなっていく場所に少しずつ私が近づいていくと、一種の曙のようなものが北の壁沿いにのぼってきて、私には〈聖母マリア〉が見えてくるのだった。それは黴の染みだった。彼女の顔は卵形で少しふっくらしていた。彼女は緑色だったが、緑色がもっとも濃厚だったのはその目のなかだった。そして、彼女の皮膚の色彩のすべては彼女の視線の反射に他ならず、その視線の明るい滲出でしかありえなかった。彼女の口に相当するところでは壁の傷みは深く煉瓦にまで達しており、そこは本物の皮膚のように赤くて肉付きがよかった。彼女は彼女自身と私のいずれに対しても威圧的で厳格だった。彼女は湿った陰の奥底に私の好んでいたあの緑色の目とあの口とを自発的に隠していたが、そこにいるのは彼女だけだった。しかしながら、彼女はもしも自分が白日のもとに姿をあらわしたら、みんなに愛されたであろうということはよく心得ていた。彼女はまっすぐ私の目を見つめることによって、私がさまざまな夢想にふけるよう操作してきた。たしかに、彼女の視線の感動は、私から出発して、私の頭を横断していき、分厚い壁のなかの凪にあるいは神秘的な足跡に向かって噴き出していく、私だけにしか制御できない噴出物となった。しかし、その私という静かな水たまりのなかに、私の顔を見つめながら石ころを投げこんだのは彼女である。彼女には不意の対応ができる素晴らしい寛大さが具わっていた。私には制御できないいくつかの欲求を、彼女は彼女の内部で和らげてくれた。別のときには、彼女は簡単きわまりない優しささえ私に対して拒絶したので、私は胸のなかに頑丈なものや逞しいものが何もない状態でふらふらと立ち去るしかなすすべがなかった。そして私は長い日々を苦しみのなかで過ごすのだった。彼女は私の苦悩に同情するということはなかったが、私の心にふたたび楽しい季節が訪れるのを待ってくれていた。そして、その快適な季節が到来すると、彼女は私にちらっと視線を投げかけるだけで、私の心のなかに、私が持っているありとあらゆる菫の歌を誕生させ、密生したジャスミンの花を咲かせることができるのだった。そのジャスミンの花は、私の心臓の上の、イエス像の心臓のなかの炎が燃えている丁度その場所で、踊っていた。

この壁の顔はさらにもっと別の能力と恩恵を具えていた。その顔は人間的にみて美しくもあり悲しくもあった。その美しさはそれが根本的に人間のものであるということに由来していた。額、頬、口、目、煉瓦でできた唇の片側の渦巻模様を描きだしているあの大きな皺、髪の毛。こうしたものすべてが保護されていない肉で、つまり生きた肉でできているので、すべてが　幸福や苦悩を恐れることもなく、人生を組み立てる石工の大きな親指の操作に率直に委ねられていた。しばしば、その額を青白くさせている石膏の思考の情け容赦のない厳しさにもかかわらず、私という少年の腐食土のなかで植物のような人間が身震いしているのが私には感じられた。その顔に付き添い、その顔を保護し、その顔とともに生活し、私の苦しみに対する慰めをその顔に求めるのは、もっと月日が経てば心地よいものになるだろうと私は感じていた。その顔の石に黴が生えて変質したりしないようにと、私は全身のひそかな力をこめて呼びかけた。その顔が空中に肉体を備えた形で組み立てられているよう私が大いに望んだので、非常に長い沈黙と待機のあとで、生命を持ったある人影が私の眩んだ目のなかに浮かびでてきた。

しかしながら、私がその顔をもう絶対に忘れることができないような具合に、万事が私のまわりで周到に組織されていった。私が知らないうちに、ひそかな力が静かな杼を繊維の糸のなかに投げていた。隣りの大きな家に新たな借家人たちが住み着いてから数日後、父は自分の庭を探しに出かけていったので、私は父の帰りを待つために屋根裏部屋にあがっていった。

私は聖母マリアを見つめていた。山から吹き付ける風にあおられた横殴りの豪雨が夜のあいだ降り続いていたので、北側の壁は湿っていた。小さな水滴が二つの緑色の目のなかでそれぞれ真珠の輝きを見せていた。

私たちがそこがはじまりだと認めることのできるようなはじまりで本当にそれが開始したかどうか私には分からない。それは事物の奥底で生命を持っていたにちがいない。その誕生は、海で盛り上がってくる波のように、世界を構成している材料のすべてが隆起するといった類のものであった。

私にはフルートの歌が聞こえてきた。

煉瓦の口が話しているような気がした。

それは悲しくも軽快な調べだった。フルート奏者の演奏は有無を言わせぬほど正確だった。この音楽を自分の外に吹き出す前に、そのフルート奏者はとぐろを巻いた蛇のようにそれを長いあいだ自分の頭のなかに引きとめていたのだということが感じられた。フルートのかたわらでは沈んだ調子のヴァイオリンが演奏されていた。それら二つの楽器はともに上昇していく長い道を歩んでいた。それは非常に遠くまで行く者に特有のゆったりした歩調だった。

私の心臓は、ずっとのちになって私が自分の内部で高鳴るのを聞くことになるはずの歩みと同じ大股の歩みで歩きはじめた。私が暗闇のなかで手を差し出すと、壁のマリアは私の手をとった。ついに、私は父の仕事場へと下りていった。父はそこにいた。すでに。柱時計が四時を打った。父は動かなかった。鳥たちはまるで死んだようだった。

「音楽を聞いたかい?」と父は私に言った。

「うん」

「目が赤いぞ」

「こすったんだ」

「手が汚れているじゃないか」

「壁に触ったものだから」

「いったい、どこにいたんだい?」

「上だよ」

夕食の時が来るまで、私たちは話さなかった。父は鳥籠を下ろさなかった。蝋引き糸をゆっくり引っ張り、糸が切れるのを防ぐために、手首を一回ではなく二回まわして縫い目の結びを締めつけていた。風のなかに砂が入りこんでいくように、沈黙が私たちの周囲のいたるところに浸透していた。時おり、目を覚ましたアトリがくちばしで餌入れを叩くのが聞こえるだけだった。羊が呻いた。外の夕闇は翼が身震いするような動きをしたあと、もう動くこともなく、その黒い羽根で世界を抱きかかえた。私は動かずにじっとしたままで、呼吸もあえてしないほどだった。私の視線はランプの紙製の笠や壁や空を突き抜けて、緑と赤で彩られた素晴らしいマリア様の顔が安らかに休息しているところまで進んでいった。

音楽を演奏していたこの二人の男のひとりは〈デシデマン〉［断固として］、もうひとりは〈マダム＝ラ＝レーヌ〉［女王さま］と呼ばれていた。

私が家の前の歩道で遊んでいると、デシデマンがそばを通りすぎた。彼は熟れすぎたリンゴと古い革の匂いがした。彼の身体に沿って視線をあげていくと、花模様の布のズボンと、柔らかそうな二つの長い口髭が染みでてきている、薄いブロンドの髪の顔が認められたが、そこまで見て取るのが精一杯だった。彼が近づいてくる物音が聞こえなかったからである。彼はエスパドリーユ［縄底で布製の靴］をはいて歩いていた。通りを少し下って、肉屋の前で、彼はサン・ソヴール教会の太った神父に出会った。彼は神父をまっすぐ正面から見つめて、大声で「カー、カー！」［鴉の鳴き声の真似。黒い僧衣をまとっている神父は教会嫌いの人たちによって鴉にたとえられることがあった］と彼に向かって叫んだ。急ぐことなく、口髭を揺らして、彼は歩き続けた。

マダム＝ラ＝レーヌはよくブラシで磨かれてはいるがてかてかした燕尾服を着ていた。私は煙草屋で彼に出会った。彼は言った。

「一スーの葉巻をください」

私がそれまで見たうちで、彼は最も痩せており最も背の高い男だった。彼が指を一本動かすだけで、その指はぽきぽきと音をたてた。歩いていても脚が音をたて、腕が鳴った。そして葉巻を持っている手は、燠がはじける音をそっくりそのまま再現していた。点火器［かつて煙草屋やカフェなどに備え付けられていた煙草用の火付器］で煙草に火をつけ、じっと動かずに目を閉じて素早く煙を吸いこんだ。

食卓で父は私を見つめてから、パン切れを指のあいだで二、三度まわした。

「音楽を学んだらどうだろう？」と彼は言った。

私にとって音楽は本質的に神秘的なものだったので、もし父が「魔法を学ぶんだよ……」と言ったとしても、喉の奥にそれ以上の恐怖を感じることはなかったであろう。

「できないよ」と私は言ったが、その声が自分のものとは思えなかった。

そして私の熱のすべてが一挙に靴のなかに下がってしまった。

「私も無理だと思うよ。お前にはできないかもしれない」しばらく沈黙したあとで父はこう言った。「だけど、そんなことはいいのだ。隣の人たちのところに行って、聞くだけでいいんだ」「週に二十スーだ」財布を握っている母に彼は付け加えた。

デシデマンは私にドアを開け、頭をかしげて、目はうつろに、じっと私を見つめた。そのあいだ、チョッキのポケットに届きそうな彼の口髭はかすかに泣いていた。

「さて、坊やがおいでだ」ついに彼はこう言った。

マダム＝ラ＝レーヌは、大きな箱のなかをかきまわしていたのだが、柴の束が折れるようなぽきぽきという音とともに立ち上がり、私の方に歩み寄った。

「おはいり！」と彼は言った。

そして彼は手を心臓の上に置いた。

ドアが閉まると、三人はお互いの顔を見つめあった。マダム＝ラ＝レーヌは両手をものすごいスピードで擦りあわせて指をぽきぽき鳴らし、両肱は身体の左右をまるで翼の断片のように飛びまわっていた。デシデマンは時おり頭を動かし、口髭を浮遊させた。私はその大きな薄暗い部屋を眺めた。それは非常に広く天井が高かったので、中央まで差しこんできていた太陽の光は小さなガラスの塊のようなものでしかなかった。はじめは壁も天井も見えなかった。しばらくするとはじめて、私のまわりにあるその家の筋骨逞しい胴体を認めることができた。

「うまく行くと思うよ」とマダム＝ラ＝レーヌは言った。「坊やがすっかりなかに入るという骨折りさえしてくれたらね。そんなところにいて見つめあっていたのでは、なかに入ったということにならないんだよ。さあ、ここに坐るんだ」

彼は足でカーペットを引っ張ったので、私はそこに坐った。マダム＝ラ＝レーヌは私のそばで両脚を折り曲げた。デシデマンは暗闇のなかに入った。

「私はとても満足だよ。ドレミファソラシドは問題ではない。何故学ぶのか？　何の役にたつのか？　根本的なこと、それは誰が学ぶかということだ？　どこからそういう考えが生まれてくるのか？　それは神秘だ」マダム＝ラ＝レーヌはこう言った。

彼は長い指で暗闇を指し、ぱちんと音を出した。その暗闇からデシデマンが自分のヴァイオリンとフルートを持って進みでてきた。

マダム＝ラ＝レーヌはフルートを手にとった。彼の指はもう音をたてていないということに私は気づいた。彼は両手をまるで小鳥のようにフルートに当て、顔を木製の管に沿って傾けた。彼は私を見つめた。

目の明かりが消えた。

「モーツァルトさんだよ」と彼は言った。

そして、彼らは演奏をはじめた。

もう何も見えなかった。

ラモーさん、スカルラッティさん、そして小さなヨハン＝クリスティアンの曲だった。陽射しが消え失せようとしている瞬間に、私たちはハイドンさんを聞いていた。その曲は、部屋が完全な陰に包まれてしまうまで続いた。今では、私のまわりに音楽以外のものは何もなかった。壁からはがれた壁掛け、床の上の二枚の藁布団、水差し、床に転がっている二枚の皿、板でできた大きな箱、こうしたものは私にはもう見えなくなっていた。暗闇だった。時おり、沈黙のなかで、その二人の男性のうちの一人の演奏が終わると、マダム＝ラ＝レーヌは鞭のようにフルートを振ってぴしっという音を出した。

「坊やはどう思うかな？」とデシデマンは訊ねた。

「明かりをつけろよ。見えるようにしよう」とマダム＝ラ＝レーヌは言った。

デシデマンは蝋燭の端っこに火をつけた。

「それをこちらに」とマダム＝ラ＝レーヌは言った。

そして彼は私の顔に光を近づけた。

彼は私の目を見つめて、歯のあいだで歯笛を吹きはじめただけのことだった。

彼はデシデマンの方に振り向き、一回か二回頭を振った。それから彼は立ち上がった。彼らは二人とも話もせずに互いの顔を見つめあっているのだということが私には分かった。

私はもう父のことも母のことも話さない。話すことなどもう何もなかった。

一度だけ父が私に訊ねた。

「うまくいっているかい？　息子よ」

父は付け加えた。

「ひょっとしてもう音楽を学びたくなっているんじゃないかな？」

「ああ！　そんなことはない。そんなことはないと言ったでしょう！」

そうすると私の顔は赤くなりはじめた。そして私は父の擦り傷のある真っ黒で大きな手を愛撫した。

土曜日ごとに、私は二十スーを持って出かけていった。

「箱の上に」とマダム＝ラ＝レーヌは私に言った。

私はその小銭を箱の上に置いた。

デシデマンはジャガイモの皮をむいていた。

「モーツァルトさんは、小さな坊やだった」とマダム＝ラ＝レーヌは言った。

「だけど、もう立派なモーツァルトさんだよ」とデシデマンは言った。

「その通りだ」とマダム＝ラ＝レーヌは同意した。

「ハイドンさんは」そのあとで彼は言った。「老人だった。雉を食べ、こんなに長くて大きなグラスで発泡ワインを飲んでいたんだ。彼は大邸宅や池や樹木や白いリラのある完璧な森林を貸し与えられていた。ただ、彼は忘れることができたんだ」

「そうだ。彼は消化作用に影響されるようなことはなかったからね」デシデマンは言った。

「それに、彼の手はきわめてしなやかだった」マダム＝ラ＝レーヌは言った。

そして彼はぽきぽきと音をたてる手で、「さようなら、さようなら！」と言いながら翼をはばたかせる鳩の身振りをした。

「ただし、彼には友情がどういうものか分かっていた」とデシデマンは言った。

「大丈夫かね、ジャガイモは？」とマダム＝ラ＝レーヌは訊ねた。「何か手伝おうか？」

「大丈夫だ」とデシデマンは言った。

私はマダム＝ラ＝レーヌの腕に触れた。

「このあいだあなたたちが演奏していた曲は、楽しかった……」

「それは何だった？」とマダム＝ラ＝レーヌは訊ねた。

「何という曲かは分からない」

「いつのことだい？」とデシデマンは訊ねた。

「僕がここに来るようになった時より、もっと前のことなんです」

「君はどこにいたの？」

「僕たちの家の屋根裏部屋」

「二人とも演奏していたかい？」

「うん」

「君は屋根裏部屋で何をしていたの？」

その壁には緑と赤のマリアさまがいると私は言った。そして不意に、彼女について私に思い浮かべることができたことを通して、彼女の美しさ、彼女の人間性、彼女が私の心のなかに持っている大きな王国、それらのすべてが呼びさまされた。

「あなたたちが演奏していたのはこれです」

私は悲しくも軽快なフルートの調べを口笛で吹きはじめた。私は、自分の声や頭を使って話す人間ではなく、隠れた力のすべてを掌握している楽器そのものになってしまった人間のようだった。私のマリアさまの身体そのものが、私の唇や、引き裂かれてはいるが幸せな私の心の切れはしや、黴でできた大きな目が私と交わしてくれた素晴らしいが実現不可能な約束、こうしたもののあいだから現れ出てきた。

マダム＝ラ＝レーヌは立ち上がった。

「バッハ、ヨハン＝セバスティアンだ！」と彼は言った。

デシデマンはもうジャガイモの皮をむいていなかった。

「どうしろと君は言うのだね？」しばらくしてマダム＝ラ＝レーヌは言った。「どうやって推測しろと言うんだね？　坊やはそれが楽しいと言ったんだよ」

彼は私を見つめた。

「それは楽しいというのではなくて、坊や、美しいのさ」

「ホ短調の組曲〔ロ短調の管弦楽組曲〕、ポロネーズだ」とデシデマンは告げた。

彼は包丁を置き、ヴァイオリンを手にとり、チョッキの袖でヴァイオリンを磨いた。弓を眺め、手で軽く弦に触れた。マダム＝ラ＝レーヌは手でしっかりと自分のフルートを拭い、息は吹かずにキーを操作した。彼は指を空中で動かしたが、その指は、演奏する曲目が予告されたので、煙よりも静かになった。彼は唇をフルートに近づけ、静かに言った。

「さあ、はじめよう！」


「ああ！」フルートは歌った。「私たちにとって、人生は一人の老女のようなものだと言われていた」

「鼻水を垂らし、目はふさがり、口の具合もよくないような老女」

「老女はその格子のような骨でもって私たちを愛し、ウサギの古い皮のように臭気を発するその舌で私たちの口をこじ開けてしまうだろう」

「そういう具合なんだ」とヴァイオリンは言う。「そういう具合なんだよ、お前さん。何か文句はあるかね！」

「神によって書かれているのはこういう風なことだ。だから、鼻と目を塞いで私たちの愛する女性を愛撫するしか仕様がないのだよ」

「彼女が触れるのは私たちの皮膚と血だけであろう」とフルートは言う。「臭気を発しているものを私は鼻でとらえる。しかしそれを口からふたたび吐き出す。それは残らない。マリアさまは私のもので、私の頭のなかにある、その純粋で薄暗いいとしい人は」

そしてそこで、ヴァイオリンが低い声で唸っているあいだに、

「いいぞ、お前の言うとおりだ。歩こう。さあ、前進だ。そっと、前進だ」

フルートは飛び出した。そして、蛇が草のなかで立ち上がりその肉体の喜びあるいは怒りでもって自分の欲望の束の間の表情を築き上げるように、フルートは嫌われ者たちの自由な頭のなかに巣くっているこの横柄な幸福の形態を素描した。

たしかに、私がポロネーズを二度目に聞いたときのことを今書いたけれども、ヴァイオリンもフルートもこうしたことをすべて私に告げ知らせたわけではない。私は緑のマリアで心を一杯にした少年だった。しかし、それ以来、私はその調べを何千回も何千回も口笛で自分のために吹いてみたが、そのたびごとに、デシデマンとマダム＝ラ＝レーヌの気難しくて高慢な顔を思い出したものだ。

「バッハだ」とデシデマンは言った。

「バッハの小さな声」とマダム＝ラ＝レーヌはフルートを振りながら付け加えた。

「ジュール」とデシデマンはフルート奏者の肩に手を置いて呼びかけた。「ジュール、あのトッカ

ータの上昇していく音形を思い起こしてみろよ。君が上まであがっていくと、君はすっかり絶望してしまって足を下におろしてしまうんだ」

「そうだ」マダム＝ラ＝レーヌはため息をついた。「つまりそのあと、何の支えもなしに、頭のなかに恐怖心も抱かずに、自分自身の力で危険な跳躍を行えるのは、自分がかなり強いからなんだ。すべてはそこにあるんだよ」

「君も知っているように、卑劣漢たちはあの男に三百フラン与えた。あの上にいるあの男が見えるだろう。乳を吸う男の口、かたい乳房の乳母たちに育てられてきた男たちに特有のあの広い鼻、そうした男の姿があの上にあるのが見えるだろう。ドアの上にあるオルガンに向かっているあの男が。彼はあの曲を演奏している。その下で、肉屋夫人が知事夫人に挨拶し、知事夫人が実力者の選挙人夫人に挨拶し、司祭は寄附金を勘定する。『この曲は長いな』と彼は言う。『みんな帰ってしまった。おーい、バッハさん、食事にしよう！』」

「坊やのことを忘れていたようだ」悲しそうな丁寧な声でマダム＝ラ＝レーヌはため息をついた。

彼らは二人とも私のそばのカーペットの上にしゃがみこんだ。

「バッハは」マダム＝ラ＝レーヌは私を見つめて言った。「大きな人物だった。彼は沢山のスープを飲んだ。そのために彼は二人の奥さんと二十一人の子供を持った。そうなんだ」

「事実は僕たちが思っているよりもっと多くのことを説明してくれるよ」とデシデマンは付け加えた。

「だけど、さきほど坊やは数小節にわたって完璧な口笛を吹いたように僕は思った。坊やは物語の流れを理解していたぜ」とマダム＝ラ＝レーヌは言った。

「これからそういうことを教えていくことにしよう」とデシデマンは言った。


その日以来、私が訪問するたびに、マダム＝ラ＝レーヌは静電気を帯びた両手をこすりあわせて私を迎え、こう言うようになった。

「仕事をしよう」

彼らは私の前でバッハ、ハイドンさん、モーツァルトさんを演奏した。そのあとで私は自分が空想したことを物語った。

彼らは私の話に耳をかたむけた。そして賛同したり訂正したりした。

「いや、そこで黒い白鳥は頭を水のなかに三回入れそして持ち上げる。そのたびに小さな水滴が白鳥の羽根の上を滑る。トラララ、トラララララ。毎回同じように。しかし、私たちには水草のあいだで揺れている池の物音のすべてがずっと聞こえている。ついで白鳥は頭を持ち上げ、鳴く。そこで雄鹿が……」

「ファゴット」とデシデマンが人差指をあげて付け加えた。

「そこで、雄鹿は」と私は続けた。「森から出る。その角には草がからまっていて、雄鹿は笑う……、デシデマンさんのように」

「そのとおりだ」とマダム＝ラ＝レーヌは認めた。「明日、君はこれを私たちに口笛で吹いてみせるんだよ」

ある日、デシデマンが少し具合が悪かったので、私はすぐさま父の仕事場に戻った。父はいつもの椅子に坐っていなかった。彼は大きな戸棚を開き、壁に耳を当てて聞き耳をたてていた。

「帰ってきたのか？」と父は言った。「お前たちがはじめるのを待っていたのに」そして父は戸棚を閉めた。

「あんな人たちのところに行くと蚤にたかられるわよ」アントニーヌは言った。

「何ですって！　そんなことがあるかしら！」母はほとんど叫びそうだった。

「冗談で言っただけよ」アントニーヌは言った。

アイロンが熱くなるのを待ってみんなが休んでいるあいだ、アントニーヌは私を太股のあいだに引き入れた。

「おいで、見てあげよう」

彼女は私の髪の毛を調べはじめた。

「一匹」爪と爪でぱちんと音をたてて彼女は言った。

母は鼻孔を震わせて飛びついてきた。

「嘘よ。冗談よ」とアントニーヌは言った。「あんたはかつがれてしまったようだね。それに、蚤もいないようでは、健全じゃないのよ」

「見せてごらん」と母は言った。
そして彼女は私の頭をあちこちいじりはじめた。
「というのは、私は、音楽は、あんたに分かるかしら……、けっこう美しいからねえ……。大丈夫、蚤はいないわ」

デシデマンとマダム＝ラ＝レーヌが隣にやって来て以来、羊のいる中庭は様相を変えてしまった。

四つめの窓の奥には年齢不明で顔色のさえない太った女が住んでいた。その窓は壁が角になっていて、丁度太陽が届かないところにあった。窓枠はすっかり苔に浸食されていた。彼女の流し台は鉛の管から排水していたが、その管は井戸の内壁によく生えているコタニワタリ［シダの一種］のような髭をつけていた。長くなったその植物は汚水をはねつけ、青白くて長くそして細い茎をきらきらと降り注ぐ太陽光線の方へ投げかけていた。女が窓を開くことはけっしてなかった。窓ガラスのうしろの陰は、川底の水と同じような色彩だった。ただ真夏には時おり、それは羊のいる中庭が乾いた埃や丘の炎暑の匂いを発している場合に限られるのだが、女の青白い顔が近づき鼻で窓ガラスを叩くことがあった。その部屋の青緑色の陰のなかで、まず白い人影が泳いだ。それは悲しげな魚のようだった。彼女は夏の圧倒的な匂いを窓の継ぎ目のところまで嗅ぎにやってくるのだった。眉毛のない二つの大きな目や、頬の垂れ下がった顔の単調な揺れ動き、それらを見るだけの余裕が私にはあった。そのあと、彼女は柔軟な動作で立ち去ったが、あっと言う間に全身が見えなくなってしまうのだった。彼女は監獄から出所してそこに住んでいた。それ以前は、彼女はレイヤンヌ街道とグランボワ街道が交差するところで運送業者相手の宿を経営していた。そこは重い荷車引きたちしか立ち寄らない宿だった。ある夜、彼女は殴り合って一人の男を殺してしまったということだ。彼女の家は燃えてしまったのである。

彼女の隣にはなめし革職人が住んでいた。彼は狸、鼬（いたち）、狐、コエゾイタチといった小さい動物の毛皮を自宅でなめしていた。彼は窓の鎧戸に吊るして毛皮を乾かしていた。毛皮は十字架状の竿で広げられていたので、少しでも風が吹くと、ぶんぶんと唸りはじめ、凧のように飛びたとうとするのだった。私は毛皮が吊り下がっているのを見たり、その音を聞いたりするのがひじょうに好きだった。ある時、秋の強い風が吹き、町全体を震えあがらせ、中空の家々を鳴り響かせたことがあったが、二枚の毛皮があっという間に舞い上がっていった。一枚は鼬でもう一枚はテンだった。屋根の頂上を越えていったその毛皮は、すぐに見えなくなってしまった。なめし革職人はそれを探しにいった。彼が屋根瓦の上を歩いている音が聞こえた。羊のいる中庭の住人のすべてが窓辺に出てきた。青白い顔色の太った女は別として。彼女は窓ガラスのところまでさえやって来なかった。みんなは彼に叫んだ。

「落ちるぞ」

「ラ・ショワーズの屋根裏部屋の方を探すんだ。風はそっちの方に吹いていったぞ」

「屋根の上を歩いたら、屋根瓦が壊れてしまう。そんなことをしたら雨が家のなかに漏ってきてしまうじゃないか」

彼は屋根の大波のなかを遠ざかっていった。波のあいだで彼の姿は小さくなっていった。

人々は窓から窓へと言葉を交わした。

「奴は足が丈夫だ」

「あれは高いんだわ、とりわけテンは」

「あんなことをして、奴は俺たちの口にまで臭い匂いを嗅がせようというんじゃないかな」

彼は戻ってきた。鼬の毛皮しか見つけられなかった。軽業師の娘も毛皮の音を聞くのを大きな楽しみにしていた。死んだ動物の嘆き節を思わせるその陰(いん)にこもった唸り声は、まるで動物が発しているようだった。身震いしたり跳躍したりするそうした毛皮を眺めるのは大いなる楽しみだった。毛皮をはぎ取られ、丸裸にされてしまった動物が、サリエットの茂みのなかで立ち上がって、自分の毛皮が戻ってくるのを待っていると空想させるに充分だった。少女はいつも赤い服を着ていた。彼女は両肩と折り曲げた両腕を窓枠に押しつけるので、黒くて黄色い彼女の顔はまるで鮮血のなかを漂っているようだった。

他の部屋にはトニーノという名前の土方がいた。さらにメキシコから戻ってきた男と女がいた。男は当地の出身だが、女はメキシコ生まれだった。聞くに堪えないみせかけの嘆き節を女が歌うのが聞こえてきた。彼女はほとんど涙を流しそうな調子だったので、松脂(まつやに)が傷ついた膚から刺(とげ)を抜き取ってくれる［かつて、刺を抜き取るのに松脂を使っていたことがあった］ように、聞く者の目から涙を絞り取った。彼女は自分で鍋の底を硬い指で叩いて歌の伴奏をしていた。

また、下の方の階の窓には子供が五人もいる野菜売りのスペイン人夫婦がいた。彼らの住居の下にある小さな厩舎で、彼らの馬が飼われていた。それは長いたてがみと美しい毛の尻尾を具えているアラブ馬だった。しかし、あまりに痩せているので、二つの玉がくっついてできているように思われた。頭部と臀部が鉛筆で結合されているようだったのである。厩舎につながれているとき、馬は板の戸を食べていた。木の破片をはぎとり、低い呻き声とともにそれを噛み砕いている物音が聞こえた。馬の呻き声は、小刻みに震え、ヤシの葉叢を吹き抜ける風のようにひゅうひゅうと音をたてていた。

残りの二つの部屋のうち、ひとつは陰険で黒い男が住んでいたが、彼はかつてキリスト教の学校の修道士だった。少女が住んでいるもうひとつの部屋では、夜になると、いつでも光が灯っていて、口論が絶えなかった。毎朝、その娘は窓を開け、外に乾していたタオルを取り入れ、桶に水を一杯入れて念入りに身繕いをするのだった。彼女はほとんどいつでも素っ裸だった。彼女の姿は膝まで見えていた。

なるほど、中庭の様相は変貌した。不幸の奥底で美しい熱狂が生まれてきた。そして、その虫歯や醜い口にもかかわらず、中庭は歳月を越えて忘我の微笑みと幸福の表情を持ち運んでいた。中庭が密かな恋をはぐくんでいるように思われたし、中庭は自分の心のなかでその恋に満足していたのである。

ある午後、軽業師の窓が開いた。しばらく前から少女の姿が見えなくなっていたのだった。デシデマンとマダム＝ラ＝レーヌは音楽のレッスンか何かで外に出ていたにちがいない。

「おおい、あんたたち！」軽業師は叫んだ。「音楽をお願いしたいんだよ！」

私は窓に近づき、自分の姿は見られることなく、外を見た。

彼は軽業用のセーターを上着の下に着こんでいた。彼は痩せていて、顔は年寄りくさい口髭に覆われ青かった。彼の目は頬を食いつくしていた。

「音楽だと言っているんだよ！」彼はふたたび叫んだ。「娘のためなんだ」

上ではメキシコの女がとんとんと鈍い音を出しているのが聞こえてきた。

「音楽だ、お願いだよ！」軽業師は叫んだ。

黒い男が窓を開けた。隣の娘も窓を開けた。彼らは耳を傾けていた。羊たちは咳をしはじめた。

「音楽だ！　音楽だよ！」

そこで、私はそっと口笛を吹きはじめた。父が私に言った。

「もっと窓に近づくんだ」

私はまずバッハの例のポロネーズを吹いた。頭のなかでマリアさまの眼差しと口を思い浮かべるだけで、ポロネーズはごく自然に唇のところに出てきた。それからハイドンのメヌエットとモーツァルトのメヌエットを吹いた。

「もっとだ、もっと頼むよ！」私が唇を嘗めるために中断すると、向こうの男はこう要求してきた。

パッサカリアの開始部分とスカルラッティの穏やかなうねりを私は口笛で吹いた。スカルラッティはもう終わりになるということがなく、自分の音楽の短い断片からいつまでも再生し続けた。

「もういい！」男は言った。

そして男は窓を閉めた。

娘が小さな声で黒い男に言うのが聞こえた。

「いえ、靴職人の坊やだわ」

夕方になると、軽業師の娘がすでに死んだということが私たちのところにも伝わってきた。彼女は翌日に埋葬された。

「埋葬には行かねばなるまい」父は言った。

父は自分で私に晴れ着を着せてくれた。父の方は糊のきいたシャツを着た。そして第一のルイーザが彼の黒いネクタイを結んだ。

私は花束を持っていった。

私の仲間たちは私をからかった。しかしそれ以来、私たちの中庭の娘は、通りで出会うと私をじっと見つめるようになった。

ある土曜日の夕べ、マダム＝ラ＝レーヌは私に言った。

「明日、坊やが立派な身繕いをしてきたら、スペイン大公のところに連れていってあげることにしよう」

母の仕事場に帰りつくとすぐに、仕事をしている女性たちすべてに私はそのことを話した。

「それは何なの？」と母は言った。

「日曜日には、あの人たちはビュルル夫人のところに行くのよ。私は彼らが話しているのを聞いたことがあるわ」とアントニーヌは言った。

「ああ！　そういうことなの」と母は言った。

母はかなり満足そうな様子だった。

「そこで何をしようというのよ、お前は？」と母は言った。

「音楽を聞くんだよ」

「何か楽器を学んでいたら、演奏できるのにねえ。いいかい、お前の頭で……。父さんの考えは……」

「明日、あんたは白痴に出会うよ」とアントニーヌは私に言った。

みんなは私に美しい衣装を着せた。そして午後三時頃、二人の男とともに私は出かけた。

それは真冬の白っぽい日曜日で、強い風だけが吹き荒れていた。通りには人けがなかった。鐘が悲しげに鳴り響いたあとで犬が猛烈に吠えた。市役所広場までやってきた私たちは、そこで右に折れた。鉄格子で囲われた大きな家の前にたどり着いた。彼らは呼び鈴を鳴らした。私たちはなかに入った。彼らは話さなかった。私は自分の金褐色の大きなネクタイが顎の下でしゅしゅと歌っているのが聞こえていた。

廊下はまるで深淵のようでまっ暗だった。廊下が私たちの足音で、私たちの足音のこだまで、こだまのこだまで鳴り響くのが聞こえた。こだまは廊下の暗闇のなかの四方八方へと消えていった。

マダム＝ラ＝レーヌは私の手をとった。彼の手は頑丈で的確だった。その手は最初の階段と手すりを私に見つけさせてくれた。

デシデマンはドアを叩いた。

「お入り！」厳しい声がなかから聞こえてきた。

それは大きな部屋だった。それぞれ三本の蝋燭が立てられた二つの大燭台が泣いていたが、その燭台は月桂樹が絡み合ったキューピッドをかたどった石膏の窓間壁の下に互いに遠く離れて置かれていた。暗い部屋の中央では、やぶにらみの暖炉から小さな灯がほとばしり出ていた。口ごもっているようなその火は、なかば灰で窒息させられていた。しかながら、その暖炉の明かりのおかげで私は、暗闇の中央の肘掛け椅子に深く坐りこみ、まったく動かない太った重々しい女性の姿を見ることができた。命令は彼女からやってきた。

「お入りなさい！　ドアを閉めてちょうだい！　火を突っついてくださいな！」

マダム＝ラ＝レーヌはドアを閉め、ゆるやかな歩調で暖炉のところまで行き、ゆっくりとかがみ、火をつついた。

「この子は何なの?」

「靴職人の息子です」

「ここで何をするの?」

「この子に美しい音楽を聞かせてやろうとここに連れてきました。すごく記憶力がいいのです」

「いい仕事だわ、靴職人は」

私は動かなかった。呼吸さえほとんどしなかった。まるで首を吊られているように、脚がずっしりと重かった。

「プログラムは?」と女は訊ねた。

マダム=ラ=レーヌはゆっくり身体を起こした。

それまで一度も聞いたことのないような声で、しかも囚人のような声で、彼は言った。

「同僚が歌います。

『私たちは誰かを死なせる権利は持っていない』

『溶けよ、私の心よ、そして涙の海となるのだ』

そして、

『救ってください、キリスト、神の御子よ!』

これらの歌はバッハの『ヨハネ受難曲』から抜粋されたものです。最初の歌と最後の歌はコラールです。同僚はソプラノのアリアだけを歌います」

「そして昔風にね」と婦人は言った。「あなたたちが現代風の演奏をしたら支払いませんよ」

「承知しております、奥さま」とマダム＝ラ＝レーヌは言った。

私たちの列に並ぶために前進した彼は、燕尾服の尾についている深いポケットからフルートを取り出した。

歌手の声の力強い翼が私をかすめた瞬間、私は大きな肘掛け椅子の陰にそれより低い椅子があるのに気づいた。そこにも人影が坐っていた。その姿は少しずつ現れでてきた。それは非常に年寄りか非常に若い男であった。それに、暖炉の揺らめく照明のなかで、彼は刻一刻若返ったり年老いたりして、一定の年齢に到達するということがなかった。ある時は彼の髪の毛はまっ白だったが、別の時には単純なブロンドに、つまり生まれたての髪の毛に特有のブロンドになったりした。彼の頭は、肥満して、白く、柔らかい新生児の頭であり、つまり肉屋の店頭に陳列されている動物の頭のように生気を失った頭だった。しかし、その頭の丸みのなかには、ある種の老齢を示す深くて垢だらけの引っかき傷が刻まれていた。私にはその男の目は見えなかった。というよりむしろ、カボチャのように大きなこの並外れた頭の揺れに伴って生じるきらめきによって彼の目は見えていた。というのも、頭は絶えず揺れ動いており、ある匂い、ある足跡、そこから生命が開始することができるようなある道筋、そうしたものを鼻孔で探しているようだった。ついに、それは小さな雄牛のように喉で唸りはじめた。

「おだまり、ジョルジュ」と婦人は言った。

それと同時に、あるいはほとんど同時に、その部屋の暗い奥底でドアが開いた。油であげた脂肉と焼けた葡萄の若枝の匂いが入ってきた。女が訊ねた。

「鶉の焼き加減はレアにしましょうか？」

「脂をこんがりと焼いてちょうだい」婦人は振り向かずに答えた。

ドアはふたたび閉まった。

デシデマンは重要なフレーズを歌っていた。


「主よ、人間たちの過ちを償わねばならないのは私なのでしょうか？」

それはもはやマダム＝ラ＝レーヌの囚人のような声ではなかった。それは自由で純粋な充実した声で、まぎれもなく苦痛のまん中からたちのぼってきてはいるが、そこには細工や苦労の痕跡が認められなかった。丁重さや抑制ももうなくなっていた。自由だった。そしてその歌の優雅と力は、呻きのなかから生まれてきたこの自由が作り出したものだった。フルートでさえ、からかうような苦しそうな様子で進行していた。鶉の脂肪を唇につけ絹の衣装をまとった貴婦人に向き合っていた私たちは、肉体と衣装については大きく劣っていた。私たち三人のうしろで、羊のいる私たちの哀れな中庭の住人すべてが呻いていた。神を失ってしまった黒い男、裸の娘、サボテンを懐かしみ嘆いているメキシコの女、古びた材木で養われている小さな馬、青白い牢獄にいる女、私の父、流しの管にぶら下がっているコタニワタリの髭、動物たちの毛皮、塩のベッドに寝ているなめし革職人［動物の皮をなめすために大量の塩を使うために、日夜塩と深い関係にあるなめし革職人をこんな風に形容している］。音楽の奥底から、スイスに向けて旅立っていった無政府主義者の野生的な声が私には聞こえてきた。

「不幸な者たちは私たちのまわりで植物のように成長していくだろう」

私は戦闘の前線にいた。

歌が終わったとき、私はマダム＝ラ＝レーヌがたしかに彼だとはもう認められなかった。彼は列の前に二歩進みでた。

「そこにあるのは、奥様、クラブサンですね？」

「そうですよ」と彼女は言った。

「仲間がヴァイオリンを弾きますので、クリスティアン・バッハの小協奏曲を演奏させていただけないでしょうか？」

しばらくの沈黙のあと彼は付け加えた。

「楽しんでいただけると確信しておりますが」

「あなたはクラヴサンも弾けるの？」と婦人は言った。

「少しばかり」と彼は言った。

「どこで習ったの？」

それには答えず彼が合図すると、デシデマンは黙って指示に従った。マダム＝ラ＝レーヌはビスを調節して椅子を下げ、坐った。

堂々たる熟練の技で展開された音楽は、私にはあまりに横柄に思われたので、私は陰のなかに隠れるために一歩さがった。

ついで、マダム＝ラ＝レーヌはクラヴサンの蓋をそっと閉めた。

「以上がアレグロです。これでおしまいです」と彼は言った、
私たちがどうやって通りに出たのか、私にはいまだによく分からない。

クラヴサンを演奏する指のように正確で礼儀正しく節度ある小さな声で、マダム＝ラ＝レーヌはため息をついた。

「大切なのは、あの人を無視してしまうことだよ」

「しかもそれを彼女に分からせることだ」とデシデマンは付け加えた。

第五章

癲癇持ち　博労

父は傷や病人が好きだった。老人たちが、父のところへ湿疹の手当てをしてもらいにやって来た。父は湿疹に鎮痛液をつけ包帯を巻いた。仕事場全体に樟脳の匂いがたちこめていた。

父はついに年二十五フランで小さな土地を借りた。それは市の土塁のなかの十メートルの盛り土された土地だった。その土地はごみや汚水のおかげで肥えていた。土塁に沿って共同洗濯場の水がしみ出ていた。父はそこで薔薇とヒソップを栽培した。時おり、父は人差指と中指で薔薇の花をつまみ、花を摘み取ってしまわないよう注意して花を枝から離し、その花を手にとり、香りをかぎ、花に触れ、じっと見つめるのだった。

「ヨブだ、ヨブだよ！　ヨブは手や足やその他いたるところにこれくらいの大きな傷を持っていた。そして釘のように痩せていたんだ」と父は私に言った。

父は癲癇持ちたちが好きだった。父は彼らに愛情を注いでいたと私は言っておきたい。背が高くて茶褐色の髪の毛の癲癇持ちの男がいた。私は彼が怖かった。彼はけっして髭を剃らなかった。髭は鋏で切り取るだけだった。彼は太っていた。まるでボンボンのように生の大蒜（にんにく）を一日中食べていた。彼はすでに立派な大人で、母親に大きな愛情を抱いていた。彼の母親は脚が短くてしなびた小柄な二十日鼠のような女だった。その鶏のように長い首は、並外れた喉仏のせいですっかり変形してしまっていた。喉仏は、まるで生きたまま飲みこまれた動物が喉を掃除しているように、首のなかを上がったり下がったりしていた。

彼はゴリアットという素晴らしい姓を持っていた。彼はヴォルテールというファーストネームで呼ばれていた。二人の兄弟のうちひとりはタリアン、もうひとりはファビユスという名前だった。父親の頭蓋骨は押しつぶされていた。まるで傷があると思えるほど血が滲み出ている巨大な口のせいで、顔の下の方はすっかり膨れ上がっていた。

ヴォルテールは自分の病気を恥ずかしく思っていた。恥ずかしいという表現はおそらく正確ではないかもしれない。むしろその病気に付きまとわれていたと言うべきであろう。彼は頑健な男にふさわしい仕事に励むことによって、何とか自分の精神からその病気を厄介払いしようと試みていた。彼は頑健だった。大きな不幸を背負ってしまっているために、針金の上を歩くことによって、あるいは火のついた松明の曲芸をすることによって、その不幸から自由になろうともがいている男という印象を与えた。ところで、彼は偶然の時に偶然の場所でいきなり倒れるのだった。彼が頭のなかに持ち運んでいる神の重量が、彼が火をつけたばかりの生け垣の近くで、あるいは彼がザリガニの漁をしていた小川のそばで、彼を転倒させるのであった。そうして彼は溺れ死んでしまった。

彼は二十歳になっても徴兵審査に出頭しなかった。意図的に。ところが彼はアフリカの歩兵連隊に送られてしまった。彼が厩舎で馬の足元で横たわっているのが何度も発見された。

「何も言わないでくれ」と彼は言った。

彼は酒代をはずんだ。みんなは何も言わなかった。

愛国主義でそうしているわけではなかった。彼は軍隊を嫌悪していた。しかし彼は軍隊では幸福だった。そこでは健康な人たち、正常な者たちばかりと一緒にいることができたからである。檻のなかのヒョウのように脳髄を震わせ苛立たせるような者はそこにはいなかった。ある日、閲兵式で、彼の中隊がギャロップで将軍の前を行進している最中に彼は落馬した。

「それは疲労やいろんなラッパの音や太陽のせいだったにちがいない……」私の父は彼に言った。

「いや、あれは俺が乗っていた馬の匂いのせいだった」ヴォルテールはこう言った。

父の仕事場が羊飼いの所有している小さな中庭に面しているということはすでに話した。時どき、下では羊たちが囲いの中に入れられていた。つまり、羊飼いは豚を飼っている人物に中庭を貸したので、豚飼いはそこに豚小屋を作ったのだった。彼は牛乳や野菜の屑で沢山の豚を肥育していたので、豚たちはもう動こうともせずに、糞尿がたまっている堆肥のくぼみに横たわっていた。寝藁を代えるのは豚たちの屠殺が終わってからのことであった。豚小屋の清掃作業の匂いがヴォルテールを卒倒させた。

私はこの男が怖かったということはすでに述べた。もっと正確に言えば、彼の最初の発作が私に吐き気を催させた。その凄まじい光景を前にして私の身体全体の動転はあまりに激しかったので、私は骨を抜かれ心臓を抉り(えぐ)とられてしまい、骨も心臓もなくなってしまうような状態になった。

「私の枕を探してきてくれ」と父は言った。

私が戻ってくると、父は自分の格子模様のハンカチでヴォルテールの泡を拭っていた。男の頭は父の両手のなかで獣のように飛びはねていた。時おり、頭は父の手から逃れでて床にぶつかることもあった。

「枕を頭の下に置くんだ」

父は私を見つめた。

「哀れな身体の仕組がこうなっているだけだ。彼の脳髄が反乱をおこしている。ジュールを呼んできてくれ」と父は言った。

ジュールは肉屋の青年だった。私は三階から私たちの中庭へと下りていった。そして呼びかけた。

「ジュール!」

正面の壁には小窓があった。

「来てよ、父さんが来てほしいって」

私はそこでじっと待っていた。廊下のドアが揺れていた。木靴を脱ぎすてたジュールの忍びの足音が上がってきた。

「またいつもの発作が起こったんだ」と父は言った。

ジュールは横たわっている男を見つめていた。牛を屠畜するのにハンマーを振り回すものだから、ジュールの肩と腕には赤く太い美しい筋肉が盛り上がっている。ボタンがかかっていないシャツの下には彼のむきだしの胸がいつでも見えていた。毛が一本も生えていない女の膚のような胸だった。父がシャツを着替えるときには、上半身に首から腹まで山羊のような毛が密生しているのが見えた。それは肩から飛び跳ね腰まで流れていく毛の流れだった。裸のジュールに私は驚いたが楽しくもあった。屠畜場で上半身を丸裸にしている彼の姿を見たことが一度だけあった。彼は牛の前で二本の足を踏ん張って仁王立ちになっていた。腕を伸ばして左手で牛の額に触れ距離を保ち、ハンマーを振り回した。

「手伝ってくれ」と父は言った。

ジュールはいつもヴォルテールの両足を持った。入ってきたときに病人の頭の近くに位置するようなことになっても、そうした。一、二歩小股でさっと移動し、両足を持てるように体勢を整えた。父は意識を失っている男の脇の下に手を通した。そして彼を持ち上げた。

「ドアを開けてくれ、ジャン」

そこで、私は部屋のドアを開けるのだった。

「こいつはもう動かないぞ。ぐったりしてしまった。自分の国に入ってしまったんだ」と父は言った。

ジュールは話さなかった。牛の重い半身を運ぶとき以上に荒い息づかいをしていた。

私は思った。

「父さんはジュールより強い」

彼らは山羊の毛でできたベッドサイド・マットの上にヴォルテールを寝かしつけた(私は今でもこのベッドサイド・マットを持っている。今朝、ここにやって来てこの数頁を書く前に、裸足の足をこの灰色の毛の上に置いてみた。この毛は病人には温かかったはずだ)。父は羽毛の青い掛け布団を持ち上げ、シーツを開いた。

「さあ」と父はかがみこんで言った。

「靴のまま?」とジュールが訊ねた。

「そうだ、履いたままにしておくんだ。余裕がない。すぐに心地よくしてやる必要があるんだ」

彼らは男をベッドに寝かせた。父はその気の毒な男の頭のまわりの長枕に丸みをつけて頭を固定させた。

「さあ、これでよし!」

静寂そのものだった。柱時計が時を刻む音が聞こえてきた。

「飲み物は何かない?」とジュールが訊ねた。

「カルム水[カルメル派修道院で作る気付け薬、薄荷など多数のハーブと高濃度のアルコールを混ぜ合わせた医療用薬品]がある」

ジュールは長いガラス瓶を太い指でつかみ、長々と飲んだ。顔の赤みが戻ってきた。

「これで調子がよくなった」と彼は言った。

一時間後、仕事部屋に戻っていた父は「しっ!」と言った。

私たちの部屋のドアが静かに呻いていた。足音が踊り場を横切り階段を探していた。

「これで終わりだ、彼は帰っていく」

ヴォルテールは立ち去っていった。夕食に下りていく前に、私たちはベッドを整えにいった。

「母さんには話すなよ。怖がるからな」と父は言った。

父は手のひらで長枕に丸みをつけた。彼の皮膚が、古くて青い絹をこする音が聞こえた。

父は付け加えた。

「母さんは気分を悪くするからな」

時どき、父が私に言うことがあった。

「踊り場に行って彼女たちが歌っているか聞いておいで」

夜だった。中庭の奥は赤茶けていた。母の仕事場の窓が中庭に面していたからだ。私は聞き耳をたてた。

「うん、歌っているよ」

「鎮痛液の瓶を取り出してくれ」

父はと言うと、父は戸棚のなかを探っていた。そしてタオルを数枚取り出した。

「これは役にたつと思うかい、これは？」

「ああ！　役にたつよ」

それらはほとんど新品同様のタオルだった。父はタオル地が擦り切れたタオルを探していたのだった。

「さあ行こう。音をたてるなよ」

私たちは下りていった。私はタオルを、父は瓶を持っていた。

下におりてから廊下で父は私に言った。

「しっ！」

私たちはつま先立って歩いていた。母は「金色の小麦」という歌を静かに歌っていた。

父は通りに面したドアが音をたてないようにうまく工夫した。

私たちは家から十メートル先の通りを歩いていた。まっ暗な荷車用の車寄せに入っていった。

「手で壁を辿っていくんだ」と父は言った。

壁は一面べとべとしていて、まるで生きているようだった。

私たちは小さな階段を上がり廊下を進んでいった。突き当たりでは膝でドアを押し開けるしかなかった。

尿の濃厚な匂いが私の鼻と喉に塩味をつけた。

暗闇のなかで、まるで歌うように太い声が話していた。

「赤い馬！　赤い馬！」

厩舎、古い藁、糞尿、硝酸塩、腐敗した材木などの匂いが漂っていた。

「赤い馬！」

何かが動いているような物音は聞こえなかった。聞こえるのは声だけだった。

父はポケットのなかのマッチを探した。父がマッチをつけるたびに、赤い馬が暗闇からかすかな燐光のなかに出てくるようだった。馬具をつけていない赤い馬、大きなバラの花の模様のついた馬。血だらけの歯が、まくれあがった唇の笑いのなかで輝いていた。

何かが藁の上を小刻みに走っていた。一匹の鼠が二つの目に点灯した。

蝋燭が着実に燃えはじめた。藁布団の上に横たわっている人影が見えてきた。

「おいで」と父は言った。時には私の手をとった。

私たちはその匂いのなかに入っていったが、それはまるで羊毛のカーテンのなかに入っていくようだった。それは熱く、息苦しくなるほど顔にへばりついてきた。それを遠ざけるために私は両腕をぐるぐると振りまわした。

「鼠たちがまたやって来ている」

そこでは、父だけがいつもの落ちついた声で話していた。食卓についているときに「パンをおくれ、息子よ」と言うときと同じ声だった。

「鼠たちがまたやって来ているぞ」

横たわっている男のまわりに、父は鼠取りをしかけておいたのだった。罠の鼠取りと籠の鼠取りを。

叩き殺された鼠が一匹、籠のなかに二匹、別の籠のなかにもう一匹いた。籠のなかの三匹の生きた鼠は動かなかった。牢獄にうずくまり視線を固定してじっと見つめていた。時おり小さな口をぎゅっと引き締めて、尖った鼻面の先端で輝く髭を震わせていた。

「こいつらはまたかじったな、畜生め」

男は馬の革の分厚い掛け布団で覆われていた。布団の下にはシーツがあった。

まず掛け布団を持ち上げる必要があった。

シーツには大きな湿った染みがあちこちについていた。父はシーツをそっと引っ張った。それぞれの染みの下で、傷が傷口をぱくっと音をたてて開き、剥がれるのだった。

それらの傷は生きていた。傷は鼠と同様この麻痺した男から養分を得ていた。腹の傷はねっとりしていた。その傷はぱっくり口をあけ肉食獣の息を吐き出していた。腿にも二つ傷があった。

「タオルだ」

私はタオルを渡した。

父は鎮痛液を垂らした。

「赤い馬、赤い馬」と男は歌っていた。

男はもうアルコールの刺激さえ感じていなかった。

「注意するんだ」と父は大声で自分に言った。「これは痛いにちがいない、ここのところは」

父は自分の眼鏡をしっかり固定した。

「見ろ、ここは少し乾いているようだ」

腹の傷はミルクが一杯入った大きな椀のようだった。膿が肉の花冠のあいだで小さな網のような粘液を出していた。

そこを出る前に、父は男の肩を見つめた。

「奴らはここを齧りはじめたんだ」と父は言った。

父は罠の鼠取りを齧られた肉のすぐそばに置いた。他の鼠取りの籠は持っておりた。

下におりると、暗闇のなかで父が格子状の網のなかに手を入れる音が聞こえた。

鼠たちは叫びはじめた。

「一匹」と父は髭のなかでこもった声で言った。

鼠は壁に当たって砕けた。

「二匹！」

「三匹！」

それから父は鼠たちを黙って踏みつけた。

夕食を終えるとすぐに、父は毎日のように椅子を持ち出し、それを肩で担ぎ、町はずれの自分の庭まで出かけていった。そして二本の薔薇のあいだに坐った。修道院の鳩たちがやってきて父の肩にとまるのだった。

第六章

サラダ菜の指輪　予言者たち　麝香の香りの少女　動物市　マッソ親父
コルビエール　マッソ夫人　アンヌ　難破船遊び　春　コストレ　新しい火
祭　ジェルメーヌ　蛇　いなくなった天使　黒い男の物語　密かな場所

ある夕べ、私が学校から帰っていると、それは十一月のことだったが、ふとしたはずみで大通りに菫の匂いが漂っているように思われた。私は立ち止まって息を吸いこんだ。たしかに菫ではあったが、それは落葉した楡の木々の上に下りてくる夕闇のように喘いでいる赤茶色の肉を備えた、肉付きのいいとんでもない菫だった。私は喉が痛かった。腕で抱えている本が重かった。二輪馬車が全速力で私のそばを駆け抜けていった。私の目は白くて長い馬の脚の動きをとらえた。それはもう消えることができなかった。その映像を消して夜の闇を見出そうと目をこすっていると、速歩で駆けていく馬のぱかぱかという音を自分が口で真似ているのに気づいた。私は沈黙し、唇をかたく閉じた。そして考えた、しっかり両脚で立って歩かねばならないと。喉が痛かった。ある物音が、大きな羽虫が飛んで近づいてきているような感じで私についてきた。それは近づき、私の頭を鉄の青色で満たした。その青色の底には、消えようとする燠のように、石油街灯の丸い目がかろうじて残っていた。それから、それはそっけない小さな音をたてて消えていった。私の頭はシロップ状の柔らかい黄色で満たされていたが、その黄色はゆっくりと静けさをもたらし、大通りにはふたたび十一月の夕闇と菫の匂いが戻ってきた。商店の明かりで照らされている〈商人通り〉の方へ私は進んでいった。その通りは竈のように熱く、また今夜は私が犬のように振る舞ったら、そこに住んでいるすべての人々のさまざまな匂いをその熱のなかに見つけ出せるだろうと私には思われた。私は腕の下で本を締めつけた。喉がとても痛かった。パン屋が熱いパンが一杯入った籠を頭に載せて通りすぎた。彼は私を見るために頭をまわし、籠全体も頭とともにまわったので、おそらく、濡れた車輪が水滴をはねとばすように、彼はすべてのパンを彼のまわりにまき散らしてしまったのだろうということを私は理解した。パンが窓ガラスを突き抜けて部屋のなかに入り、赤茶色の鳥のように部屋を一周し、置き時計のガラス覆いの横の箪笥の上にとまる音が聞こえた。〈四隅〉の泉が煙草屋のかたわらで横柄に構えていた。喉が乾いていたので、私は泉の筒から流れ出る水を飲みはじめた。水が首まで流れてきた。泉の水盤のなかでは街灯が反射して紡錘形の細長い金色の手が泳いでいた。その手には緑色の指輪がついていた。その指輪はそのまま放置しておいてはならないと私は考えた。

放っておけば、その界隈に住んでいる墓掘り人の女房が壺を持って水汲みにやって来て、指輪を見つけ、それを拾い、自分の指につけてしまうだろう。私は上着の袖をまくり上げ、水盤のなかの指輪を探した。それを捕まえるのは簡単だった。それはサラダ菜の小さな葉だった。私は濡れた手で一冊の本を開きその葉を頁のあいだに念入りにはさんだ。さて、上着の袖をおろし、本をしっかり腕の下にはさみ、家に帰らねばならなかった。喉は相変わらず痛かったが、その痛みを飲み下すことはできなかった。通行人たちは前にあるいは横にかがんで歩いていた。何度も私は立ち止まった。人々が二、三歩歩いたら倒れそうだったので。しかし、彼らは倒れなかった。彼らは自分では気づかずにそういう風に立ち去っていった。ノートル・ダム教会の近くで牛乳屋が立ち止まっていた。彼は左膝を上げ、牛乳缶を膝の上にのせ、オルタンス嬢が差し出しているお椀にミルクを注いでいた。彼女が「今晩は」というのが聞こえた。すぐさま、もう菫も何もなくなった。私の頭のなかには、ミルクの音と、その女性の声と、ミルクの色と匂い、何の変哲もない白い色、以上の他にはもう何も残っていなかった。そして母に対する激しい欲求が湧き起こってきた。私は母と一緒にいたいと願い、母や彼女の腕や彼女の手を思い出し、私の目の上を彼女が愛撫してくれることを切望した。その欲求は私の内部を熱く真っ赤になってのぼってきた。私の心臓は鍛冶屋で熱しられているようだった。

わが家のドアを開けると、アイロンの匂いが心地よかった。アイロン用の当て布を浸している鉢を見る余裕がかろうじてあった……。

「この子はどうしたのだろう？　見てごらん、この子は病気だわ」と母は言った。

空気の内部にうがたれている通路をいったん知ってしまうと、私たちは自分の思うがままに自分の時間や心配事から遠ざかることができる。あとは出発を手助けしてくれるような音や色や匂いを選びさえすればよい。音、色、匂い、それらは時間の空隙を拡張させるのに必要な浸透性と透明度を空気に与える。そして私たちは油のように時間のなかに入っていくことができる。私に関しては、暖炉のなかで乾燥した無花果の枝が燃える火、何の形か分からないような雲が空に浮かんでいる白っぽい季節、山鶉のように丸くなって飛び出すあの独特の風が少しばかり、そして灰色の煙草が沢山詰まったパイプ、こうしたものがあると、私にはきらきら輝き、取り乱し、叫び声で満たされた薔薇窓が見えてくる。その夕べ、女たちのいる母の仕事場が病気の私の目にはそういうものに見えたのであった。

私は第一のルイーザの前掛けにしがみつこうとしてテーブルの上に倒れこんだにちがいない。

みなの声が聞こえた。

「坊や！」

「ビネガーを！」

「この子を運んで！」

「父さんを呼んでちょうだい！」

「坊や！」

私は腕の下を支えられた。抱き上げられた。アントニーヌは戸棚を開きいくつかの小瓶を突き飛ばした。中庭から呼び声が聞こえた。

「ジャン親父さん！　ジャン親父さん！」

それから、父がおりてくる音が聞こえた。母は呻きながら私のこめかみを擦っていた。

「大変だ、大変だわ！」

父がドアを開いた。

「坊やが！」と母は言った。彼女はそれ以上何も言わなかった。父は私の上に屈みこんだ。父の動転した善良な顔のまわりを、鳥たちが飛翔するように、アントニーヌ、二人のルイーザ、そして母たちの呻いている顔が旋回していた。私の大きな気掛かりは泉の水盤から引き上げたあの緑色の指輪だった。喉の痛みはそのうちに消えるだろうということは分かっていた。父は鎮痛液の瓶を持ってそこにいた。だけど、指輪はどうなっただろうか！　本は開いてしまったにちがいない。指輪は今頃おが屑のなかにまぎれこんでしまっているだろう。誰かがその上を歩き、豆粒ほどの大きさの美しい宝石を踏みつぶし、その宝石を留めている小さな爪を砕いてしまうだろう。それではもう望みはない、万事休すだということを私は理解した。

「石をいくつか熱くして坊やのベッドまで持っていってくれ。私は坊やを連れてあがるから」

父は両腕で私を抱えた。結局のところ、緑色の指輪は墓掘り人の女房の洗剤にまみれた指の上で花咲くのがよかったのだろう。私はもう無駄な抵抗はしなかった。そうすると、世界は太陽のように輝きわたった。

私たちの寝室は羊のいる中庭に面していた。その部屋は、今では、生気がすっかり消えうせ、冷えきっている。数か月前、友だちと連れ立ってその部屋を見にいった。壁を飾っていたキマイラ模様の壁紙もほとんど残っていない。

いつも夕方だった。鐘がやさしく話しかけ、時刻を告げていた。中庭ではメキシコの女の単調な太鼓と歌声が聞こえていたが、その歌は鳥が呼びかける鳴き声のように高揚していった。彼女の声は裏声で舞い上がり、まっ白でよく尖ったナイフのように空を突き抜けていった。その声は、重く垂れこめた空を輪切りにするとき軋み音をたてた。私はすでに生活の表面に戻っており、二枚のシーツのあいだを漂っていた。私の顔は波と波のあいだのくぼみのところでしか水面に現れ出るということはなく、その神秘的な水は目にあたると透明な水の薄い膜でしかなかったので、私には膨れ上がり麻痺した世界を見ることが可能だった。しかしそれはまぎれもなく世界であった。しかしながら、その世界が見えるのはいつでも夕方だった。綿でくるんだスプーンで私は喉を削りとってもらった。まず、私は歯を食いしばった。鼻をつままれた。私は口を開いた。そのあいだにスプーンの把手を素早く喉の奥に入れ、膿がかきとられた。それから私は膿と表皮と血を吐き出した。ある時には、醜い小魚のような生命を持ち、ぴくぴく動く灰色の膜でできた二本の長い鼻汁を鼻から出した。その日以来、花が咲いているような香草の煎じ茶を飲むときは例外として、私は安静を命じられた。夏に牧草地で水撒きをすると立ちのぼってくる大地と太陽の味のする、その香りのよい熱い煎じ茶は私の身体のなかに入りこんでいった。

金色の小さな廊下が寝室の壁から通じていた。鐘だけが時刻を正確に測定することを重視していた。一日中、鐘が時刻を告げていた。壁掛けのキマイラたちがみなそろって緩慢な動作で自分たちの腹を消失させていくと、小さな廊下たちが開いてくるのだった。その廊下たちは世界の果てまで通じていた。丁度その瞬間に、すべての廊下たちは壁の向こうで何かの知らせを受け取るにちがいなかった。そしてすぐさま廊下たちはやってくるのだった。蛇のように長くて柔らかいフルートに似た楽器を演奏している廊下もあった。その廊下は身体中にその楽器を巻き付けていた。そうしておいて廊下は自分の音楽のすべてを吹いていた。しかしフルートは黙ったままだった。フルートはただ膨張していくだけだった。ちょうど鳥を一羽飲みこんでしまった蛇のように。音楽はフルートのなかで大きな球を作っていた。そこで、男が微笑し、音楽のヘルニアをピッチカートで奏した。そうすると、歌のすべてがラルゴとトリルとともに出てきた。歌のすべてが出てきて、自分の羽毛を揺り動かし、露のすべてで身体を洗い、嘴で音をたて、生き生きと飛び立っていった。一瞬、私はその音楽が頭で天井にぶつかる音が聞こえた。そのあと、音楽は天井を突き抜けていってしまったにちがいない。もうそこに音楽はいなかったから。メキシコの女は得意の「私を覆って、私を覆って、私を覆って」を歌っていた。乳房を沢山つけた動物もやってきた。その乳房はいたるところに垂れていて、四方八方で揺れ動いていた。乳房は多量のミルクを噴出させたりミルクのしずくを滴らせたりしたので、私はついに頭をシーツの下に隠した。その動物はベッドサイド・マットが好きだった。マットの上に居座り、長い毛を食べはじめた。時おり、息が詰まるらしく、赤くて大きな口を開けて舌を捩じって咳をした。

壁掛けから薄暗い予告者たちが出てくるのも見えた。私はまだその人たちを知らなかったので、シーツのところからそっと言った。

「こんにちは、おじさん、ああ！　何と美しい鐘だろう！」

しかし、彼らは丸くて冷静な目で瞬きもせずに私を見つめていた。そして自分の拳の骨で鐘を叩いた。長い金色の廊下で音がとんぼ返りするのが快く聞こえてきた。その時、その人たちは鶏のようにぎくしゃくとした動作で頭を回転させると、そのあいだに彼らの目はただ一度だけまばたきをした。それは次のように言っているようだった。

「無理だ、あの子は分かっていない。私たちの目を拭おう。そんなことは不可能なのだ。私たちの鐘では！　私たちの拳では！」

彼らはふたたび山のように動かず、こわばり、自分たちの鉄の拳で鐘をもう一度叩いた。

ランプに燃料を入れる前に父は私の具合を見にやってきた。私たちは同じ階にいたが、私たちの寝室に入るには〈大部屋〉と呼んでいたところを横切る必要があった。父は私のベッドに近づいてきた。

「眠っているのか?」

「いや」

「痛くないかい?」

「いや」

「どんな感じだね?」

「よくなったよ」

父は私に接吻し、出ていった。豆ランプの明かりを少しだけ残して。

起き上がって下におりてもいいという許可がでると、私は仕事場の女性たちすべてに可愛がられた。私はハンカチに香水をふりかけてもらい、ベルランゴをもらい、私のネクタイは一日に五十回も結びなおされた。それは六回まわすネクタイで、耳のところまで達する代物だった。内部には木綿が目立たないように詰められていた。母は言っていた。

「私が外に出ているあいだに坊やの面倒をみなかったりしたら、殺してやるからね」

リラの開花を予感させる生暖かくて優しい冬の好天の日々が訪れた。薄明の状態が午後のあいだずっと続いていた。青い羽根を持った大きな金色の鳥のように、午後は丘の上でゆっくり尾羽を開いていた。

私はアントニーヌに言った。

「ちょっと通りに出かけるよ」

「いいわよ、坊や。少し外へ行っておいで。あんたはまるで砂糖でできているみたいだからね」と彼女は言った。

「ちょっと、このネクタイをほどいてよ」

そして私はすでにほどきはじめていた。

「駄目よ。もう私たちは心配しているのよ。そんなことをすると、心配のあまり私はまたお腹が痛くなるわ」とアントニーヌは言った。

彼女は私のネクタイを結んでから、言った。

「秘密の結び方をしてあげるわ」

そして彼女は、事実、秘密の結び方をほどこしてくれた。それは大きなカタツムリのような形だった。固く締まっていたので、まるで湿った絹で結ばれているようだった。もうほどけなかった。

こうして首が短くなった私は、狭いペイヤン通りと交差するところまで通りをのぼっていった。

その通りを進んでいくとデシデマンとマダム＝ラ＝レーヌの家に行くことができる。

遍歴者たちの家では、あいかわらず鼬と麦藁の匂いが漂っていた。羊の汗のようにむかつくような、黒い小さな脂が壁から滲みでていた。ドアは開いていた。階段の方に聞き耳をたててみた。音楽は聞こえてこなかった。デシデマンとマダム＝ラ＝レーヌは外出しているのだ。上で誰かがドアを開けた。低い声が聞こえてきた。

「あまり長くいるんじゃないよ。カフェにみながいるかどうか見てくるだけだよ。とりわけ、飲んだら駄目だよ、お願いだからね。飲まないでくれよ。すぐ帰ってきてくれ、お前。必要なのはそれだけだ。ひとりでいると怖いんだ」

「怖いの?」と窓の向こうで裸になって身体を洗っていた娘の小さな声が訊ねた。

「そう、怖いんだ。お前が家にいないとね」と男は言った。

彼らはなお低い声で話しあっていた。それから沈黙の瞬間が訪れた。もう彼らが話すのも動くのも聞こえてこなかった。

ついに、彼女は階段を下りはじめた。ゆるやかな低い声が彼女のうしろから下りてきた。

「長くいるんじゃないよ、お前」

彼女は踊り場で立ち止まった。

「もし誰かが望めば、ちょっとだけよ。そうでなければ、すぐ帰ってくるわ」と彼女は言った。

彼は上でドアを閉めた。そのあと、踵が木製になっている深靴をはいた彼女が、一歩一歩飛び跳ねるようにおりてきた。

彼女はドアの片隅にいる私を見つけた。

「そこで何をしているの?」と彼女は言った。

私は返事をせずに彼女を見つめていた。彼女は白粉をつけており、唇は生の肉のようだった。麝香の香りがしていた。

彼女は敷居の段の上に坐った。顔が私の背丈と同じ高さになった。

「あんたの音楽を口笛で吹いて聞かせてよ」彼女は言った。

彼女が心からそうしてもらいたいと思っているのがよく分かった。彼女が舌の先で唇をなめると、目は飛び立つ鳥のように小さな瞬きをした。

「吹いてよ」

しかし、私は吹けなかった。病気だったのだと彼女に言った。

「そうだったの。だから最近見かけなかったのね。それに、誰にネクタイを結んでもらうの？痛いでしょう、きつすぎるわ」と彼女は言った。

彼女は秘密の結び目に手をつけた。それが秘密の結び目だと知らせる前に、ネクタイはほどかれてしまった。彼女の手は器用だったのだ。

「待ってね……」

そして彼女は私の首のまわりに絹を柔らかく巻き付けた。彼女はそれが美しい折り目になるように注意を払った。そうしているのが感じられた。

「待つのよ……」

彼女はもっとうまく結ぶために結び目をすっかりほどいた。ついに彼女はネクタイの細い両端をつないで単純だがしっかりした結び目を作った。それは彼女が指ではじくと蝶の二つの翅（はね）のように花開いた。

「さあこれでよし！」

そこで彼女は私に接吻した。そうした接吻は、軽業師の娘の埋葬のあとで彼女に出会うたびに何度も行われていた。彼女はまず私に言うのだった。

「こんにちは、坊や」

そのあと彼女は指先で私の頬に触り、私に接吻した。

彼女の接吻は優しく温かく心地よかった。

先ほど彼女が下りてくるのが聞こえたとき、私はそれを期待していたのだった。

彼女は立ち上がった。そして立ち去っていった。

〈酒樽亭〉という小さなカフェの前で彼女は立ち止まり、ガラス窓越しになかの様子をうかがった。なかから彼女を呼んでいるのが聞こえた。彼女はドアの把手に手をかけ、疲れてはいるがすごく愛想のよい微笑をちらっと私に投げかけ、そしてなかに入った。

私は母の仕事場に戻った。母はまだ帰っていなかった。

「ネクタイに触ったのね、仕様のない子だ」とアントニーヌが私に言った。

そして、結び目を直しながら彼女は付け加えた。

「悪戯っ子だね、この子は。麝香の匂いがするわ。あの売女(ばいた)にまた接吻してもらったんだ」

土曜日は家畜の市がたつ日で、町のなかで動物が売りに出された。東の大通りでは豚を囲いのなかに入れた。朝の涼しさが残っている西の大通りでは、土塁のおかげできらきら光る露が編み目模様を織り成している朝の陰がまだ眠っていたが、人々はそこで馬を走らせた。大通りは馬の跳躍といななきで満ちあふれ、壁に反響するこだまはまるで嵐の最中のように震えていた。皆とギャロップの音で鳴り響かない戸口はひとつもなかった。博労たちは楡の木々にもたれて立ったままの姿勢で、あるいは地面から突き出ている太い根の上に坐りこんで、飲んでいた。羊たちは町のなかの広場の涼しいところや静かなところで眠っていた。冬になると、太陽は井戸のあるこうした小さな広場まで差しこんでくることは決してなかった。広場の角（かど）にはいつも羊飼いのための小さなカフェが一軒あった。羊たちの匂いが傾斜した通りを流れてきた。その匂いはモルタルのようにそっとおりてきて、指物師の戸口で立ち止まり、枯れた樅（もみ）の匂いを鼻で叩き、もう少し下のパン屋のところまで流れていき、竈（かまど）の口の前で炎の反射とともに鼓動している柴とふすまの味を確認し、なめし革職人の戸口で歯を見せている粗塩（あらじお）に触れた。その匂いはひとりっきりで立ち去っていき、豚たちの匂いに出会い、赤い麦藁がまとわりついているたてがみや尻尾の匂いや、汗をかいている雌馬たちの匂いや、囚われの雌馬たちの方に向かって呻きながら勢いよく雄馬たちが投げかけるものすごい香りなどに、遭遇した。そこで、そうしたものすべてが一緒に大きな煙になって煙り、格子のような通りから空へとのぼっていったので、すべての冬の鳥たちは驚き、世界の終末を告げ知らせるような寂しい鳴き声で呼び交わしながら、丘の方へ飛び立っていった。

　羊飼いのマッソはわが家へ〈昼を食べに〉やってきた。パンと肉とたっぷり注がれるワインの豪勢な昼食を。彼はすべてをじっくり味わうために時間をかけてゆっくり咀嚼した。パンだけ、肉だけ、パンと肉を一緒に。そして口のなかのものを飲みこむ前に、味を加えるために必ずワインを飲んだ。

そうした市がたつ日は、旅籠では牛肉の入ったドーブ〔牛肉の赤ワイン蒸し煮〕の大鍋が煮立っていた。空には雲ひとつなく、輝いている太陽の光を受けると御影石のように固くて丸く見えるあの冬の乾燥した日には、そうしたドーブは、戸外で、架台に載せた長いテーブルの上で給仕された。家畜を売る人たちはすべてそこで家族ごとにまた村ごとに集まって並び、大きなパンのかたまりでソースをすくい取りはじめた。彼らはベンチから立ち上がり、玉杓子を手にとり、深い皿にドーブをたっぷり注ぎ入れた。彼らのために鴉（からす）の巣のように大きくて深いスープ皿が用意されていたからであった。だから、午後になるとすぐさま、彼らのすべてがみんなそろって消化活動を開始して、口髭のなかで吹き出し笑いをしたり、太陽に向かって息を吹きかけたりしはじめると、囚われの動物たちの匂いよりももっとすさまじい匂いがあたり一面に漂い、まだ上空に残っている鳥たちを怯えさせたのである。そうすると、今度は空がまるで死者のように沈黙を保つのだった。

このたびは、マッソ親父はいつもの上着を着こんではいなかった。

「ブルジョワのような服装をしてきたぜ」着くと同時に彼はこう言った。さらにこう付け加えた。

「野菜車を引いてきた」

彼は買い物はしなかった。小刀で模様を彫り、銅の釘を打ちこみ、革の紐をつけた、愛用の太い杖を彼は持ってきていなかった。だから、手持ちぶさたな彼の手は、何もすることがないので困惑している様子だった。彼は午前中を私の父と一緒に過ごした。

正午になり、用件は私に関わっているということが私には分かった。

マッソ親父が私を見つめた。

「あの子はいい性質だ」と彼は言った。

母は私に説明した。

「お前には田舎が必要だね。そうすれば健康が戻ってくるよ。ここではあまり食べないし、それにここは暑すぎるし寒すぎるわ。マッソ奥さんはお前の世話をよくしてくださるよ。それに元気がなくなれば、いつでも帰ってくればいいのよ。マッソ小父さんが土曜日ごとにお前を連れてきてくださるからね」

父が私に言ったことは、これとは少しちがっていた。そしてそれは私には何だかよく分からなかった。分かったのは、父がとても感動していて、心の奥底では不安で震えるような一種の幸福感で輝いているということだけだった。それは、燃え上がるためには、わずかひと吹きの空気さえあれば充分な火が味わうような幸福であった。

父は羊のことや、田舎のことや、草や樹木などのことを私に話してくれた。

「楢の木」と父は言った。

こう言いながら父が胸を膨らませたのを私は今でも覚えている。そして父の髭はそっと漂いはじめていたのだった。

「絶対に流れに近寄ってはいけない。非常に深い穴があって子供が何人もそこで溺れた。そのうちに分かるだろうが、脱穀場は船首のようなものだ。これも分かるはずだが、丘には太いビャクシンの茂みが一面に繁茂しているが、そのビャクシンは修道僧のようなものだ。そうしたことすべてを眺めて、お前は自分の考えを作りあげる必要がある。私がやってきたように。それは誰もがしなければならないことだ。それに、お前は子供の友だちと仲良く暮らさなければならない。そうしたことが後々の生活の手本になる。マッソ奥さんのスープをよく飲むことだ。それは大盛りのスープだ。まさしくそれが大盛り(グロス)なので、お前はいろんな事柄の山場(グロ)が見える習慣がついてくるのさ。そして筋肉をつけるんだ。大きな(グロス)肩は人生で役にたつ。手のとげを抜くだけのためでも、それは役にたつのだよ」

そして次から次へと父は話していったので、ついに彼の内部で火がすっかり燃え上がってしまった。そのおかげで私は大きな(グロ)丸いパンのように人間的に成長していったのであった。

もう少し話してから、父は羊飼いのマッソを見つめ、彼に言った。

「私はあんたにこの子を任せる」

羊飼いは一瞬のあいだ斟酌(しんしゃく)し、手を私の腕の上に置いた。

「俺はあんたからこの子を預かる」と彼は言った。

二人とも自分にどういう責任があるかということはよく理解していた。そして彼らは互いに受け入れあった。

羊飼いのマッソはコルビエール［マノスクの南西約十五キロにある村］に住んでいた。そこまで野菜車で二時間かかった。馬は道中ずっと速歩で歩いた。サント＝チュルを越え、丘を二つ迂回した。そうすると土と岩でできた壁がいきなり頭の真上に現れてきた。それは脱穀場だった。その脱穀場は、まるで大きな巣のような谷間の全体を見下ろしていた。その向こうで、村は丘に寄りかかっていた。その村は風をまともに受けないように、そんな風に保護されていたが、風が吹き抜けていけるように広くて平らな土地を確保してやっていたので、風が村から立ち去る前に足で鈍い音をたてて地面を蹴る音が聞こえた。その風のおかげでコルビエールでは谷間のなかのすべての村のうちで最高にきれいな麦粒を収穫することができた。コルビエールの脱穀場で麦を唐箕にかけるときには、谷の向こう側のヴィノンという小さな村では家の窓を閉める必要があった。村全体が籾殻の凄まじい砲火を浴びるからである。燕たちは互いに呼びかけあって、町から町へと移動していた。ゴシキヒワたちは森を離れた。雄のゴシキヒワたちは猛り狂ったように茂みのなかを通りすぎ、茂みを荒らしていった。そうした鳥たちのすべては小麦の埃が吹き飛ばされていくなかを漂い叫んでいた。時として、大鷹たちや百舌（もず）たちは雲の襞からそっと抜け出し、急降下して雀たちを蹴散らした。ヤツガシラたちが沼地から舞い上がってきた。空の戦闘は猛烈な勢いで炸裂したので、唐箕の物音はお株を奪われてしまった。人々は撲殺された雀たちが道に落ちているのを拾い集めた。そして夜になっても、鴉たちはもう鐘楼のなかで眠ることはなかった。鴉たちは空の高みで鐘が描く軌道のなかに集まり、夜中激しく踊り狂った。そしてその軌道の穴から酔っぱらったように出てくると、梟たちを小川の岸辺に生えている柳の林まで追いかけた。鴉たちが教会の石の建築をあまりに激しく踏みつけるので、爪の軋む音が聞こえるほどだった。

コルビエールの脱穀場で小麦を唐箕にかけるということは、こういうことだった。

ある穏やかな夕べ、私たちはそこに着いた。赤い冬の太陽の光がまだ丘の上に残っていた。パン屋が竈を掃除していたので、私たちは馬に向かって「どうどう」と叫んで立ち止まらねばならなかった。というのも、パン屋がその長い竿を引き出すたびに、竿は道の端まで遮ってしまうのだった。パン屋は私たちにやっと道をあけてくれた。彼は戸口まで出てきた。その胸は雄牛のようで、口髭は鼻のなかまで伸び、目は眼窩のなかにうまくおさまっていなかった。

「連れてきたのかい、その子は?」と彼は訊ねた。

私は身体を丸めて外套にくるまり、うっとりしていた。広場では枯れたエニシダが燃やされていた。その煙のなかから村が生き生きと出てきた。ランプを灯している家々は目を細めていた。鐘楼は腕を持ち上げた。その手首にはレースがかかっており、紡錘形の手は私に押し寄せてくる夜の闇を眺めさせたがっていた。たしかに頭上では、夕闇が訪れているだけだった。まだ寒さのために血を流している早熟な冬の夜だった。だがその夜は、私が父の仕事場の窓から眺めていた夜より精彩に溢れていた。夜はいくつかの丘の不動の流れの上に緑の腹を静かにのせていた。夜の手の爪は大きな鳥のようにいらいらして夕陽を引っかき続けていた。その夜は、空のいたるところに翼を広げ、空をすっかり覆いつくし、羽根でゆるやかに風を送ることによって空を眠らせようとしていた。夜の翼は遠くの山々にいたるまで世界を覆いつくしていた。そしてはじめて、高地の不動の潮汐が私の眼前で眠りこむのを小さな山男になったつもりで眺めていると、海の上に広がる夕闇が思い浮かんできて、私は身震いしはじめた。

封印はすっかり破られていた。印璽は引き裂かれ、ドアは大きく開かれていた。もうドアもなくなっていたし、私は敷居も越えてしまっていた。私はすでに広大な風の国に入っていた。

マッソ夫人は両手を合わせて私を迎えてくれた。充分にため息をつき、褒め言葉を述べ、目でじっくり吟味し、私に与えようとした沢山の接吻に先立って唇で空虚な音をたててから、やっとのことで彼女は私の方にかがみこもうと決心した。彼女は私の鼻と頬と口をさんざん触ってから、私に呼びかけた。

「可愛い子だねえ！」

彼女は感じのいいとても醜い田舎の婦人だった。つぶれた目のなかに深い優しさを、生き生きとした目のなかにも深い優しさを、口髭やかぎたばこをかぐ鼻ややつれた頬や黒い唇をつけた口などにも深い優しさをたたえていたが、彼女はひどく醜かった。それはありとあらゆる犠牲や殉教から作り上げられてきた醜さで、それこそ真の優しさと言うべきものだった。私は部屋に飾ってある写真を見たが、婚礼の衣装をつけた羊飼いマッソの人差指を彼女が自分の手でしっかり握っているその写真では、彼女は美しく若々しく純真無垢の優雅さではちきれそうだった。彼女はその肉体を少しずつ疲労させ、焼きつくし、ねじ曲げ、いじり回し、片目をつぶし、腰に負担をかけさせ、優しさという竈のなかで煉瓦や壺のように焼きつくし、心臓というこの赤い小さな果実のことしか考えてこなかったにちがいなかったのだ。

彼女はそうしたことすべてにおいて充分にうまくやってきた。

次のようなものが待ち構えていた。揚げ菓子、コケモモのジャム、毛が入っていたが熱い山羊のミルク、大蒜をこすりつけたパンのトースト、ぱちぱちとはじける音のする暖炉の前で過ごすひととき、焼き石でよく暖められた固いベッド。そのベッドは夏の川床のように固く、焼けつくようで、ラヴェンダーの香りがしていた。

私が呟いているあいだに、眠りは柔軟な三段跳びで訪れた。

「何故、あの人の目はつぶれてしまったのだろう。何故なんだろう?」


牧草地があった。その牧草地のなかには無花果の木が生えていた。ゆりかごがあるところまで私は枝のあいだを登っていった。そしてそっと呼んだ。

「アンヌ!」

アンヌはほとんどいつでも葦の茂みのなかに坐っていた。一度、大抵の場合は二度、私はアンヌを呼んだ。彼女の顔が世界から現れた。彼女は痩せて、青白く、髪の毛が褐色で、目は巨大で黒かった。私がいつでも指先で触っていた彼女の唇は、燠のように燃えていた。彼女は登ってきて私と一緒に坐った。

「蛇のなかで」と彼女は言うのだった。

だが蛇のことを彼女に教えたのは私だった。彼女に次のように言ったのは私だった。

「無花果の枝は腹をたてている大きな蛇に似ている。しかしながら、その蛇は小さな子供たちに対しては籠(かご)になってくれるのさ」

さらに私は彼女に難破船の遊び方を教えた。流れと木片があれば充分だった。私たちには身近なところに流れがあった。それは牧草地のなかの小さな流れだった。その流れには鱗(うろこ)もない貧弱な水がひっそり流れていた。それは石のあいだを捩じれて流れる程度のかぼそい流れだったので、その小川から海の向こうにある大河を想像するには大いに目を細める必要があった。

アンヌは私と同様に正確に目を細めることができた。彼女には大河が見えていた。

私たちはよく浮かぶ木片、たとえばコルクガシの樹皮や葦(あし)の断片などを選んだ。

「この上には五人乗っているんだよ」と私は言った。

「五人なの？」ミルクと木炭でできた大きな目を私の方にあげてアンヌは訊ねた。

「そう、五人だよ。髭のあるふとっちょ、こいつは船長だ。長靴をはいた小さな男、こいつはピストルを持っている。それに肩からギターを吊るしている痩せた男と、忠実なマスタルーという名の男。それに女の囚人だ」

「囚われているのは誰なの？」

「少女だよ」

「どういう状態なの？」

「生きているさ」

四人は生き生きしているが、葉の沢山ついた蔦で縛られ、男たちに連れ去られているところだと私は言いたかったのだ。

そして私たちはその木片を小川の流れに流した。船はギター、ピストル、髭、黒人の笑い、蔦であまりにもきつく締めつけられている少女の呻き、こうしたものを載せて大河を流れていった。

私たちは一歩また一歩とその冒険を追っていった。

時には乗組員全員が急流の流れ落ちる油のような水のなかを流れ去り、また別の時には船は滝に飛びこみ、あるいはどこかの泥の岸辺で立ち往生し、そこに足止めされ気力も意欲もなくただ震えているだけのこともあった。

船に触れることは禁止されていた。船を見ることしか許されておらず、すべてを運命に委ねなければならなかった。

「一度だけだから」とアンヌは言った。

「駄目」

「みんな死んでしまうわよ」

「仕方ないね」

「指の先でちょっとだけよ」

「駄目だよ」

そして私は猛スピードでアンヌを無花果の木のところまで引っ張っていった。私たちは神秘的な大河がうねっていく谷間にすっかり心を射抜かれてしまい、そこで物も言わずにじっと丈の低い冬の草を見つめていた。

「あの人たちが今頃どこにいるか誰か知っているの？」とアンヌは言った。

「あの人たちは気の毒だけど仕方ないよ」

運命はすっかり決められた仕事を持っている。運命は私たちの前に立ちはだかる。そして「私はこれとこれとこれをするよ」と言った。そして運命はそれを実行しただけのことだった。

二、三回凍えるような風が吹くと、春が私たちの上に到来した。私の鼻の下が凍りそして溶け、ふたたび凍りそして溶けた。また凍りそして湿った。そこで私も田舎の少年たちと同じようにした。つまり私は温かい舌で唇の上をなめた。私の両手は寒さのため青くなった。ついで、天候はごろごろ喉を鳴らしはじめ、猫が毛糸玉にじゃれるように、爪を半分出して大地と戯れた。時には爪が、また別の時には獣の匂いのする深くて美しい毛並みの温かい優しさが感じられた。ついに天候は木々の上部に爪をかけた。そうすると花々が咲きはじめた。天候は牧草地を引っ掻いた。そうすると雨蛙たちの鳴き声が聞こえた。天候は丘を破裂させた。ロッシニョルたちが飛び立った。そして春になった。

ある夕べの五時頃、まだいくらか明るさが残っているときに、車大工の息子が運ばれてきた。男が四人がかりで運んでいた。息子は梯子の上に寝かされていた。四人の男たちは口もきかずに歩いていたが、全員あいた方の手を虚空に向かって伸ばしていた。それは息子の重量のせいというよりは夕闇を遠ざけるためだった。

「ミル!」彼らは父親を呼んだ。

そして彼らは息子の身体を地面に置いた。その瞬間、夜になった。そして車大工が鍛冶場から出てきた。彼の目は一日中火ばかり見ていたので、よく見えなかった。彼は穏やかに訊ねた。

「何だって? どうしたんだい?」

息子の脊柱が砕けていた。彼は荷車の上で眠っていたのだった。ミラボー[マノスクの南西約二十キロの村]に向かう人里離れた街道で彼が見つかったのは偶然のことだった。

その夜、彼は何とか持ちこたえた。翌日、母親が無言で彼を見守っていた。マッソ夫人もその部屋にとどまり最後の瞬間を待っていた。私は自分のいる暗闇から、シーツにくるまり動かずに横たわっている息子が見えていた。そして、ドアの向こう側にある父親の部屋の父親のベッドの上には、準備された晴れ着がこれまた待っていた。

父親は仕事場に下りていた。一日中そこで馬の蹄鉄を作っていた。

みんなは彼に言った。

「もう止めたらどうだい。そんな必要はないだろう」

「俺には必要があるんだ」と彼は答えた。そして彼は鍛冶仕事を続けた、自分のために。

夕方になって息子は訊ねた。

「何時なの？」

「六時だよ」とマッソ夫人は言った。

「みなさん、自分でどうぞ」と少年は言った。

二人の女性は顔を見合わせた。

「何を言いたいのかしら？　どういうことなの、シャルル？」

彼女たちが顔を見合わせているあいだに、彼は死んでいた。

二日の余裕があった。三日の余裕でもあった。少年を埋葬したのは木曜日の夕方だったが、その次の日曜日に、ダンスパーティのあと、コストレ青年がピストルで頭を撃ち抜いたのである。

木曜日には墓地に向かっていく葬列の人々を、風が吹き飛ばした。風は地面から石ころを巻き上げ、それらを柩に投げつけた。司祭は大丈夫かどうか確かめるために二、三度振り返った。金曜日は水のような風が吹いたが、止むことのない風はいたるところに入りこんでいった。穏やかに呼吸できるような天気ではなかった。一日を通じて村の通りを横切ったのはメラニーだけだと私は思う。まさしくメラニーだけだった。彼女はドアを開き、通りを横切りオルタンスの家まで行った。おしゃべりをするために。土曜日は風がもっとも強かった。つまり風の中心部分が押し寄せた。それまでは、飛びこんでくる風の髪の毛の端や指の端、あるいは風の腕などに、私たちは触れていただけだった。今では風はぐいぐいと肩で押して村の上にやって来た。そして丘の上では風の腹が地面に接してしまい、荒れ地を掘り返しているのが見えていた。その日は誰も外に出なかった。それでも、一日中耳のなかでひゅうひゅうと物悲しい音がしていた。マッソは両手で頭を抱えて暖炉の近くにいた。時おり、彼は小指を耳の穴に押しこみ、身体を揺り動かしていた。そして、壁、鐘楼、鐘、教会、洗濯場の鉄板の屋根、木々、ぴゅうぴゅう鳴る土塁の石壁、ありとあらゆるものが絶え間なく音をたてた夜のあと、日曜日になった。日曜日が、ごく簡単に、太陽や、聖母マリアの衣装をつけた大きな空や、そして平和や、さらに蟻の足音まで聞こえてしまうほどの静寂とともに、到来したのだった。

それはダンスパーティのあとのことだった。

コストレの恋人のことはみんなが知っていた。それはジェルメーヌだ。彼女は五曲続けて彼と踊った。一曲、ヴェルネ・ドゥ・プロンビエールと踊った。コストレはマルグリット・デュ・バシャを相手にした。彼らが笑うのが聞こえていた。ジェルメーヌは彼らが入りこんでいる暗闇のなかを見ようとした。彼らが何をしているのか彼女には見えなかった。彼らは何もしていなかった。ラファエルと私には彼らが見えていた。ダンスパーティのあいだ私たちは隠れん坊をしていたので、私はベンチのうしろに隠れていたのだった。いや、コストレは坐っており、向こうのジェルメーヌを見ていた。時おり彼は身体は動かさずに何か言っていた。そうするとマルグリットは笑った。男の子と暗闇にいると笑わねばならないからだ。彼女は笑うために笑っていたのである。喉の奥から甲高い小さな笑い声を出していた。

ジェルメーヌは進み出た。

「どう、踊らない？」

「いや、ヴェルネと踊れよ」

もう一度踊ってから、彼女は一人っきりになり隅っこに坐りこんだ。

コストレは彼女に視線を向けることなく会場を横切った。外に出て、そこから家まで教会の裏を通っていった。彼はピストルを手に持ち、ジェルメールと彼が夕方によく行っていた麦藁の山のある脱穀場に行った。その麦藁にはまだ彼らがつけた跡が残っていた。そして彼は頭に一発撃ちこんだ。

ダンスパーティのあとでジェルメーヌが彼を見つけた。

この事件はあまり穏やかなものではなかった。憲兵たちが到着した。彼らは麦藁の山を見にいった。

「これは何だい？」

太った憲兵は小さなリボンを発見した。

「何でもないわ」

「だがしかし！」と憲兵は言った。

そして、彼はリボンの結び目を大きな手のひらでつまんでいた。
そのとおり、彼の推測は当たっていた。コストレの自殺のすべてがそこに関わっていたのだ。ジュリ・コストレは遺体が柩のなかに入れられると泣き叫びはじめた。鬱陶しい天候だったので早めに釘を打ったのである。

「俺は何も言っていない」と指物師はマッソ夫人に言った、「何も言うべきじゃないんだ。だが、息子の頭はすでに腐敗の匂いがした。それに目のなかに蛆虫が入っていたんだ」

ジュリ・コストレは泣き叫びはじめた。その声は風のように昼も夜も途絶えることなく続いた。その叫び声はベッドのなかにいる私のところまで届いてきた。それは置き時計のガラスケースを振動させていた。私はそっと起き上がった。ガラスケースが振動しないようにケースの下に紙を折ってはさんだ。そして再び横になった。物音はやはり叫び声のそばから聞こえてきた。写真を抑えているガラスが写真と額縁のあいだでかすかに震えているのだということに気づくまでに長くかかった。写真を大理石の台の上に置くと、叫び声だけになった。その叫び声は長くて途絶えることのない喘ぎのようだった。私はシーツにくるまり身体を丸めていた。それとは何の関係もないのだが、しかし、ベッドのなかでこの長くて重々しい呻き声に包囲されていると、暗闇のなかにはっきりと、麝香の香りのする娘、通りで私を抱擁したあの娘の顔が目の前にはっきりと見えてきた。とりわけ彼女の視線が鮮明に見えた。その視線は単純で率直だったが、すっかり傷ついていた。病気になったときに私の高熱が生み出す多種多様な怪物もまた現れてきた。ある時、湿った黄楊のように輝く大きな目をそなえた色彩鮮やかな大きな鳥たちが、また乳房が大きく、紫色で、爪と角が沢山生えている重々しい厚皮動物たちが、暗闇のなかで花咲くのが見えた。そのあいだジュリ・コストレの呻き声はもう聞こえなくなった。それから、反射する水のなかに石が入るように、急にその呻き声はそうしたものたちのなかに入っていった。すべてを引き裂き、壊し、消し去ってしまったので、呻き声はその単純な姿を見せ、ナイフのように丸裸になって、呻き声だけになってしまった。呻き声以外にはもう何もなかった。そしてその奥に麝香の香りの娘の顔が明るみにでてきた。おそらく何か関係があったのだろう。

誰かがジュリ・コストレに言った。

「黙りなさいよ！　そんなに叫んで、どうなるというの？」

彼女は一瞬沈黙した。

「何にもならないわ。何の役にもたたない。そんなことくらい分かってるのよ」と彼女は言った。

そして、水曜日の朝、車大工の息子のシャルルの死から一週間後、夜明けと同時に荷車を引いて出かけたジュスタンは、街道に出て最初にある菩提樹に太ったパン屋が首を吊っているのを見つけた。

彼は村に戻ってきて助けを呼んだ。私には彼の声が聞こえた。私は窓に近づいた。彼は下の通りで夜明けの白い光を浴びていた。そして呼びかけた。

「クロドミール、タスチュさん、フィーヌ、オリヴィエ、マッソ！」

彼はマッソと叫ぶたびに私たちの家の方に顔を向けたが、その顔にはもはや開いた口と髭しかなかった。

私はマッソ夫人の手を引っ張りにいった。その手は毛布の外に垂れていた。

「俺には聞こえている」と羊飼いは言った。

そして、マッソ夫人も目を覚ました。

「何なの？」と彼女は言った。

「これは続くにちがいない」と羊飼いは言った。

「コストが首を吊ったぞ」とジュスタンは叫んだ。

「コストだって。俺には分かっていた。あいつは運命づけられていたんだ」とマッソは言った。

司祭は特別念入りに説教をした。タスチュ氏はステッキを取り、村の中へ出かけていった。ステッキの丸い握りでドアを叩いた。ドアは開いた。

「こんにちは、タスチュさん」

「こんにちは、フィーヌ、あるいはクロランド、あるいはシャバッシュ、こんにちは、ところで元気かい？」

彼らは何も返答しないで春を見つめていた。

「さて、これは病気だよ。手当てをしなきゃならない。日曜日に祭りをやろう」とタスチュ氏は言った。

「そんな元気はありませんよ」

「元気をださないと。無理矢理にでもだ。医学はあとからついて来る。あとは心の問題だ。そうやるとうまくいくんだよ。やってみてくださいよ」とタスチュ氏は言った。

「そうおっしゃるなら」


その週のうちにブランシュ・ランバルがオリーヴの木で自分の帯を使って首を吊った。彼女にはそうする理由がなかった。彼女も朝に見つかった。夜のあいだ彼女と戯れた風が、スカートをはぎ取ってしまっていた。彼女はブラウスと平織りのシャツしか身につけていなかった。腿まで剥き出しになっていた。

ラファエル、ルイ、アンヌ、マリエット、ピエール、チュルクそして私を加えた私たちはピエリスナールの牧場へ遊びに行った。それは集落のはずれにある荒れ果てた庭だった。イラクサとイバラしか生えていなかった。斜面の砂を掘って遊ぶためにはそっと掘り進む必要があった。その砂のなかには蜥蜴（とかげ）が冬眠していたからである。

「首吊りにしてほしい?」とラファエルは言った。

「してほしい」

彼は自分の革の帯をマリエットの首に通した。みんなは少女を枝の高さまで持ち上げた。そして彼女を吊るした。彼女はイラクサの上に落ち、咳こみ、吐き、とろんとした目で私たちを見つめた。

「青色が見えたわ」と彼女は言った。

「どんな青色だった?」

「目を閉めるのよ、そうすると頭のなかが青色で一杯になるのよ」

アンヌは決して私たちと一緒に帰ろうとしなかった。路上にひとり残り、小川の淵の方に向かうのだった。

ある夕べ、私たちは彼女を追いかけて叫ばねばならなかった。

「アンヌ! アンヌ!」

彼女が葦の茂みのかげにうずくまり震えているのが見つかった。


金曜日の朝、司祭が家から家へとまわっていった。

「火を消しなさい」と彼は言った。

みんなは炉の火を消しはじめ、マッチを泉の水盤のなかに放り込んだ。

司祭は教会の両開きの大きなドアを開いた。左の扉を開くには三人の男の力が必要だった。

彼は教会の奥でひとりミサを執り行った。

そのあいだに人々は暖炉のなかにラヴェンダーと乾燥したタイムの小さな束を準備していた。

十時頃、司祭がふたたびやってきた。彼は火のついた蝋燭を持っていた。

彼は自分の蝋燭の火ですべての家の炉に火をつけてまわった。

「新しい火だよ。いつもこれがいるのよ」とマッソ夫人は言った。

そして彼女はその炎に粗塩をふりかけた。塩は小さな雷のようにぱちぱち音をたて炸裂しはじめた。

午後になると司祭は馬に鞍を置き、住民たちのためにマッチを買いに町に出かけていった。

そして日曜日になると、住民たちは祭りを祝った。通りは黄楊と花の咲いたアーモンドの小枝で飾られた。朝早く、太鼓を叩いて触れてまわる人が静かに村を一周していった。そして人々は箪笥を開いた。できるだけ美しく着飾る必要があった。ミサの時がくると、司祭は太陽の光が当たるところに進み出たが、彼自身もまるで太陽のようだった。脚のあいだに十字架を支えている子羊の刺繡が前面に施された金色の袖なしマントを彼ははおっていたのだ。古い火の冷たい灰が保存されていた。司祭はみなの先頭に立って脱穀場の土塁まで歩いていった。風は、その日、強かったが、気まぐれではなかった。その風は満ちてきて海の方向に航跡を掘り進んでいった。人々は土塁から前に進み出て、袋に入った灰を振って風で飛ばした。

コストレの恋人だったジェルメーヌは叫んだ。

「私の太陽！　私の太陽！」

そして彼女は頭を石にぶちつけた。彼女は運ばれていった。雌馬のように彼女はいなないていた。

人々は教会の前で踊った。車大工とその妻は椅子に坐り踊りを眺めていた。ジェルメーヌは、自分の目に食いつくされてしまったような顔をしてやってきて、踊った。彼女はダンスが変わるたびに相手の男を代えた。口をきかなかった。娘たちが時おりやるようにダンスと反対の方向に頭を回転させて平静を取り戻そうなどといったことを、彼女はしなかった。断じて。彼女は回転するがままに回転していく独楽のようにまわっていた。音楽が終わるたびに、彼女の相手は彼女を支え、ベンチのところまで押してやる必要があった。音楽が再開するとすぐに、コルネット吹きが足で床を叩くとすぐに、ジェルメーヌは立ち上がり、両腕を前にあげて男の方に歩み寄るのだった。男はただ彼女の腰をつかみ彼女を運ぶだけで事が足りた。

パーティは真夜中頃に終わった。カフェの店主がベンチや架台を片付けるのをみなは手伝った。間もなく、紙ちょうちんの下に残っているのはタスチュ氏、司祭、マッソだけになった。脱穀場の方では、少年少女たちの合唱が歌っていた。

「これで半分はうまくいった。これを持続していかなくちゃならない」とマッソは言った。

一度、私は蛇を間近に見たことがある。私は蛇を怖いと感じたことは一度もなかった。コエゾイタチ、ムナジロテン、山鶉のひな、野兎、小さな兎、こうした動物たちは死の強迫観念や愛の偽善を持っていないが、こうした動物たちすべてが好きなように私は蛇が好きである。蛇は穏やかで感能的な素晴らしい動物である。世界でもっとも虚ろなところで、つまり大理石や玄武岩や斑岩の神髄が宿っているにちがいないような場所で、蛇は生まれる。蛇は本当に尋常ならざる美と優雅とを兼ね具えている。

　その蛇はほとんど私の足の下から出現した。魚のように跳躍し、逃げていった。丘の上には砕けた岩石しかなかった。草もタイムの茂みもなかった。蛇は隠れようがなかった。速く進めなかった。その身体の波動は大地とうまくかみ合わなかったので、身をよじってもそれほど前進しないうちに、その蛇は疲れてしまった。私の腕ほどの太さだった。私が急ぐことなくうしろを歩いているのを蛇は聞き取った。そこで尻尾を鎌のように曲げ、その上に身体をもたげた。そして頭をゆっくりと揺り動かした。身体に沿って緑色の大きな筋肉が伸び上がっていた。舌を震わせ子猫のように喉で唸った。蛇は私を見つめた。その目は鳥の目のように丸く、充実しており、冷やかだった。蛇の怒り、恐怖、好奇心、そしておそらくあらゆる蛇が人間に対して持っている――ということを私はのちに知った――あの優しさ、こうしたものが蛇の皮膚の下から立ちのぼってくるのが私には見えていた。私はかなり小柄だった。とりわけ蛇の恐怖と怒りはよく見えた。蛇の身体のなかをのぼっていたのは草の煙のようなものだった。蛇の怒りは緑色で、泡のようにいくらか光っていた。その怒りは上昇していくとき蛇の鱗をかちゃかちゃ鳴らした。蛇の恐怖は、その怒りの中を流れている青いうねりだった。その身体に沿って小さな赤い輝きがいくつか並んでいた。それは小さな燠火のように明るくなったり消えたりしていた。それは鱗の下にあった。蛇には太陽のような輝かしい黄色、輝きを失った粘土のような貧しい黄色、そして金属のもつ不動の黄色などがちりばめられていた。そしてこうした色彩のすべてが蛇の身体の上あるいはその周囲で溶けあっていた。

蛇はしゅうしゅう音をたてるのを止めた。そして冷たく生気のない様子で世界を眺めていた。その目はひとつの仕組みでしかなかった。その感性のすべては皮膚と肉のなかにあった。

蛇の皮膚と同じくらい美しいものがどこかにないものかと、私はしばしば夢想した。蛇の目の冷たさとその目の死相、それに匹敵するものを私が見たのは、ピストルを探しにいったときのコストレの目と、麝香の香りのする娘の視線のなかだけだった。

それ以外のところで、そのような美しさを私が見たことは一度もなかった。

しかし、その蛇は、噴出口を閉められてしまった噴水のように、身をかがめ、安心してそっと石ころのあいだに入っていった。

アンヌはコストレの傷を見た。死者がまだ麦藁の上に生暖かい状態で横たわっているときに彼女は布切れを持ち上げたのだ。そして、彼女はそっと一歩後ずさり、まるで「しいっ」とでも言うように指を唇に当ててそこを離れた。

彼女は私に言った。

「あの人の頭のなかにいた天使が立ち去るために翼を開いたのよ。それで頭が破裂したのだわ」

野菜貯蔵庫のなかで、私はこの天使のことを考えていた。私はみなから離れひとりきりになるために、時どきそこに隠れることにしていた。マッソ夫人が呼んでいるのが聞こえてきた。

「ジャン！　ジャン！

あの子はいったいどこに行ってしまったんでしょう？」

彼女はひとり言を言っていた。

「おやつの時間だよ。コケモモのジャムですよ」

彼女は壺の蓋をし、その壺を戸棚に戻した。そして私は返事をしなかった。コケモモのジャムが私から遠ざかっていく音が聞こえてきた。もちろんジャムは欲しかった。だが返事はしなかった。私は二つのジャガイモの袋のあいだで小さくなって隠れていた。

天使だ！

私は十三歳だった。私もみんなのように、蛇のように、自分が天使を持っているのを感じていた。というのは、天使のことを考えるたびに、怒りと恐怖が炎のように蛇の身体のなかを上昇していくのを私が思い出したからである。その天使は、その瞬間、私の二つの耳のあいだの頭のなかに坐っており、そこで生きているんだということが感じられた。その天使がそこにいるということと生きているんだというこの二つだけのことから、私のあらゆる喜びが湧きでてきているのだと私は感じていた。その天使は、蛇の天使と同様、恐怖を抱ける能力、怒りや好奇心の能力、喜びの能力、涙の能力、世界のなかにいるという可能性、こうしたもので構成されており、さらに、太陽光線のなかにぶら下がっている水滴が太陽光線によって貫通されることによって燃え上がるように、その天使も世界の息吹きに貫通されているということを私は感じていた。

天使だ！

天使は私たちの肉体の子供である。天使は神の手によって、そう、私たちの手によって作られるのだ。私たちの目や私たちの耳の、鋭敏で小さな手。子供がオレンジに触れるように私たちの血液がそれによって世界に触れるこれらの繊細な皮膚を具えている小さな手。私たちの唇の燃えるような小さな手。私たちの脾臓の黒い手。私たちの肝臓の紫色の手。私たちの肺の大きな手。私たちの心臓の音楽好きな手。私たちの腹のなかで働いている漆喰をこねる手。私たちの腿のあいだで魚のようにそっと脈打ったり、あるいは熱くて小さな蛙のようにそこで鼓動している翼の作り手。以上のすべてが手なのだ。

そして、天使はそこに、私たちの首の頂上に、二つの耳のあいだにそっと坐っている。

天使が出発するために自分の翼を広げた。そして、その頭が破裂してしまった。頭が固すぎることも時にはあるのだ。

ある土曜日、マッソは野菜車に馬をつないだ。

「パパに会いに行こう」

父は古い靴の上にかがみこんでいた。父はその靴を自分の身体に押しつけて持ち、靴底の周辺を革切りナイフで切り取っていた。

父は口髭のなかで歌を口ずさんでいた。

「満足かい？」とマッソは言った。

「いや」と父は言った。

父は喜んで私を見つめた。父の目は死んではいなかった。ただ生活が疲れていただけだった。

「時間を浪費してはならない。お前は浪費しなかった。私はお前の肩には満足している。腕を見せてみろ。結構だ。これらの角鉄敷（つのかなしき）を向こうの隅まで運んでくれ」と父は言った。

父は私が二つの鉄の固まりをつかみ、運ぶのを見つめていた。

「それでよい」と父は言った。「今度は私の顔を見てみろ。結構、それでよい。お前はこの方面でも時間を浪費しなかった。ただ、こちらの方向にはもう少し進まねばならない。マッソ、この春と夏のあいだも引き続いてこの子を預かってほしい。だけど、土曜日には連れ帰ってきて一日中家にいさせてくれ。十月になれば学校に戻ることになる。おい、息子よ、あのトランクを開いてみろ。本の包みが入っている。それらの本はお前のためにもらったものだ。お前がまず先に本を読んでおくのがいいとその人は言っていた。彼は今度の土曜日にやってくることになっている。お前はどこが分からなかったか、彼に伝えるのだ。そうしたら説明してもらえるからな。そういう風にやっていくんだ。さて、カフェオレを飲みにいくがよい」

階段のところまで行くと、すぐに私は紐をほどき、包みを開いた。『オデュッセイア』、ヘシオドス、二巻本の小さなウェルギリウス、まっ黒な聖書があった。

下では女性従業員たちがすでに揃っていた。カフェオレの入った私のお椀は、すでにアイロンかけのテーブルの上に用意されていた。

「あんたの女友だちは死んじゃったよ」とアントニーヌは言った。

一口飲みこんだカフェオレは、口のなかでまるで石のように固くなった。

「あの子はあんたに接吻したり、自分の香りをあんたに移したりしていたわね」

私は父の部屋へ上がっていった。砂岩の踏み段で私の田舎用の重い靴は軋んだ。麝香の香りの娘が彼女の家の階段から下りてくるときの軽快で小さな足音、木製の欄干を彼女の手が滑る音、踊り場を通りすぎた彼女がふたたび欄干につかまるときに欄干を叩く銀の大きな指輪の音、彼女のスカートのはためき、階段の下の敷石への彼女の二つの足の落ちついた着地、こうしたことを私は思い出した。

「そこで何をしているの？」

顔は白粉で白く、唇に口紅を色濃く塗り、腕はむきだしで、ブラウスは大きく開いており、そのなかは暗かった。

上に残っている男は、彼女がおりていく前に言ったものだ。

「あまり長くいるんじゃないよ。お前がいないと怖いんだ」

私はドアを開いた。父は無言で仕事していた。マッソは手紙を読んでいた。私は窓の外を見にいった。彼女が毎朝身体を洗っていた向こうの窓の方を。その窓は閉まっていた。

ロープには、もうタオルは干されていなかった。

マッソは手紙を折り畳んだ。

「そう。この男を来させてもいいだろう。いいと思うよ、ジャン親父さん」と彼は言った。

そして彼は手紙を返した。
「うまくいくのは分かっているんだ」と父は言った。
彼は手紙を引き出しのなかに入れた。

その手紙はここにある。今、他の沢山の手紙とともに、私の前に置かれている。それを書き写してみることにしよう。

拝啓
あなたがマリ＝ルイーズのためにしてくだったことすべてに対して私は感謝しております。彼女は私にこのことは忘れないようにと言いました。彼女は死ぬ二時間前にも改めてそう言い残しました。生きている者が他の生きている者に対して与えられるすべてを、そしてそれ以上のものをあなたは与えてくださいました。あなたは彼女に平穏と平和をもたらしてくださったのです。彼女を立派に埋葬するためにあなたが示してくださった心尽くしに感謝しています。あなたが貸してくださった四十フランを私は返すことができないでしょう。これらの本をあなたの息子さん用として差し上げます。それらは四十フランの値打ちはないでしょう。そして私はあなた以外の誰かにこれらの本を提供したりすることはないでしょう。あなたが私に話された計画、つまり私があなたの息子さんに土曜日ごとにレッスンをするという計画のことですが、あなたに私のことを話したあとでないとそれには同意したくありません。あなたは私をご存知ではありません。私は誠実な人間です。あなたの計画を受け入れる前に、私がどのような人間なのかあなたに伝える必要があります。あなたのお宅に行ってこうしたことをすべて話すべきだったかもしれません。手紙に書いて伝えたいといっても、あなたは許してくださるでしょう。手紙だと、あなたから出てくるあの優しさ、それに対して私は大いなる渇きを感じているので不本意ながら嘘をついてしまうことにもなりかねないあの優しさから解放されることになるのです。また、私はあなたに四十フラン借りているということは承知してしており、あなたの息子さんにレッスンをすることによってあなたに対する借りを帳消しにしたいという誘惑に多分かられることでしょう。私についてあらゆる情報をあなたに提供する前に、そんなことをするのは誠実な態度ではありません。以下のことを書くのを許してください。

私の生い立ちをあなたに話すことはできないでしょう。私は私の友人の生い立ちをあなたに語ることにいたします。私たちは神学校で一緒に学び、年齢も同じでした。彼はまず山のなかの集落の助修士になり、ついで沼地のある村で主任司祭職を得ました。私はしばしば彼のところを訪問しました。春になると、水が通りまであふれてきました。そのあと水は引いていきました。そうすると、葦の白い綿毛が埃のように空中を飛んでいくのです。冬には、彼は黴のはえた柳の薪で暖を取りました。黴のはえた柳の薪で暖を取るというのがどういうことかあなたはご存知にちがいありません。匂いのせいで老けこみます。

彼には裕福で病気のおじがリヨンにいましたが、彼を遺産相続人に指名して、そのおじは死にました。六千フランというわずかな遺産です。残りは修道会に寄贈されました。その晩年、おじはある若い看護婦に世話してもらっていたのです。私の友人はリヨンに行きました。そうする必要があったのでした。まず友人に対して何の負い目もないのに友人に六千フランを残してくれたおじの思い出に感謝し、ついでその金を受け取るために。友人は馬が一頭欲しかったのです。馬を手に入れたら思いのままに浅瀬を渡って午後のあいだいくつかの丘を散歩できるからです。おじはすでに埋葬されていました。友人は肺結核の病のために床についている若い看護婦に出会いました。その家はドミニコ修道会に移管することになっていました。その少女はすぐさまそこを出なければならなかったのです。修道院長の慈悲で数日間の余裕が残されているだけでした。犬でさえ彼女に立ち上がったり歩いたりすることを強制する勇気が出せないような時期にきていたのです。友人は金を受け取り、車の代金を払い、旅費を受け持ち、その少女を自宅まで連れていきました。彼は二十五才でした。彼女のために台所の隣に寝室を作りました。そこだと暖炉の暖かさの恵みを受けることができたからです。ドアを開いたままにしておいたので、テーブルに向かってランプの下で仕事しながら、また食事を準備しながら、彼は彼女に話しかけることができました。薬が必要でした。友人はまだ馬は買っていませんでした。六千フランあれば薬が買えます。友人は少しずつやれることなら何でもやりはじめました。少女は非常に可愛かったのです。優しく、愛情と感謝の心が横溢していました。彼女は彼のことを「司祭さま」と優しく呼んでいました。彼は教会のなかに隠れていたわけではありません。村の女性たちが病人を見にやってきました。家々では「司祭の奥さんを見てきた」と言っていました。人々は悪意や中傷のためにそう言っていたのではありません。このことは保証いたします。あなた自身だってそうおっしゃるでしょう。

そういう状態が二年続きました。そして彼女は死にました。最後の時期には、彼はしばしば午後を彼女のかたわらで過ごしました。背に光を受けて坐っていました。彼は彼女の手を自分の両手で握り、そのまま二人でじっとしていました。彼らは言葉を交わしませんでした。動きもしなかったのです。ただ指を少し動かしたり、手の位置を少し変えたりしていただけなのです。そのあとでは、彼らはもう動かなかったのです。彼女は彼が外出しているあいだにシーツの上に血を吐いて一人で死にました。彼が戻ったときには彼女はずっと前から冷たくなっていたのです。彼は彼女を村で埋葬しました。彼が死者たちのミサを執り行いました。墓地はすっかり水浸しでした。

墓地から帰ると友人はトランクを開きました。狩猟用の上着とズボンが入っていました。司祭用の服を脱ぎ普通の服装に着替えました。教会に鍵をして立ち去りました。

こうしたことが友人の身の上に起こったのは十五年前のことです。それ以来、彼は多くの土地を渡り歩きました。

何故マリ＝ルイーズが市立病院で受け入れてもらえないのか市当局に訊ねてみようとあなたは私におっしゃいました。このことをもっと以前にあなたに説明しなかったことを許してください。言ってしまうと、あなたがしてくださったことをしてくださらないのではないかと私が考えてしまったことをとりわけ許してください。あなたがどのような方かよく分かった今、そんなことを考えた自分を私は許すことができません。市長に会いにいくと、病院は修道女たちによって維持されており、マリ＝ルイーズは全身刺青をしているので、それは修道女たちにとってあまりありがたい光景ではないと彼は言いました。マリ・ルイーズは脚に蛇の刺青をしており、その蛇は腿に巻きついていて、頭をもっと上の密かな場所に投げ入れていると彼は私に言いました。許してください、彼の言ったのはこの通りだったのです。そしてそれは事実だったのです。

もう一度感謝させてください。あなたが彼女のためにしてくださったことを、あなたが彼女に話しかけてやってくださったときの口調を、そしてあなたが二度、一度は彼女が生きているときに、もう一度は彼女が死んでしまったときに彼女に接吻してくださったということを、私はいつまでも記憶にとどめるでしょう。

第七章

黒い男の到着　夏　『イリアス』と収穫　女たちの匂い　官能性　エレーヌの誘拐
パン屋、羊飼い、オーレリ　マイユフェール＝パシアンス　セザールと羊飼い
ダンスパーティの騎士たち　燃え盛る火　ダルボワーズ氏　ラシェル　唇の色

晩春以降、私たちのところに新たな客がやってきた。ある夕べ、彼はマッソの家に着いた。彼は戸口から穏やかに挨拶した。

「ここはマッソさんのお宅でしょうか？」

「そうです」

「ジャンさんの依頼でやってきました」

「そうぞ、なかに入ってください」

彼は入ってきた。ほとんど音をたてなかった。彼が入ってくる物音の向こうから、花咲いたスイカズラに群がっている虻や雀蜂のぶんぶんという大きな音が聞こえてきた。

それは黒い男だった。

外では、猛暑がたっぷり手の厚さほどの地面の表面をすでにすっかり食いつくしてしまっていた。風は羊毛が混じった重く厚い埃をまとっている。その埃は木々のあいだを火のような音をたてて吹き抜けていく。

男は長い雨から抜け出てきたような様子だった。帽子は濡れてしまったように頭の上で折れ曲がっていたし、彼がその帽子を脱ぐと力のない短い髪の毛が額まで流れてきた。彼は迷惑をかけるのを恐れていた。

「迷惑でしょう」椅子から立ち上がる仕種をしながら彼は言った。

「そのままにしていてください」とマッソ夫人は言った。

それから、マッソは斧の柄をナイフで削る作業を中断した。

「迷惑じゃないよ」と彼は言った。「そんなことを言うのはたんなる習慣にすぎない。しかも悪い印象しか与えないね。ここではみなのために席があるんだ。もしも席がなければ、『外に坐ってください』と俺は言うよ。あんたに、俺は『どうぞ、なかに入ってください』と言ったんだ。それはあんたになかでくつろいでもらうためだよ。間もなく分かってもらえるだろう。上着を脱いで、シャツの袖をまくり上げて、こちらへ来ていただきたい。この大箱を移動させたいんだよ。あんたがそこにいるものだから……」

彼らはそれぞれ大箱の両端にいた。

「注意して」とマッソは言った。「これは重いんだ。ここに誰か来てくれるのを待っていたのさ。いいかい？」

男はちょうどいい時に居合わせたというわけだ。男は全力を投入した。両腕は綱のように震えていた。

「もう少し」とマッソは言った。

さらに、

「もう少し右へ」

さらに、

「しっかり壁にくっつけるんだ。押して。もう少し持ち上げて。そこだ」

彼は両手をこすりあわせた。

「ご覧の通り、これでよくなった。ずっと前からこいつを動かしたいなと思っていた。だけど、男手が必要だったんだ」

「そうですか」と男は言った。

そして、彼は両手をそっとこすり合わせ、手の指を広げて髪の毛を梳いた。

男はそこまで十五キロの道のりを歩いてきたので、腹まで埃にまみれて白くなっていた。上の屋根裏部屋の干し草でできた二つの壁のあいだに彼のためにベッドが組み立てられた。それはマットレス台、マットレス、衣装ダンスに入っていたかなりの重さがあるシーツ、さらにツリガネソウの模様のついた青い掛け布団などで組み立てられた本物のベッドだった。

マッソ夫人は彼に屋根裏部屋の全体を見せた。

「気をつけて、ここに梯子がありますから」

「ありがとう」

彼女は揚げ板を持ち上げた。

「これは強く押す必要があるのよ。干し草がゴムのようになってはねかえすの」

「ありがとう」

彼らは頭の上の屋根裏を歩いていた。男が言うのが私に聞こえてきた。

「こんなことまでしてもらうことはなかったのに」

マッソはパイプを吸っていた。マッソ夫人は下りてきた。

「礼儀正しいわよ、あの人は」と彼女は言った。

「上で話している声が聞こえてきた」とマッソは言った。「礼儀正しさについては、彼は礼儀正しい。そのことでは心配はしていないさ。それ以外のことではかなり腐敗の匂いがぷんぷんと匂っているなあ」

「それ以外とは?」とマッソ夫人は言った。

「なるほど、お前は目がひとつしかないんだ」とマッソは言った。

彼はパイプの先で位置の変わった大箱を指し示した。

「あれだよ」と彼は言った。

大箱は今ではあまりにも戸棚に近づきすぎていた。ドアを大きく開け放つことができなくなっていた。

「何かの役にたつと心配でなくなる」とマッソは言った。「何の役にもたたないと困るんだよ」

「こんなところに置くと、邪魔ですよ、今度は」とマッソ夫人は言った。

「邪魔だが、これは俺が礼儀正しいのでやったことなんだ。いつか俺は考えが変わったと言うだろう。そしてまたもとの場所に戻すのさ。そうすれば二回役にたつことになるんだ」

普段、私は石が水のなかに落ちていくように眠りこむ。その夜は灰のなかに新しいコオロギが沢山いたし……、夜になっているのに興奮した雀蜂が一匹スイカズラのところで旋回していた。この黒い男に関して父とマッソが喜劇的な話し合いをいろいろと繰り広げたのだろうと私には思われた。私はその男とはそれまで町で土曜日に二度会っただけだった。そこで父は羊飼いに言ったのだった。

「あんたが家に入ってきて、そう言ってくれればいいよ」

そこで十一時にマッソは家のなかに入ってきて言った。

「ところで、レッスンはうまくいっているのかい？」

「そのようだ」と父は答えた。

黒い男はまだ手に本を持っていた。そして〈素晴らしい雌羊たち〉という言葉がまだ彼の口のなかに残っていた。（キュクロプス［ギリシャ神話で、ひとつ目の巨人］とユリシーズのあの巨大なダンスのすべて、それを彼は精彩あふれる率直な声で朗読していた。その声は〈洞窟〉という単語では苔の生えたこだまとなって深みをましていった。そしてその言葉は、ミルクとワインのなかを滑走し、そこから噴出し、風や泡のように帆や櫂（かい）や海などの上を流れていった。）

「困ったのは、これからはこの子を土曜日ごとにここまで連れてこれないということだ。これから塩を与えようと思っている雌羊がいるんだ［羊を肥育するため、また妊娠しやすくするために、羊飼いが羊に塩を与えるという習慣があった］。またお産をすませた羊がいるし、孕んでいる羊もいる。つまり三種類の羊がいるわけだ。坊やには子羊をつれた雌羊を見張ってほしいんだ。その雌羊たちはもう穏やかになっている。尻の具合がえらく苦しいんだ。だから雌羊は乳を吸わせることと、横たわることと、草のようにため息をつくことしか考えていない。見張るのは簡単さ。これを息子さんの仕事にしたいんだがね」マッソはこう言った。

「ああ！」と父は言った。

「そういうことなんだ」とマッソは言った。

このような事情で、黒い男がこの田舎の快適な家にやってくることになったのである。丘全体が猫のように振る舞っているのが聞こえていた。狐、ノスリ、ミミズク、梟、狸、猪、茂みのなかで雨蛙を追い求めている鼠、こういう動物たちと一緒になって、丘は村に自分をこすりつけていた。

夜の闇のなかで月が、まるで泉の水面が反射しているかと思わせるような具合に、震えていた。

私たちはいよいよ太陽に近づいていた。

空の高みにまで埃をはねあげてしまう太陽光線の大がかりな発砲を、毎日毎日が受けていた。空の高みから舞いおりてきた雲雀（ひばり）たちが、タイムの灰色の草陰で疲れ果て、瞼を閉じ、喘ぎ、毛を逆立てているのが見られた。一日中、太陽光線を受けて、雲雀たちは、火花のように飛び出し、冷気の細い糸がまだ流れている青い空の層のところまで囀りながら噴出していった。雲雀たちのきらめきが消えるとともに、雲雀たちは灰色になり疲れ果てて落下してきた。カササギたちと鴉たちは井戸の近くで待ち伏せていた。釣瓶（つるべ）の鎖が軋る音を聞きつけるとすぐに彼らはやってきた。水を汲んでいる女に向かって呼びかけた。彼らは水たまりの水をついばみに来た。そして急に、飛び立った。一匹の狐が茂みから出て、頭を低くして手桶の方に飛び出したが、女の姿が見えたのでうしろに跳躍し、丘の方へと戻っていった。その狐は太陽に向かって吠えていた。夜は大地の青みがかった反射で照らされていた。地平線の上には太陽の光が残っていた。夜の闇は空の中央にしかなかったが、その灰色の夜は軋み、静かな長い閃光の亀裂が縦横に走っていた。私たちはいよいよ太陽に近づいていた。

朝になると、女たちはしばらく話しあっていた。

村にはもう男たちはいなかった。女たちは壺を用意し、井戸に行った。そのあとは沈黙が支配し、パン屋の竈が唸り、木製のへらが石を叩く音が聞こえてきた。眠りこんだ犬たちを跨いで歩く必要があった。月曜日の朝、人々は教会を掃除した。大きな扉を開き、二人の女が動物の革で寄せ木張りの床を磨きはじめた。教会が開くとすぐに老人たちがやってきて、物音が充満している陰の涼しいところに陣取った。彼らはそこにじっとしていた。パイプをふかし、両足のあいだに唾を吐いていた。

鐘楼の大時計だけが生命を帯び、人々に時刻を告げ知らせていた。

「もうすぐですよ、すぐですよ。正午、正午です」

みんなは分かっていた。それは村の沈黙で分かるのだ。

食べるのは難しかった。泥だらけの熱気の渦によって小麦の殻のように吹き飛ばされてきた雀蜂は、翅を広げて眠っていた。

四時頃、男たちが畑から帰ってきた。それが男たちだと見分けるには一瞬の間(ま)が必要だった。彼らはすぐさま煙草屋に入った。彼らは犂をドアの近くに置いたり、あるいは叫んだりした。

「どうどう!」と馬に向かって。彼らは道のまんなかで荷車のブレーキを踏み、新鮮な煙草を求めて店に入っていった。煙草をポケットに入れて持ち運ぶということを彼らが避けていたからである。ポケットのなかで、煙草は、コーヒーの出がらしのように、ぼろぼろになってしまうからであった。

おやつはいつでもテーブルの片隅に用意されていた。黒い男は戻ってきて、ワインを飲んだ。そのあと、彼はチーズ半分とパンを一切れ口に入れ、肘を膝に置き、背を丸くして、視線を落とし、日陰のなかでいくらか生気を取り戻し、噛みはじめた。

「近づいていますよ」鐘楼は言っていた。「七時ですよ。太陽は没したくない。明日はもっと太陽に近づくんですよ」

男は何も言わなかった。ただ自分の両手両足をじっと見つめて噛んでいた。

太陽は丘の向こうに沈んでいった。その時、沈黙のさなかで、太陽の炎に向かって全速力で走っている大地の音が聞こえてきた。


司祭は非常に足早に通りすぎたので、司祭服の端と足指全体で折り曲げられたサンダルがかろうじて見えただけだった。

「どこへ行くんだろう?」

太ったベルトは走っていた。どこかのドアがばたんばたんと音をたてはじめた。男たちは足並みをそろえて歩いていた。彼らはベルナールを梯子の上に横たえ、四人で運んでいた。梯子の二本の桟のあいだからずり落ちそうなベルナールの紫色の頭は、だらりと垂れ下がっていた。舌の一部が垂れ、よだれが流れていた。

「正午にはもう外出してはいけません!」

「近づいていますよ」と鐘楼は告げていた。

人々は納屋を準備した。夜になると、ほうきを作るためにヒース［ツツジ科の低木］を刈りに出かけ、屋根裏部屋の床をそのほうきで掃きはじめた。

ジェローム・バリエールは、楢の幹の短い柄のついた大きな平らな石で叩いて、納屋の地面を固めていた。彼は間もなくそこに穀粒をぶちまけるので、地面にへこみやひび割れがあって欲しくなかった。マッソはハンマーで叩いて鎌の刃をとがらせた。マルシアルは半月鎌を砥石に当てて研いだ。セザールは草刈り機にやすりをかけた。チュルカンは臼を回転させていた。その臼は片方が少しへこんでいたので、砂岩の歯車は厩舎の奥でがたがた音をたてていた。一方では、農作業を準備するためのこのようなありとあらゆる叩く音、軋る音、そして村中に響きわたっている鈍い衝撃音などがあり、他方では、戸外においては太陽の方へと運ばれていく大地の長い唸り声が聞こえていた。

「これは何の匂いだろう？」とマッソは言った。

彼は嗅いでみた。この熱気の泥のなかには、甘くて苦いすさまじい匂いがつまっていた。

「何かが腐っている」と黒い男は言った。

彼らは外に出た。外には誰もいなかった。

「家畜小屋から匂ってきているようだ」

彼らは壁沿いの日影になっているところを辿っていった。マッソが羊小屋のドアを開いた。原因はそこにあった。

すべての雌羊が片隅で重なりあっていた。雌羊たちは互いにぴったりと寄り添っていたので、小屋はまるで何もいないようだったが、丁度まんなかに一頭の死んだ雌羊が腐っていた。そのかたわらで小さな子羊が一頭、親羊が死んでしまっているのに、紫色になった腹から乳を吸おうと試みていた。

七月の初めになると、命令のようなものが家から家へと伝わっていった。

鐘楼は相変わらず歌っていた。

「近づいていますよ、近づいていますよ」

「明日だ、やりはじめようか？」と男たちは家のなかで言った。「みんなはいいかい？」

女たちは答えた。

「私たちはいいわよ」

「では、明日だな？」

いや、そうはならなかった。翌日になると、雨嵐が海からあがってきた。嵐は、すでに高原を越えて、夜明けには目の前に来ていた。東と南の方は全面的にまるで地下室のように暗くて湿った風が吹いていた。ただ小さな青い小窓から北の方の地面が照らされていた。そこへハヤブサの一族がこぞって逃げていった。嵐は前進した。嵐は上昇し、あたりを暗くしたが、物音はたてなかった。

反対に、嵐はあらゆる物音を押さえこんだ。そして世界中を沈黙させてしまった。

セザールは広場の中央まで進み出た。左右を見回し、空気の味を味わった。ワイシャツ姿の彼は袖をまくり上げていた。日焼けした太い腕と、太陽によってすっかりカールをかけられてしまった腕の毛が見えていた。彼は空に向かって拳を突き上げた。

「怠け者め」気難しそうな分厚い唇を突き出して、彼は言った。

「入っておいでよ、セザール」彼の妻は叫んだ。

彼はゆっくり家まで戻った。戸口からもう一度彼は空を見つめた。彼は心のなかで声にならない言葉を話したが、その言葉は唇のなかで泡のように動いていた。彼はドアを閉めた。

四十雀(しじゅうから)の群れが鐘楼のなかに避難してきた。屋根の軒蛇腹の下にヨタカたちも避難したばかりだった。ヨタカたちは爪を壁の漆喰に突きたてたので、まるでアイリスの葉のような翼がぶら下がった。マリ・チュルカンの雌山羊が一頭だけ帰ってきた。つながれていた杭を引き抜いてしまったのだ。家畜小屋のドアを頭で押し開け、なかに入った。犬たちは、鼻面を灰のなかに突っこんだまま、暖炉のマントルピースの下に横たわっていた。ロッシニョルたちは共同洗濯場の屋根の下に入った。彼らはしばらく黙っていた。それは高い丘があちこちにある地方のロッシニョルで、まだ成就するにいたっていない恋を存分に残していた。梁の下で雄と雌が対になり、森のように深くて暗く、穏やかでよく響く声で囀りはじめた。時おり、彼らは囀りを中断し、聞き耳をたてた。しかし、いつでも濃密な沈黙が支配していた。

「近づいていますよ。正午です!」と鐘楼は叫んだ。

マッソ夫人はろうそくに火を灯した。テーブルの上のパンがもう見えなくなっていたのだ。

「俺は寝ることにする」マッソはばちんと音をたててナイフをしまいながら言った。黒い男は食器を洗った。彼は皿を拭きながら窓に近寄り、スイカズラを通して空を見ようとしていた。

「外に出るんじゃないよ」とマッソ夫人は私に言った。「もしよかったら、あんたも寝たらどう」

「本を読みなさい」と黒い男は言った。

彼は私に『イリアス』を手渡した。

私は敷居の石の上に行って坐った。

洗濯場のロッシニョルたちはまだ囀っていた。嵐は今では丸い空全体を掌握していた。

一日中が沈黙のなかで過ぎていった。晩もずっと。翌日、空は自由で明るかった。男たちと女たちは作業に取りかかるために外に出た。

私は熟した小麦のまんなかで『イリアス』を読んだ。あたり一面で刈り取りが行われていた。小麦で重くなっている畑は、鎧のようにしわくちゃだった。道は鎌を持った男たちで一杯だった。叫び声が大地から湧きあがってきたが、女たちが呼ばれていたのだった。女たちは切り株のあいだを走っていた。彼女たちは小麦の束の上にかがみこんだ。そして束を両腕一杯に持ち上げた。彼女たちが呻いたり歌ったりするのが聞こえてきた。彼女たちは小麦の束を荷車に積みこんだ。若い男たちは鉄製のフォークを突き刺し、小麦の束を持ち上げ、それを投げた。荷車はでこぼこの道を立ち去っていった。馬たちは綱を揺さぶり、いななき、地面を足で叩いた。ギャロップで戻ってきた空(から)の荷車は、立ち上がって馬たちを鞭打っている男に操縦されていた。彼は馬を鞭で叩き、手綱のすべてを右の拳で荒々しく握りしめていた。茂みの木陰には、男たちが腕をだらりと広げ、目を閉じ、地面に長々と寝そべっていた。彼らのかたわらの草のなかで、放り出された鎌が光っていた。

私たちは羊の群れの番をしに出かけた。動物たちが好きな丘は、取り入れの行われている畑の丁度真上だった。黒い男は杜松の茂みの熱い物陰で横になっていた。私も彼のかたわらで横たわった。私たちはしばらく息をつき、まばたきをしていた。丸い石ころがころがり、ずっと向こうまで曲がりくねっている、丘に通じる道は、私の目の暗闇のなかで光り輝いていた。

「それで、本は?」

「ここに入っている」

彼は布袋のなかを探った。『イリアス』はそのなかで白いチーズのかたまりにくっついていた。

あの戦闘、鞭の先の房のように大きな拳を揺れ動かすあの踊るような身体と身体のぶつかり合い、あの矛、あの槍、あの矢、あのサーベル、あの叫び声、あの逃走と帰還、さらに広げられた小麦の束の方で漂流している女の衣装。私はこのような茶褐色の『イリアス』の世界のなかにいた。

私の奥深くまで染み入ってくる声で男は説明してくれた。その春以来、私は奇妙な新しいものを持ち運んでいた。最初のうち、それは私の奥底で緑色で酸っぱい新鮮な小さな水滴のようなものだった。四月の若いアーモンド。やがてそれは大きく成長し固くなった。それは今ではまさしく肉が固くて相変わらず冷たい白いアーモンドのようだ。そしてそれは私の熱い肉の中央にあった。私の肉がその暖かさでその冷たいアーモンドに触れるたびに、私は全身に長い液体状の戦慄を覚えるのだった。

私には女たちの匂いが感じられた。それは非常に明確な匂いだった。マッソ夫人は匂わなかった。パン屋のオーレリは匂った。アンヌは匂わなかった。と言うよりも、彼女がミルクのような深い目で私を見つめない時だけ時おり匂った。その時、アンヌは他の女たちと同じように匂った。そうした時には、私は指を突き出して彼女の唇に触れようとした。彼女が私を見つめると万事休すで、もう匂いはなくなっていた。私は訊ねた。

「ぼくは君を苦しめなかったかい？」

「あんたが何をしたと言うのよ？」

私はあえて説明しなかった。

マルグリットは匂った。もっとも強く匂ったのは彼女だった。腕を剥き出しにした彼女は私より大きかった。彼女は走ると汗をかいた。それから私たちは麦藁のなかに隠れた。はっきり区別できる三つの匂いがあった。麦藁、汗、そして女の匂い。私には三つの匂いがすべて感じられた。私は言いたかったのだ。

「一緒に寝よう」と。

私たちは一緒に横たわった。マルグリットは私に身体を押しつけてきた。私たちは脚を絡ませあい、そうした状態でうずくような鈍い痛みにじっと耐えていたが、その痛みに油をさすなどという知恵は私たちにはなかった。私にとっては、黒い男の声も女の匂いと同じ性質を具えていた。その声は私のなかのアーモンド[核心]まで入ってきた。彼は文章を読むと深い洞察力を発揮した。今ならそれがどういうものか私にはよく分かっている。彼は感覚的に文章のなかに入りこんでいったのだ。文章の言葉の形や色彩や重さに対する並外れた理解力があったので、彼の声は、単なる音としてではなく、私の目の前で創造されていく神秘的な生命のようなものとして、私に強い印象を与えた。私が目を閉じると、その声は私のなかに入ってきた。アンチロクスが矛を投げたのは私の内部においてであった。アキレスが彼のテントの地面を怒り狂うその重い足で踏み固めたのは私の内部においてだった。パトロクルスが血を流したのも私の内部でのことだった。海の風が舳先に当たって裂けたのも私の内部の出来事であった。

私は自分が官能的な人間だということは承知している。

私が父の思い出に対してこれほどの愛情を持っているのは、また私が父の姿から私自身を切り離すことができないのは、さらに時間が経っても父の思い出が消失してしまうことがないのは、日々のさまざまな経験にさいして父が私のためにしてくれたことのすべてを私が理解しているからである。父はまっ先に私の官能的な好みを知った。父がまず誰よりも先に、その灰色の目で、私が壁に触れそこに皮膚の毛穴のざらつきを想像するように仕向けたあの感能的な好みを見てとったのである。あの官能性は私が音楽[楽器の演奏]を学ぶのを妨げた。自分が有能だと感じる喜びより、音楽を聞く陶酔により大きな価値を与えたからである。あの官能性は、私を、太陽光線に横切られたり、世界の形と色によって横切られたりする一滴の水滴と化すのだった。そして私の肉体のなかに、事実、私がまるで水滴であるかのように、形と色と音と際立った感覚とを運びこんできたのである。

父の方は、まったくの独学で読み書きを学んだ。父には官能性の持っている純粋なもののすべてを知る必要はなかった。一般的に官能性と呼ばれているあの唾や膿や血のついた粘液などの泥を、父は自分の周囲に所有していたし、私の周囲にもそれがあるのを見ていた。父は適正な出発をする必要はなかったのだ。それに、父がそうしていなかったとしても、そのことで父を叱責するにはあたらないであろう。父の態度は自然なものだったであろうから。

父は私の内部にあったものを壊すことも、引き裂くこともしなかったし、唾で濡らした自分の指で窒息させたり、消し去ったりするようなことも、一切しなかった。昆虫が秘めている予知能力でもって、父は小さな幼虫の私に治療薬を与えた。ある日にはこれ、別の日にはこれといった具合に。父は私に植物、樹木、土、人間、丘、女、苦痛、善良さ、誇り、こうしたものすべてを薬としてまた食料として、傷になるかもしれないものも予測した上で、私に補給した。父は傷になるかもしれないものに対しても、父のおかげで私のなかで巨大な太陽になったものに対してと同様、前もって適切な包帯を私に与えてくれた。

もし私たちが謙虚に本能や元素精［地の精や水の精など］に活路を求めれば、官能性のなかには一種宇宙的な歓喜が存在するということを私たちは理解できるであろう。

生まれつきの性格のために私は女性を早い時期に知ることができなかった。女性の動作は美しく自然だということ、その動作で禁じられているものは何もないということ、私の足から星にいたるまでの世界の丸さのすべて、さらに星の彼方にある世界のすべて、そうした月と太陽の果実のすべて、それらは組み合わされた腕と腕、合わされた口と口、結びつけられた腹と腹が作りだす小枝のなかに運ばれてきているということ、以上のようなことを私は直観によって知っていた。そうしたものの単純な美のすべてと、それが理にかなっているということ、それが適切だということを私は理解していた。そういうことのなかにあるすべてが分かっていた。そういうことが問題になればすぐさますべてのことを私は理解した。私にとってそれほど自然で単純な動作も、他の人たちには醜く、偽善的で、黒い泥のようなものでできた重いものに見えているということも私は心得ていた。

優しいアンヌの女の匂いが感じられなくなるには、彼女が不透明な視線を私に投げかけるだけで充分だった。

「彼女はそれが醜いと思うだろう」

アンヌはいなくなり、マルグリットは私を焼きつくし、パン屋の女房はその匂いで……。

それでも世界は相変わらず存在している。

黒い男は草の上に横たわっていた。夏の夕べ、日光をたっぷり浴び陶酔した草の葉のすべてが匂いを発するとき、彼は本とともにそこにいた。彼はまず、私の周囲にあるさまざまな形態や生命を私に示すために、声と手について話した。そうしたものすべては、私たちの感覚でとらえられる映像であるだけではなく、それらは実在しているので、私たちの諸感覚の糧になる。それらは実在するのに私たちを必要とすることはなく、私たちが生きているより前から実在していたし、私たちが死んでしまうあとでも実在するはずの、丈夫で力強いものである。このような確信を、彼は私のなかに注ぎこんだ。それはひとつの泉なのだ。私たちの通る道のかたわらにある泉なのである。飲まない者は永遠に喉の渇きをおぼえるであろう。飲む者は自分の仕事をなし遂げるであろう。

小麦の収穫は私たちのまわりで行われていた。夕方になると収穫は一層活発になった。より迅速に行われた。セザールは何としても今日中に終えてしまいたかった。彼は小麦のなかに入っていった。彼の腰は車輪の中心のようだった。鎌は彼の周囲をほぼ円形に回転していた。大きな帽子と赤茶色のシャツを身につけているマッソの姿が遠くから見えていた。彼は荷車に小麦を積みこんだところだった。マッソ夫人は馬の鼻面をつかまえて、キャベツの葉で馬をあおいでやっていた。

雌羊たちはタイムの茂みのなかで眠っていた。時おり、雌羊たちは目を開けずに、唇をまくりあげ、花の咲いたタイムの房にかぶりつき、小さな泡のような紫色のよだれを垂らしながら右に左にと咀嚼しはじめた。子羊たちは立ち上がり、その長い脚の上で身体を震わせていた。

「おおい、小川！　小川の男たち！」と女たちが下で叫んだ。彼女たちは自分たちの声を、切り株のある畑や小麦の一杯詰まった畑を越えて、もっと遠くまで投げやるために長く引き伸ばして叫んでいた。

「おおい、帰るぞ！」と男たちは応じた。女たちは頭の上に大きな草の束をのせ、草の重みと地面のあいだで全身を緊張させて、直立したまま白い道を帰っていった。

彼らはみな畑から畑へと呼びかけあっていた。

頑固者のセザールは依然として畑のなかで手を振りまわしていた。畑に残っているのは彼だけだった。薄暮のなか、彼の動作と彼の鎌のかすかなきらめきの他にはもう何もなかった。荷車が道で呻いていた。私には音を聞くだけでそれらの荷車が誰のものか分かった。セザールの荷車、マッソの荷車といった具合に。少女たちは歌いはじめた。村から最初の煙がいくつか上がった。夕闇が木々の葉叢をそっと叩き、梟たちを起こした。

あらゆるものが、血、液、味、匂い、音などそれぞれに固有の重みを持っていた。

暖炉では乾燥したヒースが燃えていた。ゆっくり燃える木とは違って、ヒースは猛り狂って燃え上がるのである。私たちのいる丘まで届く匂いは、鍋の近くにいる女たちの動作や、沸騰するのをためらいつつ、若々しい大きな炎に焼かれ震えているスープの音などで満ちていた。鎧戸が壁にばたんばたんと当たっている。部屋を涼しくしているのだ。柱時計が時を刻んでいる様子が聞こえてくる。柱時計は相変わらず正常に動いている。だが、明日の朝、ねじを巻く方がいいだろう。遠くの林のなかでは、狐たちが走りまわっているので黄楊の木が軋んでいる。古くなった壁の石はゆっくり動いている。大きな蛇は自分の隠れ家に戻り、石の角に首をこすりつけて古い鱗を落としているにちがいない。蟻たちの大きな蟻塚は、丸くなった猫のように輝きそして唸りながら、地下にある彼らの町に向かってゆっくり滑り落ちていく。木々の根は休息している。もう風は吹いていない。夕べの静けさ。根は岩をつかむ手をいくらかゆるめている。丘全体が背を丸めているので、樹木たちはどちらかというと空中に所属しているように感じられる。水を飲んでいるときの動物のように、樹木たちはいつもよりいささか無防備だと感じられる。松脂が松の幹に沿って流れ落ちていく。小さな淡黄色のしずくが樹皮の傷から出てくると、水滴が熱い鉄に触れるときに発する軽やかなしゅっという音が聞こえる。その松脂のしずくを外に押し出しているのは夕べの偉大な力であると同時に、それは花崗岩の最深部まで感動を伝えていく力でもあった。髪の毛のように細くて小さな蚯蚓たちは、石の奥底で予告を受け取っている。蚯蚓たちは緻密な穀粒でできているかと思われるような物質の海綿体のなかを通り抜け、月に向かって動きはじめている。樹液は根の先端から発進し、何とか樹木の幹のなかを上昇し、最後には一番高いところにある葉まで到達する。樹液はとまっている鳥たちの爪のあいだを通っていく。樹木の皮と鳥の足の鱗、鳥と樹木という二種類の血のあいだにはそれしか介在しない。両者の血のあいだにはこの皮膚という柵しか存在しないのである。私たちはすべて互いに、血が詰まっている袋のようなものである。私たちは世界なのだ。私は腹の全体で、両方の手のひらの全体で大地に接している。空は私の背中の上にのしかかり、木々に触れている鳥たちに触れている。樹液は岩から出てくる。向こうの壁のなかに潜んでいる大きな蛇は、石に身体をこすりつけている。狐たちは地面に触れている。空は狐たちの毛の上にのしかかっている。風、鳥たち、揺れ動き群がる大気、地面の奥にいる蟻の群れ、村、樹木の家族、森林、羊の群れなど。私たちはすべて、自分自身の液体で重くなっている大きな石榴のなかの一粒一粒のようにくっつきあっていた。

パン屋の女房はレ・コンシュの羊飼いと一緒に家を出ていった。今度のパン屋は、首を吊った前のパン屋の代わりに、平野の町からやってきたのだった。それは髪の毛が茶褐色で華奢な小男だった。彼は竈の火を自分の胸であまりにも長く受けとめてきたので、身体が緑の木材のように捩じれてしまっていた。いつも青い縞のついた白い水夫用のシャツを身につけていた。それほど小さなシャツは絶対に見つからなかったにちがいない。そうしたシャツはすべて男用に作られていたが、胸のところが膨らんでいた。彼はちょうどそこで胸がへこんでいるので、彼のシャツはたるんだ皮膚のように首の下にぶら下がっていた。そのためメリヤスのシャツの下の方を引っ張る習慣がついていて、シャツは彼の身体の前で腹の下まで伸びてしまっていた。

「あんたは不憫だわ」彼の妻は彼にこう言うのだった。

彼女の方は膚がすべすべしており、いつも入念に磨かれていた。非常に黒い髪の毛だったので、その髪の毛は空を背景にすると頭のうしろに穴があいているように見えるのだった。彼女は髪の毛をきつく束ねて油と手のひらでつや出しして、ヘアピンは使わずに首のうしろで髷(まげ)を結っていた。彼女がいくら頭を振ってもその髷は乱れなかった。陽射しが彼女に当たると、髷は李(すもも)のような紫色の光沢を放った。朝、彼女は手の指を小麦粉のなかに入れ、その指で頬をこすって磨いた。彼女は菫の香水あるいはラヴェンダーの香水をつけた。店のドアの前に坐り、レース編みの作業の上に視線を落としている彼女は、いつでも唇を噛んでいた。男の足音が聞こえるとすぐに彼女は舌で唇を濡らし、その唇が充分に膨れ赤く輝くように少し休ませた。男が彼女の前を通ると、彼女は目をあげた。

その動作は速かった。そのような目を長いあいだ放っておくことは男にはできなかった。

「やあ、セザール」

「やあ、オーレリ」

彼女の声は男たちの髪の毛から足にいたるまであらゆるところに触れた。

羊飼いは白日のように明快な男だった。何と言っても、彼は子供っぽかった。私はその男をよく知っていた。彼はあらゆる果物の核で笛を作ることができた。ある時、彼は新聞紙と膠（にかわ）と二本の棒で凧を作った。彼は私たちの小さな野営地にやってきていた。

「俺と一緒に上に行こう。これを飛ばすんだ」と彼は言った。

彼は北斜面に羊を放牧していた。そこでは草が青々と茂っていた。

「風が吹いてきたら、これを放そう」

彼は長いあいだ急斜面の頂に立ち、腕を上にあげてじっとしていた。二本の指で鳥の模型をつかんでいた。

風が吹いてきた。

「放すんだ」と黒い男は言った。

羊飼いはまばたきをした。

「俺は分かっているんだ、俺は、風のことは」

すべてが眠っていると思われるような時に彼は凧を放した。何も動いていなかった。葉の最も細やかな先端でさえ。

凧は彼の指から離れ、上昇することも下降することもなくまっすぐ前方に向かって、動きのほとんどない空気の流れの上を滑りはじめた。

凧は麦打場の上を滑空していった。雌鶏たちは雛鶏たちの上で羽毛を逆立てた。雄鶏たちはハヤブサのような凧に向かって鳴いた。

凧はその向こうのポプラの木々のあいだに落ちた。

「ほらね、風だよ」と羊飼いは言った。

彼は指で額に触れ、笑いはじめた。

日曜日の朝はいつも、彼は農場に必要なパンを買いにやってきた。まず教会のドアに馬をつなぎとめた。ドアの把手に手綱を通し、手を一回まわすだけで誰にもほどくことのできない結び目を作った。

彼は馬の鞍を見つめていた。そして馬の尻を叩いた。

「邪魔になるようなら、馬を押してください」教会に入ろうとしていた女たちに彼は言った。

ズボンを上げなおしてから、彼はパン屋にやって来た。

レ・コンシュのためには四十キロ入る袋一杯のパンが必要だった。最初のうち、袋はいつも前もって準備されており、すぐに馬に積むことができた。しかしオーレリは一週間のあいだずっと数え、唇を噛み、欲求を研ぎすませるだけの余裕がたっぷりあった。今では、羊飼いがやってきてから、袋にパンを詰める必要があった。

「そっちの端を持ってください」と彼女は言った。

彼は袋の一方の端を支えた。オーレリはもう一方の端を手でつかみ、別の手でパンを袋の底に入れた。彼女はパンを投げこまずに袋の底に置いた。ひとつひとつのパンを入れるたびに彼女は屈みそして起き上がった。そうして、彼女は百回以上自分の胸を見せ、百回以上羊飼いの顔の近くに自分の顔を通過させた。そして羊飼いの方は、そうした動作と、日曜日の朝の豊かな光のなかで自分の前で揺らめく女の苦い匂いにすっかり驚嘆して、そこに立ちつくしていた。

「あんたを手伝うよ」

そのあとで咄嗟に、彼女も親しげに「あんた」と彼に呼びかけるようになった。

「俺が一人で載せるよ」

さて、今度は彼が自分の身体を見せる番だった。馬に乗ってやってくるときは、いつも彼は白いズック製の薄いズボンを革のベルトでしっかり腹に締めつけていた。少し固くて白い布でできたシャツを着ていた。そのシャツはとても太い糸でできているので、彼の身体のまわりで糊がきいているようだった。彼はシャツの下の方も襟のところでもボタンをとめていなかったので、そのシャツは熟したアーモンドの殻のように開いていた。だから、シャツのなかにある羊飼いの上半身がすっかり見えていた。腰まわりは細く、肩は広く、胸はふくらみ、皮膚はパンのように赤茶けており、葉を開いたばかりのオオバコのような黒くて美しい縮れ毛が一面に生えていた。

彼は正面から袋の上にかがみこんだ。そしていかにも頑丈な素晴らしい両手でその袋をつかんだ。両腕が固くなった。彼は急ぐことなく、肩を確実に動かして、一度でその重荷を持ち上げた。潤滑油のさしてある上半身の全体をゆっくりと回転させた。そうやって彼は袋を持ち上げた。

彼にはそれ以上のことは必要ではなかった。彼の仕事ぶりはこう言っているようだった。

「俺のやること、俺はそれをゆっくりとしかも首尾よくやってのける」

それから、彼は馬のところに行った。彼は両腕で袋のまん中を締めつけ、そこを袋の腰のように扱った。彼はその袋を馬の鬐甲（きこう）の上に頭陀袋のように載せ、馬の手綱の結び目をほどき、馬が回転しているあいだに、鐙（あぶみ）に足をかけることなく、確かな動きでぽんと飛びあがり、鞍にまたがった。

それだけのことだ！

「女房は何も持って出ていない。身体を覆うものも、まったく何も」とパン屋は言った。

それは大きな不幸であった。開け放たれたパン屋のなかに村人たちは入った。彼はすべてを見せた。みんなは竈の奥にある寝室まで入っていった。戸棚は散らかっていなかった。箪笥もしっかり閉まっていた。彼女は暖炉のマントルピースの大理石の上に小さな鍵の束を残していた。それはきれいで、きらきらと輝き、まるで銀でできているようだった。

「見てくれ……」

彼は引き出しを開いた。

「あいつは下着も持っていっていない。自分で編んだシャツもだ」

彼はそばかすだらけの両手で彼女の引き出しのなかを探った。

よごれた下着のなかも探した。彼はセーターを一着取り出したが、それは鼬の皮のような匂いがした。

「どうなりますかね?」女たちは言った。「何かこういうことが起こりそうな気がしてたわ」

「どうして?」と彼は言った。

そして彼は赤い瞼の奥にある小さな灰色の目で彼女たちを見た。

オーレリと羊飼いが湿地帯に向かった、ということはすぐさまみんなの知るところとなった。

丘に行くには一本の道しかない。そして私たちは丁度そのまん中で羊の番をしていた。黒い男と私は。

丘に登ってきた人々は私たちに訊ねた。

「オーレリが通りすぎるのを見なかったかい?」

「見なかった」

「昼も夜も?」

「昼も夜も見なかった。昼間、私たちはここから動くことはない。夜には、小径のところの方が温かいので、あそこまで行って眠ることにしている。丁度その夜は、夜明けの直前まで角灯の光で本を読んでいた」

恋人たちに道を引き返させたのはその灯火だったにちがいない。

彼らはただちに丘の方に登ってきて、灯火が消えるのを待ったのだろう。ラヴェンダーの茂みのなかには動物の巣のようなものまで見つかったが、そこから彼らは私たちの様子をうかがっていたのであろう。

羊飼いはそこを通るしかないということを心得ていた。一方はクルイユの絶壁で、他方はピエールヴェールに通じる危険な坂だった。

午後になると四人の若者が馬にまたがった。一人は大した期待もせずレ・コンシュに向かい、屋根裏部屋のなかを探すことにした。一人は切符を発行したかどうか調べるために駅に行った。あとの二人は線路沿いに一人が北へ一人が南へギャロップで走り、それぞれ次の駅まで行った。それら三つの駅では誰にも切符を売っていなかった。レ・コンシュに向けて出発した若者は、遅くなってから、すっかり酔っぱらって帰ってきた。

彼はレ・コンシュの親方ダルボワーズ氏に、ついで御婦人方に事情を話した。みな一緒になって納屋のなかを探してまわった。そして笑った。ダルボワーズ氏は竜騎兵の隊長だった当時の話をいくつか語った。みんなで何本ものワインを飲み干した。

まずひとりの女のあとを追ってそのように走りまわったあと、午後のあいだずっとレ・コンシュの女性たちと触れ合った若者は、ワインによってというよりもそうしたことで赤くなっていた。

彼はパン屋の肩を叩いた。

「俺はあんたのために彼女を見つけたよ。そして連れて帰ってきていたのだが、道中で彼女と寝てしまった」と彼は言った。

パン屋は石油ランプの下にいた。彼の顔しかよく見えなかった。彼はみんなより小さかったし、他の者たちの顔は暗闇のなかにあったからだ。頬は土色で、目を赤くして、彼はそこにいた。彼はあらぬかたを見て、指の腹でパン用のカウンターの冷たいテーブルを叩いていた。

「分かった、分かったよ」彼は言った。

「こんなことになれば」外に出ながらセザールは言った。「またパン屋がいなくなってしまうということは分かるだろう。それは素晴らしいよ、そう、恋はね。だが食べなければならないということも考えておかないと。そこで？　パンを求めてサント＝チュルくんだりまでまた出かけなければならないだろうよ。言いたくはないが、あの女にもう少し知恵があれば、こんなことくらいは考えられたはずなんだがなあ」

「お休み、ありがとう」敷居の上でパン屋は言った。

その翌日、セザールとマッソは湿地帯に出かけていった。一日中湿地にとどまり、黙々と苦労して歩きまわり、野鼠のようにあちこち探しまわった。夕方になったので、ついに彼らは土手の上にあがり、四方八方に向かって呼びかけた。

「オーレリ！　オーレリ！」

鴨の群れがまず東に向かって舞い上がり、ついで夕陽の方に向き直り、さらに夕焼けの光のなかに入りこんでいった。

セザールの心配事、それはパンだった。パンのない村、それは一体どういう村だろうか？　ほかの村までパンを求めて出かけ、時間を浪費し、動物たちを疲れさせてしまう。その他にももっと大変なことがある。このたび収穫した小麦の小麦粉が間もなくできあがるところだった。それなのに、誰のところに小麦粉を持っていけばいいんだろうか？　誰のところでたっぷりパンを受け取れるというのか？　ナイフで切り口を入れることにより、支払うべき小麦粉の重さが分かることになっている、あの木の棒［パン屋は二本の棒——一本は客用、もう一本は自分用——に切り口を入れることによって提供したパンの数を示すのが当時の習慣だった］がどこに置いてあるというのだ？　パン屋が心の痛手を克服できないということにでもなれば、俺たちは仲買人に小麦粉を売り払い、小銭を手に持って自分が食べるパンをどこかに探しにいかねばならないであろう。

「恋に浮かれたら、どういうことになってしまうかということくらい分かるだろう。俺たちはどんな風になってしまうんだろう？」

三日のあいだパン屋は竈から離れなかった。竈に入れるパンはいつものように熟していた。セザールは仕事を手伝うようにと女房を提供した。彼女はカウンターの向こうにいた。そして、彼女が羊飼いのことや湿地帯のことを彼に話すのはご法度だった。彼女は大儀そうな様子で、男が立派な口髭を噛むときのような仕草をしていた。客が求める通りの重さのパンを彼女が正直に焼いていったところ、パンはなくなってしまった。四日目になると、村には熱いパンの匂いはもう漂わなくなった。

マッソはドアを少し開いた。

「ところで、パン焼きはうまくいっているかい？」

「うまくいっているさ」とパン屋は言った。

「火はついているのかい、この竈は？」

「いや」

「何故？」

「休みだ」とパン屋は言った。「昨日のパンがまだ残っているはずだ」

それから彼は古靴をはき、ねじれたズボンとだぶだぶのセーターをまとって外に出た。彼はカフェに行った。カフェのテラスのマユミの木の向こうにある金属貼りのテーブルの近くに坐った。そしてガラス板を叩いた。

「アプサント」

熱いパンのあの匂いが漂うこともなく、太陽にじりじり照りつけられ、村は死滅してしまったようだった。パン屋は飲みはじめ、ついで煙草を巻いた。彼は煙草の箱を自分のすぐ横の、ペルノ［ハーブがふんだんに入っているアルコール飲料パスチスの代表的な製品］の瓶のそばのテーブルの上に置いた。

空には小さな動きが南から訪れていた。屋根の上を、風が葦の茂みを吹きぬけて運んでくるあの軽やかな羊毛が時おり通りすぎていった。鐘楼の鐘が時を告げた。広場では、小さな女の子たちが石蹴り遊びをしながら歌っていた。

十一時だよ！
いつものように、
小さなイエスさまが私の心のなかにいらっしゃる。
そこを住まいにしてもらっていいのよ……。

マイユフェールは窓の向こうで腕時計を調整していた。彼は〈時計屋マイユフェール〉という張り紙を掲げていた。〈漁師〉という張り紙も張り出しておいた方がよかったかもしれない。極度の忍耐強さ（小さな歯車の病気を拡大鏡で監視するには忍耐強さが要求される）が彼の内部に積み重なっていた。彼は「マイユフェール＝パシアンス［忍耐］」と呼ばれていた。一時間、二時間、一日、二日、一か月、二か月、必要なだけ彼は待った。しかし、彼が待っているもの、彼はそれを手に入れるのだった。
「俺は待ち、それを手に入れる」と彼は言っていた。

彼は兄と区別するために「ジャタンジュレ［俺は待ちそれを手に入れる］」とも呼ばれていた。

「マイユフェール、どちらの？」

「マイユフェール＝パシアンス」

彼らは二人とも忍耐強かった。

「ジャタンジュレの方だよ」

そう言えばどちらかが分かるのだった。

彼は天性の釣り師だった。しばしば、沼地を横切っていると、木の幹のようなものが立っているのが見えることがあった。それは動かなかった。三月であろうと、あられが水の上に音をたてて降りはじめても、マイユフェールは動かなかった。獲物袋を魚で一杯にして彼は帰ってきた。あるときカワカマスと長い闘いを交わしたことがあった。そのことが話題になると、今では彼は腹を叩くのだった。

「あいつはこのなかだ」と彼は言うのだった。

分厚く熱っぽい彼の唇は、トマトのように赤く膨れ上がっていた。真っ赤に充血したその舌は、しゃべって時間を無駄にするということがなかった。彼は食べるためにしかその舌を使わなかった。しかし食べる時には彼は舌を存分に働かせた。とりわけ魚を食べる時には。舌が口の外まで出てきて口髭についたソースの露を嘗めているなどということも時として見られた。彼の手はゆっくり動き、足もゆっくり動き、ねばねばした視線は蝿のように板ガラスにくっつくこともできたし、固くて毛の多い頭はちょうど黄楊の林の色合いだった。

ある夕べ彼は帰ってきた。

「やつらを見たぞ」彼は言った。

「早く来てくれ」とセザールは言った。そして彼はマイユフェールをパン屋まで引っ張っていった。

「やつらを見たぞ」彼はふたたび言った。

「どこでだ？ 彼女は何をしている？ どんな具合だ？ 痩せていたか？ 彼女はあんたにどう言った？」

「忍耐だよ」とマイユフェールは言った。

彼は外に出た。自分の家に入り、獲物袋の中身をテーブルの上にあけた。パン屋、セザール、マッソ、ブノワ、ル・トレール、みんなは彼のあとについて行った。彼らは何も訊ねなかったが、そうしても無駄だということが分かっていたからである
彼は獲物袋の中身をテーブルの上にあけた。水草、そして十四匹の大きな魚が出てきた。彼はそれらを数え、上下ひっくりかえし、眺めた。水草のなかを探した。獲物袋のなかを探った。ついに彼は鉄のように青いごく小さな魚を取り出した。その鼻面は黄色く、背はすっかり錆色だった。

「ヒラウオだ。焼き網の上に置いてくれ。腹は出しちゃいけないよ。川のなかの鶫（つぐみ）だからな」と彼は言った。

彼はみなの方に向き直った。

「ところで？」と彼は言った。

「それでは、あんたが話すんだよ」とセザールは言った。

彼は話した。俺はいつものように沼地に棒のように突っ立って、丁度このヒラウオを狙っているところだった。これは珍しい魚で、隠れた流れに辿りつくために柳の林に水路を作ったり、キリギリスのように飛び跳ねたり、新たな流れに行き着くために道路の上を人間のように進んでいったりするような魚なんだ。つまり丁度このヒラウオを狙っていたときに、とらえどころのない小さな物音がはじけるのが、まるで空中から聞こえるような具合に、聞こえてきたんだ。

「鴨かな？　と俺は考えた。いや、鴨ではなかった。クイナかな？　と俺は考えた。その声は聞こえはじめたが、クイナのようには響かなかった。クイナでもない。ギギかな？……」

「彼女は歌っていたのかい？」とパン屋は言った。

「忍耐してくれよ」とマイユフェールは言った。「あんたは急ぐなあ！」

そう、彼は歌を聞いたのだ。ついにそれが歌だと判断することができた。湿地帯ではいたるところで静寂が支配している。その時刻に湿地帯では魚、夏の風、水のかすかな振動、そうしたもの以外に生きているものは何もあるはずがない。オーレリは歌っていた。マイユフェールは手首の特別な動作で投げ、回転させ、引いたりして、ヒラウオを釣りあげた。彼はパン屋の哀れな目の前で二度、三度とその手さばきをやって見せた。

そのあとマイユフェールは歩いた。大気はオーレリの歌の下で震えていた。クレソンの根で腹を愛撫され、うたた寝してている鱒の震えを探るように、彼はその物音を探りはじめた。一歩、二歩、水のなかをマイユフェールが歩いても、水がぱちゃぱちゃと音をたてることはない。彼は脚を引き上げるこつを知っており、足を指先から水のなかに差し入れるすべもわきまえている。水は音もなくまるで脂のように開く。長くかかるが確実である。

彼はまず千鳥の巣を発見した。母鳥が卵を温めていた。母鳥は立ち上がらず、羽根一本さえ動かさなかった。低く鳴きながらマイユフェールを見つめていた。そのあと彼はソリッソン[詳細不明]の巣穴を見つけた。雌の魚たちは穴のなかの暗いところにいて、その白い腹は卵で膨れ上がり、まるで三日月がいくつも並んでいるように水を照らしていた。

彼はその穴の周りをぐるっとまわったが、ソリッソンを目覚めさせることはなかった。

今では彼には歌っている声と時おり話す羊飼いの声がよく聞こえた。

「レリ!」

そしてそのあとは静寂だった。マイユフェールはもう動かなかった。そしてしばらくして声がふたたび聞こえてきたので、マイユフェールは歩いて沼地を横切りはじめた。

「そこは島になっているんだ」と彼は言った。

「島だって?」とセザールは言った。

「そう、島だ」

「どこなんだ?」とマッソは言った。

「水がたっぷりあるところで、丁度ヴィノンの正面だ」

羊飼いは葦の束で掘っ立て小屋を作ったのだ。オーレリは草の生えた地面に陽射しを浴び素っ裸で横たわっていた。

「素っ裸でだって?」とパン屋は言った。

マイユフェールは頭をかいた。彼はテーブルの上の死んだ魚たちを見つめた。雌のカワカマスがいた。そのカワカマスは全身で抵抗して死んだにちがいなかった。腹の骨のところに、つまり腹と尾の切れこみのあいだに、小さな穴が開いており、ランプの光がその小さくて赤い深みを照らしていた。

「彼女は洗濯物を乾かしていたんだ」とマイユフェールは言い訳をした。

パン屋はすぐに出かけようとした。セザール、マッソ、さらに他の連中が彼を制止した。巣穴も、夜も、泥の穴も、何も彼を引きとめる役にはたたない。

「もしあんたが行けば、あんたはあそこにとどまることになるだろう」

「仕方ないよ」

「行ってどうなるっていうんだ?」

「仕方ないよ、俺は行くんだ」

「帰ってこれたら奇跡というもんだ」

「仕方ないさ」

「どこだか、あんたには分からないじゃないか」

ついに、セザールが言った。

「それに、あんたの出る幕じゃないよ」

それは理屈が通っていた。パン屋はみんなに制止されたので、気力が萎えはじめた。そこでみんなは妥協案を考えだした。司祭と先生を二人とも派遣することにしよう。司祭は年寄りだが先生は若い。先生は蝋引きした布製の長靴を持っている。先生が司祭をおぶって土手の少し向こうにある狭くて頑丈な島まで運びさえすればいい。そこから話しかければ、声は聞こえる、とりわけ司祭の声なら。

「司祭さんは話すのに慣れているから」

先生には小屋まで行ってもらおう。彼らをせきたてるためじゃない。オーレリに事情を分からせねばならない。それはたしかに素晴らしいが……。

「それはたしかに素晴らしいよ、恋はね」とセザールは言った。「しかし食べていく必要もあるからなあ」

……それはたしかに素晴らしいが、カウンターがあるし、パンの重さを計り小麦粉の量を計算しなければならないし、それに、男が一人待っているんだし……。

「つまり」パン屋を見つめてセザールは付け加えた。「先生が一人でやれなかったら、口笛を吹いてもらおう。そうして、しっかりした場所から司祭さんに話の続きをやってもらおうよ。司祭さんが少し大きな声で話せば、足を濡らさずに事態を収拾することができるだろう」

その翌日、司祭と先生は一頭の馬に乗って出かけた。

夜になって先生が帰ってきた。

みなはドアの前で涼んでいた。

「家に戻ってください」と彼は言った。「そして戸口や窓を締め切ってください。それに、もう十時です。そしていくらか早すぎるかもしれないし、あるいは遅すぎるかもしれないが、みなさんはもう充分に涼んだことでしょう。それに司祭はオーレリとともに下の四辻の近くまで帰ってきています。通りに人が出ているかぎり、彼女は帰りたくないと言っているんです。司祭は着替えを何も持っていかなかったのです。身体が濡れてしまったので、下で風邪をひきはじめている。私も着替えるつもりですよ。さあ、家に入ってドアを閉めてください」

真夜中近くになってパン屋はマッソ夫人の家のドアを叩いた。

「四種類の花を混ぜて作る例の煎じ薬がいくらかないだろうか?」

「あるわよ。下りていくわ」

彼女は花の煎じ薬を手渡す。ひとつまみの菩提樹の煎じ茶も付け加えた。

「これも入れるといいわ。眠れるようになるからね」と彼女は言った。

その他さまざまなことが、鎧戸を下ろしたすべての家の内側で準備されていた。

朝になるとすぐ、カトリーヌがまっさきにやってきた。彼女は静脈瘤が重く感じられたので靴底を地面にこすりつけて歩いていた。オーレリはそういうものとは縁がないということをカトリーヌはとくに忘れる必要があった。自宅の戸口のところからバリエルは向こうにいる妻のカトリーヌを見ていた。パン屋に入っていく前に、彼女は彼の方に顔を振り向けた。彼は両手を背中のうしろにまわしていたが、それでも彼がつるはしの柄をしっかり握っているということが見えていた。

「こんにちは、オーレリ」

「こんにちは、カトリーヌ」

「六キロちょだい」

オーレリは話をせずに重さを計った。

「坐るわ。静脈瘤が痛むのよ。こんなものに苦しまなくていいあんたは幸せね！」とカトリーヌは言った。

そのあとはマッソ夫人だった。

「よく眠れた？」

「眠れたわ」

「よく分かるわ。あんたの目はクレレ［色が薄い赤ワイン］のようね」

そして次はアルフォンシーヌとマリエットの番だった。

「あんたは髷をどうやって結んでいるの、見せてよ」

「あんたのような髪の毛だったら、それだけでいいのね」

「これが重いかどうか、計ってよ、アルフォンシーヌ」

「そうなんだ。こういう髪の毛だと、ヘアピンもいらないんだ」

十時頃になってもまだ、オーレリは戸口のところまで出てこなかった。彼女は店の薄暗がりのなかにとどまっているのだった。そこへ、セザールがパン屋の前を通りかかった。彼は自分が準備できていると考えていたが、まだ心の準備ができていなかった。彼は立ち止まらなかった。教会のまわりをまわり、洗濯場のまわりをまわり、もう一度パン屋の前を通りかかった。今度は立ち止まった。

「やあ！　オーレリ！」

「ああ！　セザール！」

「なかで何をしているんだい？　ちょっと外に出てきて空気を吸ったらどうだね」

彼女は戸口まで出てきた。彼女の目はすっかりやつれていた。アルフォンシーヌとマリエットに髪の毛の重さを計らせたために、彼女は髪の毛を崩してしまっていた。美しい唇は、まるでジャムを食べすぎたときのように、不快感をかすかに感じていた。

「何といい天気だろう！」とセザールは言った。

「そうね」

彼らは空を眺めた。

「海からの風が少し吹いてきている。家に来てもらいたいんだ。家内があんたに猪の肉を分けてあげたいと言っているもんで」とセザールは言った。

正午になると、パン屋は竈によく乾燥した楢の束をたっぷり入れた。風はなくなっていた。大気は石のように平坦だった。黒い煙は、大地と平和と勝利の匂いとともに村に下りてきた。


日曜日の十時頃、太陽の陽射しが非常に重々しくなったので、街道、壁、樹木、空が白い脂肪のようにぱちぱちと音をたてはじめた。その最中に例の羊飼いがやって来た。馬は見事な大股の側対歩で歩んでいた。彼が乗っている馬はダルボワーズ氏自身の芦毛の馬だった。馬につけられているアラビア風の鞍は、打ちつけられている釘のすべてから火を放っていた。彼の足はいつものように裸足で、白いズボンをはき、太い糸のシャツを着こんでいたが、それはこの太陽の下ではまさしく正確にあるべき理想の姿であった。彼は鞍から飛び下り、教会のドアに馬をくくりつけた。

セザールが物陰から出てきた。

「どこへ行くんだ?」

セザールはすでに晴れ着を着ていた。青い羊毛のベルトを締め、頬にはしっかり剃刀を当て、口髭は見事な鉤形に整えていた。農民の晴れ姿であった。

「パンだよ」

「親方に別の男を寄越すように言いな」

「余計なお節介はやくなよ」

羊飼いは腕を伸ばし一歩進んだ。セザールは羊飼いの肩をつかんだ。

一瞬のあいだ彼らはにらみあう。羊飼いは肩を引き、セザールは一層強く握りしめる。羊飼いは急に後退する。彼のシャツがズボンから少しはみ出てしまっている。羊飼いがまず殴りかかる。彼の拳がセザールの顎をかすめる。セザールは大きな手を開いて上に持ちあげる。彼は殴ろうとはせずに、捕まえ締めつけようとする。羊飼いは相手の頬のまん中を殴りつける。セザールは後退し、目を閉じる。羊飼いは鼻を殴る。セザールは頭を下げ、前に飛ぶ。そして羊飼いの顎に頭突きをくらわせる。羊飼いの頭はうしろにのけぞり、手をぶらぶらさせる。セザールは勢いはないがしっかりした拳の一撃を羊飼いの肝臓に見舞う。羊飼いは壁にもたれかかる。頭が音をたてて壁の石に当たる。セザールは羊飼いの腹にもう一発打ちこむ。羊飼いは口を開ける。彼は拳を大きく振り下ろすが、セザールの肩の上で空を切る。セザールは後退する。羊飼いは二、三歩前に歩み、膝をつき、頭を垂れ、倒れた。

彼らは音をたてず、叫ばず、教会のかたわらの片隅で闘った。誰もその光景を目撃しなかった。セザールはひとりで立ち去った。彼は人差指で口髭の先を丸めて、アプサントを飲みにいった。

馬は教会のドアにくくりつけられたまましばらくのあいだじっとしていた。空では熱気が音にはならない美しい呻き声を絶え間なく発していた。ついで、羊飼いが出てきて、手綱をほどき、いつもの跳躍で鞍の上に乗り、レ・コンシュの方に引き返していった。

セザールはアプサントをいつものように飲み、ベジーグ［二人で行うトランプ遊びの一種］に興じ、ゲームに勝ち、食事に行った。

午後になり村でダンスパーティをやっていると、レ・コンシュの男が五人ギャロップで駆けつけてきた。先頭は今度も例のアラブ馬に乗った羊飼いだった。彼は他の男たちより先にカフェの前に到着し、手綱を素早く引いた。馬は呻いて踊りはじめ、長い尻尾でマユミの木々を叩いた。他の四人もすぐさま到着し、一挙に五人の太股が鞍から下りるのが見えた。あっという間に馬をつなぎ止めると、五人の男たちはドアを押し開けた。みんなはワルツのまっ最中で、彼らには五人の騎馬パレードなど何も聞こえていなかった。羊飼いはアントワネットとその相手とのあいだを切り裂くように腕を差し入れて二人を離し、男を押し、女をしっかり抱きしめ、ワルツの輪のなかに入った。他の三人もそれぞれマリ、ジョゼ、フェリシを相手に同じように振る舞った。ジェルメーヌ・ド・コストレはうっとりして長椅子から立ち上がり、五人目の男に自分の身体を押しつけていった。オーケストラの団員たちには何も見えなかったので、音楽は続いていた。オーケストラは「青きドナウ」を演奏していた。その瞬間、マリユスは何のことか訳が分からなかった。羊飼いと踊っているアントワネットが彼には見えた。彼女はなるほど少しは踊りの仕種をしていたが、羊飼いは彼女を強く抱きしめていた。そして、彼女が後退すると、彼がうまく前進するので、二人は腹と腹がぴったり合っていた。

「止めろ！」とマリユスは叫んだ。

そうすると、ジョルジュ、イヴァン、メデリック、クロテールが自分たちの相手だった踊り手を取り返そうとあちこちから押して入っていった。女たちは長椅子の上にあがった。オーケストラが止まった。

「これはいったいどうしたんだ？　レ・コンシュの男たちだ！」

「音楽だ！」と羊飼いは叫んだ。

マリユスは羊飼いのところまで行こうとしたが、みんながびっしりと束のように固まりあっていたので、そうはできなかった。

「音楽だ！」と羊飼いは叫んだ。

彼はまだアントワネットを放していなかった。

「寝にいけよ！」とマリユスは叫んだ。

「お前の妹とな」と羊飼いは言った。

「妹は、バターをかきまぜているさ」とマリユスは言った。

羊飼いはアントワネットを放した。

「場所をあけてくれ」と彼は言った。

彼のまわりにはすぐさまいくらかの空間ができた。

「ここに来て言ってみろ」

マリユスは前に進んだ。

羊飼いは相変わらず、雲行きを承知している男に特有の涼しげな顔つきをしていた。ただ、彼もまた唇に強い不快感を感じていた……。

マリユスは上着を脱いだ。

「どうしたいというんだ?」と彼は言った。

「こうだ」と羊飼いは言った。

それと同時に、彼は腕を伸ばし、両肩の全体重をその腕にこめた。木材を割るときのような「あん」という呻きを彼が発するのが聞こえた。マリユスはその一撃をまともに鼻の穴で受けた。彼は頭を揺り動かした。周囲に血をまき散らした。彼の白くて青い大きな無邪気な目で、彼は血で覆われた自分の手を見つめていた。

少女たちは叫びはじめた。

羊飼いはタイミングをうまくはかってなお二回力任せにマリユスを殴った。二度目はマリユスの顎の下を殴った。マリユスは十字架に架けられたように両腕を広げ、地面に倒れた。

少女たちは長椅子を窓際に移動させた。彼女たちはその上にあがり、外に飛び出た。アントワネットはべっとり血の染みがついてしまったドレスを両手で抱えて泣いていた。彼女はドレスを持ち上げていた。彼女のふくらはぎとズロースのレースが見えていた。地面に伸びたマリユスは動かなかった。鼻の下の血があぶくになっていた。

女たちは叫んでいた。ある女は男の子をしっかり抱きかかえてダンス・パーティの会場を横切った。彼女は羊飼いを押しのけた。

「どうも」と彼は言った。

彼は両腕をだらりと垂らしてそこにじっとしていた。握りしめた拳はそのままだった。そして横たわっている男を見ていた。オーケストラの方で騒ぎがあった。コルネットを吹いていたザニが下りてきていた。レ・コンシュの男たちは羊飼いの前で垣根を作っていた。それから、彼らも殴りはじめた。

そこで、ザニはビール瓶の口をつかんだが、足で腹を蹴りあげられた拍子に瓶を手放し、身体をよじり、演壇の下に転がりこんだ。イヴァンはレ・コンシュの一番若い男をカウンターのそばで締めつけ、ついで両手の拳をぶんぶんと振り回して彼を威圧していた。レ・コンシュの大男が椅子を持ち上げ、イヴァンの頭にそれをぶつけた。椅子は壊れ、彼の手には背もたれしか残っていなかった。イヴァンはカウンターにもたれこんだ。若い男が彼の胸に頭突きをくらわせると、イヴァンは袋のように倒れた。演壇の下でザニが叫び、床板を踵でがんがんと蹴っているのが聞こえていた。あと二人のレ・コンシュの男たちはバルナべとジョルジュを殴り倒した。羊飼いに二人の男がまるで犬のようにしがみついていた。彼はそのうちの一人を地面に投げつけ、足でその手を砕いた。もう一人の腕を彼は捩じった。地面に倒れた男は羊飼いのふくらはぎに噛みついた。羊飼いは男の顔のまん中に強烈な足蹴を食らわしたので、男の頭は吹っ飛びテーブルの端に音をたててぶつかった。羊飼いは男の腕を容赦なく捩じった。体重をかけ、なお力任せに体重をかけた。男はわめき、倒れた。羊飼いは男の手をひとつずつ踏みつぶした。

女たちは通りを走っていた。ジョルジュは立ち上がった。

「銃だ、銃だ」と彼は叫んでいた。

「危ない！」とレ・コンシュの大男は叫んだ。

すぐさま五人の男たちは外に出ていた。馬たちはマユミの葉を食べながら待っていた。羊飼いはアラブ馬を女たちの方に向かって後ろ脚で立たせた。女たちは道を開けた。ひと飛びで彼は広場のパン屋の前に進んだ。大きな葦の花束を鞍からはがし、それを戸口の前の歩道に投げた。ついで、五人全員が牧草地にいたる街道を通って村からギャロップで出ていった。


その日曜日の夜、マッソが私たちのところにやって来て、私たちが下着を替えにいくあいだ羊の番を交替してくれることになっていた。彼がなかなか上まであがってこないので、私たちは村を見下ろすことのできる丘の縁まで進んでいった。空には無数の星が輝いていたので、私たちが向かっている下の方は松脂のようにまっ黒だった。かろうじて家々がうっすらと見えるだけだった。しばらくすると女の呻き声が聞こえてきて、それからひとつの窓に光が灯った。呻きは歌のように規則的だった。何が原因でこんな風に村の明かりを消し、村を痛めつけているのだろうかと自問しつつ、目をこらし耳をすましていると、広場で火が燃やされるのが見えた。炎が木々の葉叢の上まで一挙に燃えあがった。乾燥したヒースを燃やしたにちがいなかった。うずくまった教会の大きな建物が今では見えるようになってきた。ついで、その奥の方に、口を開けて男たちの影を火の方に吹き出している一軒の家の平たい鼻面が見えた。女の呻き声はいっそう強くなっていた。火がぱちぱちはじけ、男たちが太い声でぶつぶつと呟いているにもかかわらず、相変わらず歌い続けている呻き声が聞こえてきたからである。

もうひとつ別の火が麦打ち場で燃えあがった。

急に、私たちの首の皮膚に熱い空気が触れるのが感じられた。私たちは顔を振り向けた。大きな微光が西の方から漂ってきていた。長い煙の飾り紐が激しく渦巻いている赤茶けた光の上に、丘の輪郭とエニシダの茂みの背が見えていた。丘のもうひとつの先端に近づくためには、私たちはいくらか迂回しなければならなかった。その方角にある谷間の向こうのレ・コンシュの村の手前で、巨大な火が燃やされていた。広くてむきだしの母屋の大きな棟が、窓という窓に照明を灯し、その光のすべてを空に投げ返していた。数頭の馬がいななくのが聞こえてきた。火は非常に大きかったし、その火を長持ちさせるために見事な薪が燃やされていたので、その火は地面すれすれに濃厚な煙のようなものを吐き出していた。よく見えなかったが、馬たちがギャロップで走り、銃を発砲し、歌を歌っているのが聞こえてきた。

「鉄のああ、おお、鉄のああ、おお！」

いつもの夜と同じように、風が少しばかり谷間を流れ、煙が舞い上がった。その時、馬に乗った男たちが火のまわりをギャロップで走っているのを私たちは見ることができた。彼らは長いベルトをたなびかせていた。時おり、騎手たちのひとりが円陣から離れ、後ろにさがり、まっしぐらに火のなかに突進した。火の一歩手前で彼は鳥のように舞い上がり、人の叫びと馬のいななきとともに炎を飛び越えた。木々の下にはテーブルが準備されているにちがいなかった。水差しと壺が輝くのが見えていた。騎手たちの輪舞は休むことなく火の周囲を回転していた。星の高みにいたるまで、火花の輝きは夜空のなかを上昇していった。上空の、非常に高いところで、わずかばかりの風が燠を海の方へと傾斜させていた。

私たちは村の上まで戻ってきた。今では村の火はすっかり消えてしまっていたが、村は暗闇のなかで相変わらず呻いていた。

朝になるとすぐに、黒い男は私に訊ねた。

「昨夜のあれはいったい何だったんだろう?」

「分からない」

私はパトロクルスの死や、博労の娘のブリセイスのことなどを考えていた。

谷間の方からやって来た二人の騎手が、丘の頂を越えた。私たちは小径にいた雌羊たちを呼びよせた。しかし不意に、二人の騎手は馬を並べて止めてから、地面に飛び降りた。

馬に乗ってきたのは、男と女だった。農民ではなかった。男は光沢のある柔らかな長靴をはいていたが、その長靴が軋む音は遠くからでも聞こえた。女の方は、スカート姿だったにもかかわらず、男のように馬にまたがっていた。鐙（あぶみ）に足をかけずに、両脚を折り曲げていた。彼らは近づいてきた。ダルボワーズさんと例のラシェルだった。彼女は、あと二人の娘たちとともにダルボワーズの奥さんたちと呼ばれている。

男性は恰幅がよくいささか動きが鈍かった。半ズボンは太股にぴったりしていた。歩くとき彼は両脚にしっかりと体重をかけた。彼が膝を曲げると、長靴が軋んだ。

「ところで」と彼は言った。

彼のうしろを歩いていた女が、彼に呼びかけた。

「アジェノール！」

彼女のスカートは、彼女が横切ろうとした木苺の茂みに十か所ほど引っかかり、つかまってしまっていた。

「小鳩さん」と男は言った。そして彼は後戻りして彼女を助け出した。

彼は動きが鈍く陰険なのが感じられた。また「小鳩さん」という呼びかけはあまり率直な響きではなかった。

彼らはやっと二人揃ってこちらに向かってきた。

「チーズはお持ちじゃないかしら？」婦人は訊ねた。

彼女の小さな頭は球のように丸かったが、厚ぼったくはなかった。大きな口はかなり湾曲しており、目は暗かった。小さなベールは彼女の鼻先まで垂れていた。

「いいえ、奥さん。乳は自分たちの分しかしぼりません」と私は言った。

ダルボワーズさんは狩猟用の上着を着ていたが、その中には彼の小さな腹を支えるに足るだけの肩幅が収まっていた。彼は雛菊を噛んでいた。その唇は炭のように黒く、少し光っていた。髭はきれいに剃ってあった。小さな灰色のもみあげは水滴のように膨れており、美しい口髭は黄金のようになめらかなブロンドだった。驚くべきは、そのまっ黒い口、雛菊の噛み方、左に傾いた山高帽の翼の下で閉じている左目と開いている右目だった。

彼は絶えず長靴を軋ませていた。

「まだ乳はありますか?」

「はい、奥さん」

「雌羊の?」

「そうです、奥さん」

「それをいただけるかしら?」

「はい」と黒い男は言った。

彼女は彼の方を振り向いた。

「男の子にいただきたいわ」と彼女は言った。「あんたのグラスでね」と彼女は紫色の目でまっすぐ私を見つめて付け加えた。

その目は紫色だった。彼女が近づくとそのことが分かった。

「興奮したのかな？」ダルボワーズさんは言った。

彼女は私の手を放さずに彼を見つめた。彼女はグラスではなく私の手を握っていた。

「あの夜、あのことを悔やんだりすべきじゃなかったのよ」と彼女は言った。

彼女は私の手を放した。

「乳をおくれ、坊や」

私はグラスを差し出した。

「飲ませてよ」

彼女は草の上にひざまずいた。彼女は私より背が高かったので。

彼女は大いに女の匂いを発散していた。

彼女は上着の下に、軽くて透明な絹の小さなブラウスを身につけていた。ブラウスはそのなかの乳房で色づいていた。

彼女は開いた口を前に突き出した。

私は彼女の唇の端にグラスを持っていった。彼女は乳を吸い、私に手を下げさせるために唇でグラスを押し、針のように尖った舌の先で一気に飲んだ。

彼女は立ち上がった。

「さようなら、坊や」と彼女は言った。

彼女は私に手を差し出した。私はその手を見つめた。

「手に接吻するのよ」

私は頭を振って「いやだ」と言った。

「あんたは私に妬いているの?」と彼女は言った。「嫉妬があんたからなくなることはないでしょう。行きましょう、男爵」

彼らは馬の方に戻りながら、二人とも笑っていた。そして鞍の上に乗った。彼女は腿をむき出しにして馬をまたいだ。

ダルボワーズさんは村に下りて行こうとしていた。

「死んだかどうか見にいこう」

そして彼はすでに前進していた。

彼女は叫んだ。

「いやよ、今はいやだと言っているのよ」

彼女は谷の方へギャロップで走った。男は引き返し、彼女のあとを追った。

彼女は私のグラスの縁に口紅の大きな赤い染みをつけた。

第八章

**葡萄の収穫　男たちのワイン　善意ある人々のための希望　「私を覆って、私を覆って」
ゴンザレス　アントニーヌ、メキシコ、鱈の匂い　「マドンナより優しいお前」
セザリの妹　河岸の市　冬　包丁　ギター　ゴンザレスの結婚　デシデマンの死**

私が学校に戻る日がやって来た。「土曜日に息子を迎えに行く」と父は手紙をよこした。葡萄の取り入れも終盤にさしかかっていた。病気が治った雌羊たちは、雄羊を受け入れる用意ができていた。不安だが欲求もある雌羊たちは、村の方に向かって悲しそうに呼びかけていた。マッソは雌羊たちを下におろすよう私たちに言いにやってきた。今ではもう立派な脚を備えている子羊たちは、私たちの前を水の泡のように跳躍していた。そのあとを雌羊たちが歩んでいた。

「こいつらはすっかり雌らしくなった」とマッソは言った。「無花果の木のそばの家畜小屋に入れよう。そうしないと雄羊たちはくたばってしまうだろう」

大きな泥のような羊毛をまとった雌羊たちは丘から、立ち止まることもなく、タイムや肉厚のツルニチニチソウのかたまりに唇を伸ばすこともなく、流れるように下りていった。雌羊たちは家畜小屋に向かって鳴いていた。私たち、黒い男と私は、根こそぎにされた樹木のように羊の群れのうしろを走り下りていった。男は古い楢のように、私は小さなポプラのように。そこは私たちにとってはすでに住み心地のよい住居になっていたのだった、その丘は。

村は湿った樽と押しつぶされた木材の匂いを発していた。ワインの匂いはしなかったが、ワインの澱(おり)の匂いと、桶の沈殿物の匂いが漂っていた。葡萄の収獲は終わった。すでにつぶされた葡萄の実が木製の大きな容器のなかで粉砕されていた。さらにその砕かれた葡萄の実から少しでも多量のワインの汁を引き出そうとしているのだった。ぬるぬるした長い木の棒があり、かけ声に従って八つの大きな手が棒の上で音をたてた。その時、メロープという名の歌い手が歌うと、木の棒を握りしめている男たちの手が緊張するのが見えた。ついで、二つの大きな鉄の球のように腕のなかを上がってくる男たちの力や、その球を飲みこんで膨れる胸や、うしろに押しやられる腰や、震える脚などが見えた。棒は軋み、圧縮機は産婦の叫びをあげ、その腹は赤い泡を出しながらぶつぶついい、ワインの細い雨が桶のなかに落ちていた。

そのワインは底で黒く固まっていた。そして動かなかった。表面は平坦で輝いており、そのなかに太陽が反射していた。グラスに入れても相変わらずワインは重く、小さな虹の模様がいくつも浮かんでいた。飲んでみると、樹液と植物の味覚が強く、喉を引き裂いた。

十回まわるたびに棒を持った男たちは飲んだ。彼らは口を拭わなかった。動きを止めた手は、まるで死者の手のようにすぐさま蝿に覆われた。

アンヌは柳の枝で編んだ大きな帽子をかぶっていた。そのため彼女の顔の上の方はすっかり陰になっていたが、そこには目と額という二つの火があった。彼女の顔では、羊の古い骨のようにいくらか黄ばんでいる固くて小さな顎しか見えなかった。空中の家でひとりきりで遊ぶことができる秘密の無花果の木々を彼女は見つけ出していた。私は果樹園のなかで彼女を探し、彼女を呼んだ。彼女はこたえなかった。無花果の木々はあまりにもたくさんの葉が繁っていた。彼女はそのなかに首尾よく隠れこんでいた。私は見張っていた。木が少しでも動くとすぐに、私は一歩また一歩と慎重に近づいた。枝の下に頭を入れ、目をこらした。鳩たちが無花果の実を食べていたり、緑色の長い蛇たちが無花果の柔軟な枝に絡みついて戯れていたりした。

夕べが訪れてきた。村は三つの圧搾機で呻いていた。風向き次第で、棒を引っ張るための歌を歌っているメロープの声が聞こえてくることがあった。

「アンヌ」と私は呼びかけた。「アンヌ！」

鳩が一羽飛び立ち、蛇が一匹草の上に落ちた。無花果の木の森はもう動かなかった。私もまた石のようにじっとしていた。それは沈黙の闘いだった。私の心臓はあまりにも柔らかかった。夕闇が心臓に触れてきた。風は二つの生温かい手で優しく心臓をとらえた。野生のモクセイソウの匂いが心臓を愛撫した。心臓はそうしたものすべての下でまるで震えている子山羊のようだった。私は、強いて沈黙を保ち、大きく平らな葉でもって夜の風に立ち向かっている緑色の泥のように見える大きな木々にならって、じっと動かないでいた。私は物音を、葉叢のさざ波をうかがっていた。アンヌがはだしで木に登っているのは分かっていた。彼女が坐っている枝の上で、彼女は大きな帽子を脱ぎ、手のひらで髪の毛を梳かしつけているだろうということが私には分かっていた。しかし私の心臓はぶるぶる震えていた。私には見事な勝利をおさめるのに充分なだけ長く待つこともできなかったし、そうするための嘘をつくだけの才覚もなかった。

私は呼びかけた。

「アンヌ！」

彼女は小鳥のように脆弱な心臓の私がそこにいるのを知っていた。何故嘘をつくのか？　私が考えだした遊びでは、彼女より私の方が強いと何故彼女に思わせているのだろうか？

アンヌ！

大地は夏と男たちによってかなり痛めつけられていた。ワインの血が平野や丘や村や街道に刻印を残していた。樽の澱が流れこんだ溝はまるで傷のようだった。夏がはじまった時期に、私たちのいるところにたくさんの鳥を追いこみ、その鳥を次々と窓のなかに投げ入れ、ロッシニョルを洗濯場の池のなかで溺れさせたあの雷雨のすぐあとで、戦闘はすでに開始していたのだった。そのあと、男たちは鎌を持ち、女たちは紐を持ち、家の外に出た。彼等は熟した牧草を屋根裏部屋の洞窟まで引きずってきた。すべての馬たちに地面を踏みつけさせ、荷車で地面を押しつぶした。人間たちは自分が持っている小さな口や小さな爪を使って大きな肉塊から肉片を引きちぎった。しかし、そのうちに、みんなは存分に引き裂き、削り取ってしまった。小麦、レンズ豆、秣、ワインを蓄えることができた。もちろん、雷雨があったし、雷鳴や雷電を伴う大地の大いなる防御があったし、凄まじい稲妻による木々の虐殺もあった。石を投げつけるようなあの厳しい風も吹いた。その結果、どういうことになったのだろうか？　一日中、支離滅裂が投げつけられたのである。人々は雌馬たちを力いっぱい鞭打って、避難した。翌日、人々はふたたび平野に出て、引きちぎり、削り取り、引き抜いた。そして今では、ワインのせいで、大地はいたるところで血を流しているということを、みんなはついに理解した。葡萄の房という重荷は傾斜地に降ろされていたが、そこでは草がまだへばりついたままだった。打ち傷を受けているような草の下の斜面は、葡萄の汁でぶよぶよしていた。平野の奥では不動の川が、死んだ獣から蝿が発生してくるように、蝿を生み出していた。蝿たちは、太陽が当たりすぎている水際で生い茂っている柳の林のなかで眠っていた。その柳の林は、まるで裁断された木の枝のように、石と石のあいだで緑色になり、もう動くということもなく腐敗していた。蝿たちは苔に住みついていた。また柳の甘い枝を黒くしていた。そして風に揺さぶられていた。しかし、森林が穏やかに平和な生活を送っている丘の方からではなく村の方から風が吹くと、つまり人間たちが平原の表面を叩き地面がワインの血を流している方角から風が吹いてくると、蝿たちは一斉に雲のように飛び上がった。蝿たちはパンや肉を台無しにした。蝿たちは、眠っている男たちの髭のなかまで、圧搾機の棒を握っている男たちの手の上まで、メロープの口元まで、葡萄の汁を吸いにやってきた。女たちはエプロンをはたいて蝿を台所から追い払った。

夕方になると、蝿たちは夕闇とともに無花果の果樹園のなかに流れていった。蝿たちは鳩たちの上に止まった。そして埃のように、風によって大きな被害をこうむり黒くなってしまった何かの樹木の花のように、蝿たちは鳩の羽根を覆った。蝿たちが長い蛇たちの上に止まると、蛇たちは腰をひねって跳躍し、火にかけられた油が発するような物音をたてて自分たちの巣穴に滑りこんでいった。

「アンヌ！」

あまりに濃い暗闇、あまりに多くの蝿、あまったるいむっとするような熱気、果樹園の葉叢のなかのあまりに多量の青白い微光、あまりの沈黙、こうしたことひとつひとつがきっかけで私は死を思ってしまうのだった。

暗闇があんなに色濃く支配していた無花果の林のなかで私が「アンヌ、アンヌ！」と呼んだのは、私が死なないために必要な人間的な行為だった。私は、つまり、大人になりはじめていたのだった。生きていこうというあの気遣いを感じていたからである。私はもう子供たちの世界では満足できなかったので、自分の体重で大地に重くのしかかっていたのだった。母親の茂みのなかの軽やかな綿毛のようには、空はもう私を浮遊させてくれなくなっていた。空はすでにその全重力でもって私にのしかかり、私がひとりで道を歩いていくよう強要してきたのである。

その年、はじめて女たちの匂いがやってきて私に触れた。その時、世界は歌うのを止めていた。私がその女たちの匂いとひとりで対峙できるように世界は長いあいだ歌を中断していたのだった。その匂いとはあの甘いシナモンの匂い、あるいは晩課のあと教会のドアを開くと漂ってくるあの香のような匂いだった。そして私はひとりでその匂いと向き合っていた。そのなかにどっぷりと漬かっていた。とても柔らかく、とても柔軟で、手のひらと手のひらがすり合わされる世界の両手のあいだで私はまるで雑巾のようだった。私には用意ができていた。大地と水の歌がその時音域を変えた。それぞれの言葉が私に血の重要性を語っていた。動物が一匹空のどこかで、私の後ろの暗がりのなかで、大気の向こう側で、私のすぐ近くで、殺されたにちがいなかった。私が嗅ぎとったすべては、腹を開かれた羊が置かれている肉屋のむかつくような匂いだった。雲は傷つき、丘は撲殺され、背中は死に、頭は低く垂れていた。生命は、リズミカルに踊れるような自分の軽やかな砂地をもう持っていなかった。私は、重くて熱いけれども沼地や春の匂いのように私を陶酔に誘う泥のなかから、一歩進むたびに足を引き抜かねばならなかった。

私たちが丘の上に滞在していた最後の時期には、雌羊たちも匂いを持っているということが私には感じられた。私は時として真夜中に起きることがあった。黒い男は眠っていた。角灯を持たずに、私は寝そべっている雌羊たちのところに行った。雌羊たちの近くでひざまずき、その匂いをかいだ。塩の入った肥料や塩の入っていない肥料、そうした肥料のすべてを耕地に首尾よくまいたかどうかを調べるために農民が土塊の匂いを嗅ぐように、私は羊毛に接近してその匂いを嗅いだ。羊毛の下には動物に特有の匂いがあった。その動物の純粋きわまりない匂いを嗅ぎとるためには、しばらく待たなければならなかった。私の両手のあいだで雌羊は、よく湿っておりいつでも利用できる漆喰のように、穏やかに震えていた。眠っているその雌羊は雄羊を欲しがっていた。その時不意に、動物の匂いが私のなかに入ってきた。同時に、私には村の女たちの姿が目に浮かんできた。羊飼いの袋にパンを詰めこんでいるオーレリ、街道を通り過ぎていく女たち、洗濯場で屈みこんでいる女たち、左腕を伸ばして壺を運んでいる女たち、ブラウスの下の乳房をこすっている女たち、両手で自分の腰を締めつけている女たち、髪の毛を整えスカートの埃を払いながらダンスパーティから帰ってくる娘たち、乳を飲んだグラスの上に唇の紅をいくらか残したラシェル、それにアンヌ。

「アンヌ!」

その雌羊は震えながら眠っていた。かたわらの固い草の上に他の雌羊たちが、さらにもっと他の雌羊たちがいたが、そうした雌羊たちが呼吸している物音が私には聞こえていた。さらに、いろんな女性たちがたくさん私を取りまいていた。麝香の少女の顔だち、私のネクタイを整えてくれたときの彼女の指先、菫の香りで雌羊の匂いを覆い隠してしまったアントニーヌ、二人のルイーザ、それからまたしても雌羊たち、そしてまた雌馬たち、さらに雌牛たち、雌豚たち、荷車に乗ってギャロップで通りすぎていった女たち、干し草の山の上の少女たち、光る蚯蚓のように唇を光らしていたアンヌ、こうした女たちが次々と現れてくるのだった。鳩小屋の縁で喘ぎながら羽毛を逆立てている鳩たち、雌猪たち、雌狐たち、雌犬たち、雌馬たち、音楽つきのダンスパーティーの長い断片、少女たち、母親たち、子供たち、そうしたものすべてが混じり合い、そうしたものすべてが同じ生地でできた漆喰のようにこねられ、そうしたものすべてが長い蛇のように伸びていき、そうしたものすべてが卵を生みながら夢を見ている大きな蛇のようにとぐろを巻いていた。

しかし、雌羊の膝がぽきぽきと鳴る音が聞こえたかと思うと、その雌羊は私の手から身体を引き離した。私は角灯の近くに置いていた外套のところに戻り、それをかぶって身体を折り曲げた。手のなかには羊毛が残っていた。

それは大きな悲しみだった。


その最後の一週間は暗くて長かった。毎朝、陽射しが大きく厳しい空を叩いていた。陽射しが響きわたり、金色に輝く大きなポプラの木々をしわくちゃにしながら流れていくのが私には聞こえていた。葉が枯れていく樹木を除けば、もう色彩は存在しなかった。朝は水のように澄みわたり、太陽は私たちの上でまだ一日中ぐっすり眠っていた。夕方になると、葡萄を入れる桶のような形に穿たれた谷間で、雲が収穫をおこなっていた。村では圧搾器の音が重く鈍く響いていた。

もうアンヌに会うことはなかった。彼女の家の近くに生えている桑の木のところから私はアンヌを見張っていた。私はその木に登った。アンヌと一緒にいると、ありとあらゆることが、木の上で、大地から離れた揺れ動く枝の上や、風と雲の世界のなかで、起こったものだ。木の葉のあいだから私は彼女の部屋の窓をうかがっていた。待つのに疲れてしまった。彼女は出てこなかった。彼女は家のなかにもいなかった。私は果樹園に行き、彼女を呼び、探し、足跡を追跡する犬のように喘ぎはじめ、ウマゴヤシやクローバーの上を彼女が歩けばつけるはずの光沢のある足跡を求めて草を見つめた。彼女はたしかに果樹園にいるはずだった。時おり、彼女がいつも声を出さずに口ずさみ、静寂と幸福の美しい瞬間に彼女が唇のあいだから気泡のように外に漏らすことのある、あの堂々とした歌のなかの一節と思われるようなものが聞こえてきた。私は物音のする方に行き、呼びかけた。自分の心の悲しみを和らげることの必要性を私は大いに感じていた。それは雌羊の匂いから生まれ出てきた大きな蛇を見つめてしまったばかりに、私の身体を焼きつくしていたあの悲しさであった。渇きの味がする悲しさだった。ミルクのような目、黒い髪の毛、匂いのないアンヌの不動の顔、冷たく無言の少女、果物のように木の上に坐って目を開いたまま眠っている少女、こうしたものを私はぜひとも必要としていた。

「どうしたんでしょう、この子は？　この子を見てごらん」とマッソ夫人は言った。

マッソは私の顔を見つめた。

「元気だったのよ」と彼女は言った。「元気そうな頬になっていたわ。顔色がよくなってきていたというのに。パパが迎えにくるというときになって、この子を見てごらん、元気がないわよ」

「大きくなっているんだよ」とマッソは言った。

彼女は苦い皮の入っている特製のワインをとりに行った。彼女はそれを私のために小さなコーヒーカップに注いでくれた。彼女はアンチョビ入りのフガス［パンの一種］、大蒜のすりおろしを入れたソース、野生のエシャロットなどで私の食欲を目覚めさせた。また私の頭をアルコールでこすった。彼女は私に言った。

「陽の当たるところに行きなさい、坊や」

そして私が外に出ていくのを彼女はため息をつきながら見守っていた。

永遠に存在しようというあの熱狂が、雌羊に匂いを与え、雄羊に雌羊のまわりを歩きまわらせるようになる。私もまたそのとりこになっていた。

「アンヌ！」

私はもう眠らなかった。私は時が夜の闇のなかを滑っていく様子に聞き耳をたてていた。

尖っていて夢想にふける顔つき、砂と石膏でできた灰色の仮面、生気のない皮膚、こうした表情が私にとりついてしまった。私の冷たい頬は溶解し、鼻は痩せた。鼻孔のまわりにはごく少量の肉しか、私が鼻を鳴らして息を吸いこむたびに膨らみ動くのが感じられるすっかり柔らかくなってしまった少量の肉しかもう残っていなかった。マッソ家には鏡がなかったが、数日前から窓ガラスの裏側で自分の顔を見ることができるようになっていた。うっとりして悲しげで奇妙な自分の顔を私は眺めるのだった。膨れあがり毛の茂った眉を指でなでつけた。目の下の紫色の皮膚を触った。私の視線は私より遠いところから来ていた。その視線は、元来は具わっていた青い色や明るさや瑞々しさを失ってしまっていた。それは今では肉厚で湿った草のようだった。私の口はすっかり膨れあがってしまい、唇をいくら引き締めてみてもどうにもならなかった。唇は生の肉の二つの突起物に分岐してしまうのであった。

日曜日の朝、ラシェルと男爵が馬に乗ってミサにやってきた。ダルボワーズさんが両手を打ち鳴らすと、カフェの主人はグラス、アプサントの瓶、水差しを持って出てきた。男爵は四杯たて続けに飲んだ。彼は口髭をなでつけ、馬から下りた。彼は教会の階段に坐り、長靴と靴下を脱ぎ、裸足でミサに入っていった。ラシェルは洗濯場に設けてある横棒に二頭の馬をつなぎ止めた。彼女は鞭でスカートの埃を払った。外から彼女は教会のなかで燃えている[高揚している]ミサをしばらく眺めてから、ロシア革製の小さな長靴を軋ませて麦打ち場の方に立ち去った。

私は彼女が乳を飲んだときに唇がグラスにつけた跡をまだ拭き取っていなかった。

「さあ、お前さんのグラスを洗いなさい」と黒い男は私に言った。

彼は私たちの袋の中身を整理しているところだった。マッソは子羊たちが固い草を食べるのに慣れることを望んでいたので、彼は子羊たちの群れを連れてその日の夕方にひとりで出かけていかなければならなかった。

私は流し場に行き、洗うふりをした。

「よく洗うんだよ」と黒い男は言った。「私は見ているよ」

私は赤い染みをこすった。そうすると指が痛かった。私はそのグラスを他のグラスが並んでいる棚のもとの位置に置いた。ラシェルは通りの角を曲がってきた。私はもうアンヌに会うことはないだろう。父が間もなく到着するはずだった。

「さて」と黒い男は言った。「見においで。私のナイフだ。糸と針、私の本、一リットル容器、二個のパン、玉葱、蜂蜜の壺、革通しと松脂を塗った糸、アルニカチンキ[打撲傷などに効く鎮痛剤]、肉とソーセージ、そして私の外套と杖……」

彼は私を見つめた。

「これだけだ」彼は言った。「いいかい、生きていくにはこれだけあれば充分なんだ」


父は午後二時頃、太陽が輝いているときに着いた。父は歩いてやってきた。どこか変わったところがあった。白い口髭の奥に汗をかいている赤い顔の父の姿を見たことはそれまで一度もなかった。シャツの袖口を青白い腕の上でまくり上げていた。彼はすぐに台所の涼しいところに入ってこずに、戸口にとどまって身体を乾かしていた。

入ってくると、黄色い目をしたいつもの優しい父になっていた。父は櫛を取り出し、髭に櫛を入れた。左手の甲を髭の下に通して、小刻みに櫛を動かして髭を整えていった。髭は石鹸の泡のように泡立っていた。

父は驚きもしないで私を見つめた。

「この子は大人になってきている」とだけ父は言った。「母親は残念がるだろうが、私はこういう具合になって満足だ」

もうラシェルを当てにすべきではなかった。彼女が馬にまたがりレ・コンシュの方にギャロップで走っていったのが私には見えた。もうアンヌも当てにすべきではなかった。日は傾いていた。離れて生えている無花果の木の上で、彼女は自分の沈黙と戯れているにちがいない。

出発しなければならなかった。

父は丘のところまで無言で歩いた。私はあとについていった。私はコルビエールの村を見るために時おりうしろを振り返った。村は下の方にあり、大きな火が燃えたあとで掻き集められた灰のようだった。それは白く、まだあちこちでいくらか煙っていた。燕たちの長い飛翔が、若草の茎のように空に浮かんでいた。

レ・ジスナールに向かう道に出ると、高原から川にいたるその地方の全貌が私たちの眼前に広がった。その時、父は語った。

「息子よ」父は言った。「見てみろ。もしも胡椒の粒ほどの大きさの信念を持っていれば、たった一言だけ言えばそれで充分だろう。そうすると丘という丘がすべて羊のように立ち上がり、私たちの前を群れをなして海まで歩いていくだろう。

かなり前から私はお前に話しておきたいと思って、あの上の私の仕事場で、ひとりでいろいろと思いめぐらしていたのだよ。

もうこれで、おそらく、お前は私の相棒になるだろう。お前の方はどう思うかね？

道が下り坂になっているのを利用して、万事がどのようにできているのか、まず話しておこう。少し急いでいるんだ。いいかな、息子よ？　だが、お前は聞くだけの準備ができているようだし、すぐに話さねばならないと私は思っている。『茂みを押し開き、枝の上で囀っている魚を捕まえろ』と私がお前に言ったら、お前は『父さんは気が狂ってしまった。魚は山査子の木に巣を作ったりはしないよ』と思うだろう。そんなことよりもっと風変わりなことが世の中にはあるんだ。しかも、たしかにそれはある。それは希望だよ。

見えるだろう、息子よ、大地とその他の一切のものが。そしてお前には私たちの道も見えてくるだろう。新しい目が生まれ出てきたのだ。お前の周囲がいささか石炭の灰に覆われているような具合になっていても心配には及ばないぞ。風変わりなこと、山査子の木の上の魚、そういうものは存在する。それが希望なのだ。何故なら、どんなことを考慮しても、もしも私たちが目に見え耳に聞こえるものだけしか信用しないのなら、希望を抱くという理由があまりなくなってしまうからな。理性には警戒する必要がある。理性だけを頼りにして暮らしていると、自分の首のまわりに紐をかけるようになってしまうんだよ。

お前には見えている。私がついさきほど言ったことだが、丘がお前には見えている。もしもお前が草の上に坐り、『丘よ、丘よ、おいでよ、羊の丘よ。私について海までやっておいで』と言いはじめたら、お前の父親の私はお前に言うだろう。『いいぞ、息子よ、我慢するのだ。はじめはうまくいかないものだ。だが続けるのだ。そして、丘が立ち上がったら、私を探しにやってきてくれ』。そうすれば、いつの日か丘は立ち上がり、歩きはじめるだろう。理性だけでは大したことに到達しない。隠しボタンのついた機械仕掛けのまがいものの山を作ることには成功するだろう。そして、ボタンを押せば、その山は動きはじめるだろう。理性を使えばそういうことは可能なんだ。しかし、お前がそこにやってきて、『歩いているこの山に私は木を植えることにしよう』と言ったりすれば、人々はお前に向かって『何にも触れないでくれ、機械仕掛けの調子が狂ってしまうじゃないか』と叫ぶだろうよ。

希望を持っていれば、どんなものにでもたどり着くことができる。私たちが立ち上がらせる山は、肉も骨も具えている素晴らしい山で、樹木たちはそこでは自分の家にいるようにくつろいでおり、泉たちは金塊のように清潔な花崗岩の川床で眠っている。そして、山を歩かせる力は歯車や鋼鉄のバネの力ではない。それは心臓の力なのだ。いったん出発したら調子が狂うなどということはないのだよ。

息子よ、お前が自分で生きていくようになれば、人生の途上で山の群れを従えた男たちに出会うだろう。裸であけすけな男たちがいろんな地方にやってくるんだ。彼らの開いた両手が常夜灯のように暗闇を明るく照らすということを見てとれる人はほとんどいない。そういうことを見分けられる人物でありたいものだ。そうすれば山々が起き上がり、彼らのあとについて歩く。そうすればありとあらゆる理性の機械工が拳でテーブルを叩く。そして彼らはこう叫ぶ。『十年のあいだ、私はいろいろとやり方を探し求めてきた。十年間私は紙を黒く塗りつぶしてきた。十年間私は算術を用いてきた。十年間私は秘密のボタンを探してきた。それなのに、この男がやって来て、ただ〈山〉と言っただけで、山が立ち上がった。正義はいったいどこにあるんだろう？』と。

それはそこにあるんだよ。息子よ、正義は。

希望にこそ正義はあるんだよ……」

その時、父は咳きこみはじめ、かろうじて木にもたれかかる余裕しかなかった。父は草の上まで滑りおち、疲れた犬のようにかなり長いあいだ喘いでいた。私は何も言えず、父に触ることもできなかった。父はかなり重病で、そのことを自分の胸のうちに収めているということと、それは父の個人的なことであって母も私も干渉する権利はないということを私は理解した。私がそういうことを理解しているかどうかを確認するために父は私を見つめていた。私は理解していた。

「私は歳をとった」と父は言った。


父はもう鳥籠を持っていなかった。ロッシニョルは自殺してしまった。頭蓋骨を格子にこすりつけてすり減らしてしまい、薄皮のような骨しかなくなってしまうと（その下に脳髄が脈打っているのが透けて見えていた）、ロッシニョルは夜を待った。ランプが灯されるのを見てから、大きく飛翔するとでも言いたげに翼を広げ、とまり木に頭で激しくぶつかった。

そのあと、父はアトリたちの鳥籠を開いた。鳥たちは飛び立っていった。その時はまだほとんど夏と言ってもいいほどだった。しかし、九月の最初の寒さが訪れてきたとき、〈ガリバルディ〉と名付けていたあの小さな薔薇色のアトリが戻ってきているのに父は気付いた。ガリバルディは窓の下枠の上を散歩した。そして父の仕事場を覗きこんでいた。ついにガリバルディは飛びこんできて、自分の鳥籠の上にとまった。父が立ち上がって両手で捕まえようとすると、ガリバルディは飛び立った。

夜のあいだに激しい嵐が訪れたが、それは山々のなかで張り詰める最初の氷が作り出す冷たい雷雨だった。

父は鳥籠をすべて仕事場から運び出した。二つだけ残したが、それはロッシニョルとガリバルディの鳥籠だった。

「いいかい、あいつはここに止まったんだよ」と父は私に言った。

父は鉄製の小さな格子に触れた。ロッシニョルの鳥籠の前では、父は鳥籠を見ないで通りすぎた。

羊たちの中庭は年老いてしまった。麝香の匂いの娘と軽業師の少女を失うことによって、中庭は若さのすべてを喪失してしまったのだと私は思う。麝香の娘は時どき歌を歌うことがあったし、窓の前には白いタオルが広げられていた。その白さは中庭に勇気を与えていた。そこには精神(人間)がいる、その人間はどのような夜でも明かりをつけて過ごすことができる、しかしその人間は朝になると身体を洗うために裸になる、こうしたことが感じられていたのだった。決して口をきかず、笑わず、泣きもせず、ただ灰色の中庭をじっと見つめるだけだったあの少女のいた軽業師のところにもまたひとつの精神が住んでいたのであった。あの少女は中庭のことをみんなより詳しく知っている様子だった。

メキシコの女は相変わらず「私を覆って、私を覆って、寒いんだもの」と歌っていた。しかし、最近では、彼女がメキシコの言葉で男と話しているのが時として聞こえてくるようになった。それは彼女の夫の声ではなかった。夫の声は鰊の白子のように薄黄色っぽく小さかった。それはなるほど彼女だけが出すことのできる独特の声だった。彼は背が高く痩せており無愛想で、ものすごく日焼けしていた。日焼けして黒くなった皮膚は、彼が向きを変えるにつれ金色に反射するのだった。頭部の全体がその大きな鼻の盛り上がりのなかで平たくなってしまっているようだった。

メキシコの女に返答している男の声は柔軟で優しく響いていた。そして言葉の端々に、ビリヤード台の縁に触れる球のような、うちにこもった響きの単語があった。女はそのあとすぐには返答しなかった。そのちょっとした沈黙のあいだに、男の最後の言葉が、男が計算した通りの道を辿り、女のなかに黙って入りこんでいくのが感じられた。

彼らの応答を聞いた私は、すぐさまビリヤードの球技に思いを馳せた。声はフェルトの上を転がる骨の球のような音をたてて流れていった。その声には不快な響きもとげげしい響きも甲高い響きもなかった。それはまん丸く、フェルトのようになめらかに滑っていくのだった。しかし、その声が聞こえるとすぐさま、それは何かに触れるために出発しているのであって、今では反対側に向かって進んではいるが、まもなく最後の単語のこもった衝突の音が聞こえるだろう、このようなことが感じられるのだった。

そしてそのあとは!……

メキシコの女は、林の下草のなかに潜んでいる小さな動物、心配性でいつもうずくまっているが、死ぬ前には猟師の手を引き裂いたりする、あの小動物のような声の持ち主だった。

彼女の夫は採石場で働いていた。彼は朝は遅く出かけた。メキシコの女はひとりになるとすぐに窓を開き、マットレスに空気を当てた。それから彼女はマットレスを取りこみ、そしてベッドを整えているのが聞こえてきた。しばらくすると彼女は、まず最初はそっと歌いはじめた。

「タパメ、タパメ、私を覆って、私を覆って」と。そして次第に声を大きくして、さらに裸足の両足を存分に使って床を太鼓のように鳴らし、ついで拳でテーブルを叩き、それから猫を思わせる小さな喉の唸るような赤茶色の声で「タパメ、タパメ」と叫ぶのだった。

急に、彼女は歌うのを止めた。誰かが部屋に入りドアを閉めるのが聞こえた。そして柔らかい声が話しはじめるのだった。


通りにある小さなバーの〈樽亭〉は所有者が変わった。麝香の娘が窓ガラス越しに中を見にきていた頃、〈樽亭〉はモンタニエおばさんという老婦人が経営していた。彼女は立ち去ってしまったのだ。それほど遠くに行ったわけではなかった。彼女はある家の部屋をひとつ借りたが、カフェは売ってしまった。彼女は遺産を相続したという噂だった。万事を知っているアントニーヌは、ある夕べ、駅からやってきたバスがカフェの前に止まり、一人の婦人が下りてきたと私に話してくれた。

「その女の人の胴着はぴったりしていて、いたるところに飾り紐がついているのよ。とてもふわふわした白い襟は身体の前を流れて彼女の首のまわりで泡立っていたけれど、それはまるで彼女の乳房からついにミルクが流れ出てしまったようだったわ……」と彼女は言った。

「お黙りなさい。あんたはこの子に余計なうわさ話を聞かせるもんだから」と母は言った。

「この子を見てよ。赤くなってるわ」とアントニーヌは言った。

「あんたのせいだよ。あんなことを話すからよ」と母は言った。

アントニーヌは私に目配せした。

「あなたはこの子を箱のなかに入れておこうというのね、それじゃ?」

そして彼女は石炭置場に行くと私に合図した。私は通りに出て、廊下のドアから帰ってきた。わざとスコップで音をたてて私を待っていたアントニーヌを見つけた。

「そうなのよ」とアントニーヌは言った。「先ほど言ったように、まっ白の襟をつけた女の人だったの。大きなスカート、そしてその下には鼠の鼻面のように尖った小さな靴。バスから小さな男の子をおろしたわ。大きな日傘をさしていた。それはモンタニエおばさんがカフェを売ったあとのことよ。彼女は上の階の屋根の下に小さな男の子と一緒に暮らしているの。その女の人はふたたび出ていったわ。そこで、あんたは分かるかしら、今〈樽亭〉を経営しているのは誰でしょう。教えて欲しいと言うのなら教えてあげるわ、それは男なのよ。ああ！　そうよ、男なの。あんたにも、そのうちに分かるわよ！」

それは動作が緩慢で、背が高く、じつに無口な男だった。彼の肩幅は広く、腰は細かったが、その腰には、平らな腹のところでハート型に開きいつもボタンひとつで止められているぴったりした小さな上着を着こなしていた。足の裏に引っかけて留めるバンドのついた白と黒の格子模様のズボンをはいていた。靴は靴底の端にいたるまで靴墨で磨かれており、分厚い踵は木の幹のように輝いていた。白いシャツの袖は上着からはみ出ていた。左手には三つの指輪がはめられていた。赤い花をつけた金色の長い茎が伸びているまっ黒のスカーフが巻き付けられている、低くて柔らかな襟の上には、むきだしの砂のような巨大な顔が広がっていた。鼻は、すっかりすり減ってしまった古い砂丘のようにほとんど目立たなかった。顔の残りの部分は平らで死滅した砂漠同然だった。不可思議な風がところどころに柔らかな曲線を描いて顔を締めつけた跡が走っていた。口の川床には水は一回か二回しか流れなかったにちがいない。瞼はいつも垂れていた。

彼はゴンザレスという名前だった。低く垂れこめた雲の下で、通りいっぱいに冷たい煤が漂っている十月だというのに、彼はドアを開いて、その戸口に立ちはだかっていた。両手はポケットに押しこんでいたが、青くて大きな指輪を輝かせるために小指だけは出していた。その小指は秋の大気に愛撫されていた。彼の目は何も見ていなかった。瞼は目を半分まで覆い、その下には黒くて長い睫毛が覆いかぶさっていた。ただ鼻を鳴らして息をしているだけだった。彼自身の意志で冷たい風を味わっているのか、それとも、その鼻孔の動き、鼻の両端の膨らみ、その砂のような頬を流れている微かな震え、そうしたものが砂漠のなかを進む風の歩みでしかないのかどうか、知るすべがなかった。

しばらくすると、もうひとつ別の顔が寒さを眺めるために戸口に出てきた。その顔はゴンザレスと並んで彼の腰の高さのところに現れた。それが少女の顔なのか女の顔なのかよく分からなかったが、私にその顔が見えるたびに、雌羊の匂い、あの強烈な匂いが、ワイン入りのスープのように私の口のなかにするりと流れこんできた。私が家に戻ってくると、アントニーヌが私の目を見つめた。

「おや、この子の目つきはもういつもの無邪気さがなくなってしまっているわ。イラクサのような緑色の目になってしまっている」と彼女は言った。

その二つめの顔は熱く大きな動物のように生き生きしていた。こめかみの方に引っ張られた細くて長い目、ないにも等しい頬、目の下の丸くて立派な二つの骨、月桂樹の葉のような口、粘土のような皮膚、脂がたっぷり塗られている長くて固いなでつけられた髪の毛。

「アメリカ・インディアンよ。あの人が彼女をアメリカから連れてきたのよ」とアントニーヌは言った。

アントニーヌはゴンザレスについて多くのことを知っていた。当時、どこで彼女がそうした話を仕入れてくるのか、また何故彼女はその男のことを話すと汗だくになるのか私には知るよしもなかったが、私は彼女と一緒にしばしば石炭倉庫のなかに入っていった。

彼はメキシコのガダラジャラの奥の高原の上の辺鄙なところにある町で香水店を経営していた。彼は馬に乗った三人の革命家たちから銀の延べ棒を買った。彼らは長靴で店のドアをノックしたので、彼は夜の闇のなかに出ていった。そして銀の延べ棒を買ったのだ。そんなことができるのだから相当な人物にちがいない。彼は銃で打たれたことがある。心臓の真下の胸に三つの小さな穴があき、背中に大きな傷がひとつ残った。かつてフランスの憲兵だった彼の父親は、二か月のあいだ将軍を務めたが、そのあと絞首刑に処された。彼の部屋にある大きなトランクのなかに――そして彼は誰にもトランクの中を見られたくないので、トランクの鍵は懐中時計の鎖につけて鮫の歯のとなりに保管している――、その大きなトランクのなかに、乾燥した植物、ありとあらゆる色の石、そしてかなり分厚い三枚の新聞にくるんだ父親の頭を彼は保管していた。その頭は本物の髪の毛、本物の口髭、本物の皮膚、本物の目、そして憲兵の雰囲気などを持っており、拳より大きくはなかった。信じられないようなことだがこの通りで、それは拳より大きくないのだった。

「鱈の匂いがするのよ、そのトランクのなかは」とアントニーヌは言った。「その匂いが植物のせいなのか、石のせいなのか、あるいはそのすっかり乾燥した頭のせいなのかよく分からないけどね。ともかく鱈の匂いなの」

鳥や、雌羊や、冒険物語などでざわめいている私の田舎の村のいろんなものが頭のなかに一杯詰まっている私は、次のように考えた。

「アントニーヌは鱈の匂いだと思っているが、あれは海の匂いにちがいない」

海とメキシコ。私の大きな地図帳のなかでは、メキシコの土地は赤茶けた火のような色が塗られていた。青い大洋のあの柔らかい肩が、アメリカ大陸のもっとも薄くてもっとも弱い場所を叩いていた。そこは、まるで石英の塊のように、歯と爪が毛羽立っている大きな石でできた神々や、火山によって引き裂かれている土地であった。

自分の地図帳を開くたびに、私はあの鱈の匂いを感じた。そして憲兵の干からびた頭が、青い海の水の上を、まるで島のように漂流するのだった。そのふさふさした髪の毛、口髭、頬髭が、頭のまわりに放射線状にクラゲのように花咲いていた。

波しぶきと椰子の花粉を全面にふりかけられた湾のなかで、朝、小さなスペイン風の町が鎧戸の音をたてているのが私には聞こえてきた。

〈黒人の小母さんたち〉の重々しい足音が、日陰がひたひたと波音をたてている中庭の泉のまわりに響いていた。

象のような脚の年老いたメキシコの女たちが、レモンの入った籠を髪の毛をクッションにして頭に乗せて運んでいた。

オリーヴのような顔つきの娘さんたちが、子馬や、小さなロバや、シェパードや、ずんぐりした猫などを連れて海水浴場の方に走っていったが、そのあいだに他方では、島の方に出航していく船の重々しい汽笛が鳴り響いていた。

それは静かで大いなるひとときだった……。

それは正午のひとときであった。私は屋根裏部屋へあがっていった。十月はまだ、ひとつの突風と次の突風とのあいだには、金色の素晴らしい日々を蓄えていた。太陽は緑色の目の聖母マリアの壁の上だけにわずかな影を残していた。彼女は、道の行き詰まりのところで待っている女性たちが示す穏和で巧妙な微笑を見せていた。コルビエールから戻ってきた私は、彼女が口と目にあの小さな光をたたえており、出発前と変わりがないということを見てとった。彼女はひとりきりになるときはいつでも黙って微笑しているにちがいなかった。彼女はいろんなことを心得ていたのである。

日中は濃密で鬱陶しかった。白い鳩たちが屋根の上で歌っていた。鳩たちの小さな声には血と欲求が混じっていた。それはメキシコの女が「私を覆って、私を覆って」と呼びかける野生の時刻だった。彼女はテーブルという陰気な太鼓を叩きながら呼びかけていた。彼女が規則的に叩くので、家全体が振動していた。まるで家を建てるために地面を踏みかためているようだった。長いあいだ、長いあいだ、じつに長いあいだ彼女は叩いていた。そのあと彼女は黙りこんだ。彼女がドアを開くのが聞こえた。私は地図帳を床の上の陽のあたるところに押しつけた。地図帳はひとりでにアジアの頁を開いた。それはメキシコよりずっと彼方にある国だ！

それは病気と熱ですっかり生気を失った病人を覆っている毛布のように、暑くて濃密で広大な土地だった。

「私を覆って、私を覆って、寒いんだから！」

重々しい大河が平原と木々のなかで水分を発散していた。中央に、山々と高原を具えた大きな国が広がっていた。草のないステップ、〈大洪水〉を飲みこんでしまった砂漠、すさまじい額、唾がなくなってしまった口。その口は、乾燥し沈黙しており、生物の痕跡でしかなかった。広大な灰色の砂漠のなかの涸れてしまった大河。

ゴンザレスだ！

ジャングルと沼地の服装をしたゴンザレス。ぴったり着こなした上着の下に虎を充満させているゴンザレス。死滅したステップを思わせる顔つきのなかに、虫などを捕食していた昔の木々の種の様相を今でも保ち続けているゴンザレス。

こうしたアジアの映像のなかに私は、沈黙や力や驚異的な山の魅力などを秘めた〈樽亭〉の主人を思い浮かべていた。

「私を覆って、私を覆って、寒いんだから。
もしよければ、あんたの雌ラバの毛布だけでいいのよ。
あんたの雌ラバの厚地のコートよ。
私を覆って、私を覆って、少しでも暖かさが感じられるように」

向こうでは、フェルトのような声がいつもの規則的な遊戯を行っていた。その声がとどろき、女の身体の柔軟な脇腹を叩く音が聞こえてきた。

その日、しばらくの沈黙のあと、突然メキシコの女が呻きはじめた。

それは白い鳩たちの言葉のような穏やかで悲しい呻き声であった。しかし海のうねりより律動的だった。その呻き声は悲しさと穏やかさのなかで大いに高揚し、事実ものすごく高揚したので、それは獲物を捕まえた動物が発する唸り声のように高まっていった。その呻き声はついにはきわめて甲高い笑いのしゃっくりになってしまったので、私は、鼻孔を震わせ、成熟した雌羊たちの匂いに窒息し、地図帳を閉じた。

「あんたの鞭で私の目を打って、
山のなかの道で私を押しつけてよ。
だけど、私を覆って、私を覆って、寒いんだから。
マドンナよりも優しいあんたの身体で私を覆ってちょうだい」

ある夕べ、アントニーヌが石炭置場で泣いているのが聞こえた。

「トニーヌ！」

そして、暗闇のなかで、湿った髪の毛で覆われた柔らかく優しい彼女の顔を、私は手で撫でた。

「あの女よ。あの国からやって来た女なのよ！……」と彼女は言った。


日曜日。雨が降っていたので、四時にはもう暗くなった。そこでアイロン用のテーブルに大きなカーペットを広げ、ランプに灯をつけた。父は暖かい部屋で身支度を整えた。しっかり糊のきいたシャツを着こみ、黒いリボン型の小さなネクタイを結んでもらった。そして言った。

「ポーリーヌ、二十スーくれないか」

そして父はカフェに出かけた。

夜にはいつも牛肉の煮込みが用意されていた。それはひとりでに煮えるので、母は手間を省くことができた。母はランプの下に坐り、新聞の連載小説を小さな声でぶつぶつ言いながら読んでいた。自分の頭の影が邪魔になるので、ぎっしり印刷された小さな字の列に光を与えるために母は右に左に頭を揺り動かしていた。時には、鼻眼鏡ごしに、ドアの方や壁の方を眺めやり、物語の精髄とも言うべき言葉をいくつかゆっくり口にするのだった。

「伯爵夫人は恋人を抱擁する……。彼女の母の十字架！……」

〈樽亭〉のドアが開いた。ドアが開くたびに、房状に取りつけられた鈴が音をたてた。ゴンザレスは誰かが入ってくる時には前もって合図が欲しかったのだ。

今回は彼が外に出たのだった。それが彼のやり方だ。澄みきった音のする小さな鈴だけを彼は鳴らした。彼のカフェは、しかしながら、客で一杯の様子だった。眼鏡商人の太い声が私には聞こえてきていた。彼は店のなかで歌っていた。ゴンザレスは外出したばかりだ。アメリカ・インディアンの小柄な娘をカウンターに坐らせているにちがいなかった。雨のなかを誰かが歩き、雨が革の上着に当たる音が聞こえてきた。

「ポーリーヌ、いる?」

わが家のドアが半開きになった。それはセザリだった。

「いるわよ」と母は言った。「ところで、晩課は?」

「あの人は長いわ」セザリはなかに入りながら言った。「説教がまだ終わっていないの。自分で何を言っているのか分かっていないのよ」

彼女は雨傘をドアの片隅に置いた。立ったままだった。皺だらけの小さな手を額に当てた。

「お坐り」と母は言った。「それで、あんたの妹は?」

「妹を待つためにやって来たのよ」

彼女は走ったにちがいなかった。白い髪の毛はかぶり物から流れおちていた。

「あの人は出かけたばかりよ。今、彼は妹と一緒なの」とセザリは言った。

母は新聞を折り畳んだ。

「で、あんたはここにいていいの?」と母は言った。

「私にどうしろと言うのよ?」

セザリは両膝を抱えていた。

「私なら、あの人たちに会いにいくわ。『今晩は』と言うのよ。彼の方は見もしない。クララの腕をつかんで『さあ、家に帰りなさい』と言ってやる。そして彼の方が何か言えば、『恥ずかしくないの？』と言ってやるわ」母はこう言った。

「恥ずかしくなんか思っていないわ」セザリは言った。

「つまり、いつからなの？」母は言った。

「三日前からなのよ」

「それで？　雨が降ってるわよ。あの人たちはどこにいるというの？」

「アルノーの家畜小屋よ」セザリは言った。「いつも開いているのよ。ドアを押し開けさえすればいいの。中は秣で一杯よ」


私はデシデマンとマダム＝ラ＝レーヌに再会した。デシデマンは太り、顔色が青くなっていた。彼はまるで内面的な空に養われているようで、その皮膚は、重々しく、嵐になりそうな、泥のように緩慢な血の色で染められていた。彼の思考は彼の生命よりもかなり早く進行していた。その思考が前の方まで進んでいるので、彼は動けなくなってしまっていた。うつろな目をして、手足を動かすこともできず、不吉な雲のような色をして、彼は地上に見捨てられていた。それから、その思考は舞い戻ってきていた。

「それで?」と彼は言った。

彼は訊ねている様子だった。

「私が出発したあと、ここではいったい何が起こったんだい?」と。

私はマダム＝ラ＝レーヌに街角で出会った。

「おいで」と彼は言った。

自分の戸口の近くにたどり着いた彼は、廊下に聞き耳をたてた。

「いや、誰もいない。あがろう」

彼がたてる物音は次第に大きくなっていたが、今では彼は新たな音を出していた。右膝が乾燥した革のように軋んでいた。

彼は私を中に招じ入れ、カーペットを引っ張り、その上に私とともに坐りこんだ。

「聞くんだよ」と彼は言った。

彼はフルートを取り上げ、穏やかな風に満ちあふれた長いフレーズを暗闇のなかでゆっくり演奏した。雲が、どこかから逃げてきた馬たちのように丘を走って越えていった。

「これ以上は駄目だ」彼は言った。「彼がやって来るかもしれない。だから私は急いで君に演奏したんだ。終わりはもっと滑らかに書かれている」

空になっているデシデマンの藁布団の方を彼は顔で指し示した。

「これを作ったのは彼なんだ。私たちがここにいるのを彼に見つかってはまずい。私が君に演奏したことを見抜いてしまうだろう。ところで君は今どこに行くつもりなの?」と彼は言った。

夕方の六時だった。一時間くらいなら彼と一緒に行ってもいいと私は言った。

「それでは、行こう」

「どこに?」階段を下りながら私は訊ねた。

「〈樽亭〉だよ」とマダム＝ラ＝レーヌは言った。

デシデマンはそこにいた。彼は頭を両手のまん中にのせていた。そして私たちが近づくのを見つめていた。彼の視線は私たちとともに歩いた。視線は地上を歩いているようだった。

マダム＝ラ＝レーヌは彼の肩に触れた。

「具合はどうだね、相棒?」

「いいよ」

「マール[葡萄の搾り滓で作る蒸留酒]を飲んだのかい?」

「そうだ」

「腹は?」

「良くなった」

デシデマンは牛乳のような目で私を見つめていた。ともかく、彼は私の顔とその変化を本当に見ているように私には思われた。大きくなったがかぼそい私の肩や、細い手首や、私の血の枝の茂みをゆっくり食べているあの花咲いた絶望を。

「大きくなったね」と彼は言った。

彼が私に親しげに話しかけた［チュトワイエで、つまり君僕で］のはそれがはじめてのことだった。驚きに満ちあふれた声が彼に戻ってきていた。それは以前の彼の声だったが、それは一層男性的で、洞窟の荘重さを備えている山男の響き、高原の上を吹きわたる風を思わせるような厳しい抑揚であった。彼はマダム＝ラ＝レーヌの方に向き直った。

「ご覧のとおり」と彼は私を指し示して言った。「彼は脂肪よりも骨を沢山作ったよ」

カフェのなかは大騒ぎだった。デシデマンの言うことがよく聞こえなかった。人々はイタリア式じゃんけんに興じており、眼鏡商人は大理石を切断する鋸のような声で「四！」と叫んだ。

マダム＝ラ＝レーヌはテーブルの上に屈みこんだ。

「具合は良くなったかい」彼は言った。「具合は良くなったかい、どうなの？」

「良くなったさ」とデシデマンは言った。「だけどここはうるさすぎる。外に出よう」

外に出た彼は街角を曲がり、歩道に坐りこんだ。呼吸するのが辛そうだということが分かった。彼の思考と彼の身体の肉体的な作業とのあいだには、きっと大きな隔絶があるにちがいなかった。

「先に行って、ベッドを整えてきてくれないか。俺は坊や（プチ）とここにいるから」と彼はマダム＝ラ＝レーヌに言った。

マダム＝ラ＝レーヌはデシデマンを見つめた。彼はそっと手をすり合わせていた。しかし、微妙なことに関わるときにはいつでもそうなのだが、彼の手がぽきぽきと鳴ることはなかった。音もなく彼は立ち去った。

「君に〈坊や〉と言っても、気分を害しないかな？」と彼は言った。

「大丈夫だよ、スルス［泉］」

彼がハイドンの『時計』を演奏してくれた前の年の冬のある夕べに、私は彼を〈スルス〉と呼んだのだった。それ以来、それは私が彼を優しく手伝いたく思うときの、愛情のこもった瞬間をあらわす言葉になっていた。

彼はしばらくのあいだ喘いだ。

「君には分かるだろうが、これは河の周辺で開かれる大がかりな物産市のようなものだよ」と彼は言った。

「何が、スルス？」

「人生だよ、坊や」

「分かるだろうが、いろんな小屋や、雌鶏を売っている宝くじ屋や、卵をめがけて打つ射撃場や、引けば何か品物があたる福引装置［輪をがらがらと回して玉を出す装置］や、鳩や、揚げ物をあげる火など、こうしたものが一杯あるんだ。私の両側はいろんな小屋が立ち並び白くなっている。一方はダンスホールに通じている。腕をとっている少女と歩調を合わせるために、小股で歩いている男たちがいる。彼らはボンボンを買う。『ちょっと待って。見ているんだよ』と男は言う。彼女は待つ。君は銃を手にとり、五スー払う。鉛の小さな弾を銃に詰めてもらう。君は引き金を引き、卵を割る。『見たかい？』彼女は笑う。彼女の方から進んで君の腕に手をのせてくる。おお！　これだけではないんだ！　河の周辺の物産市にどんなことがあるか、そのすべてを知るなんてことはとてもできないさ」

彼は話を中断して喘いだ。そして上着の襟を持ち上げた。

「寒いの？」

「寒くない。簡単だよ、ねえ、卵を割るなんてことは。君は遠くから引き金を引くわけじゃない。だけどあれは気持のいいもんだ、卵が倒れるのは。それは君が器用だということを示してくれるんだ。少しばかりの器用さだよ。そうできたから大いに器用なのだと考えてもいいんだよ。いつでも五歩離れたところから卵を狙うので、かならず成功するんだ。そして『この人はなんと強いんだろう』と彼女は言ってくれるんだ」

彼は身震いしていた。

「立ちあがった方がいいんじゃないの、スルス」と私は言った。「家に戻ろうよ」

「君が考えているよりずっと悪いんだ。私たちは長い間会わなかった。そのあいだに事態は進んでしまったのだ。私はもう一人では立ち上がれないよ、坊や。ラ＝レーヌを待たねばならない。彼が私の腕を支えてくれるだろう」彼はこう言った。

彼はとりわけ背中に寒さを感じている様子だった。私は手を彼の背中に当てた。彼の冷え切った上着を私は手で温めた。何も言わずに、彼は長い間私を見つめていた。ある場所が暖かくなると、私は手の位置を変えた。

「それに、私はどうしたらいいと君は思うかね、私は」私を正面からじっと見つめながら彼は言った。

「私はいったいどうしたらいいと君は思うかね、河であるこの私は、岸辺のその物産市で？　私が立ち上がり、水でできた両手で銃をつかんで卵を割ろうとしたら、商人は私に『放してくれ、錆がついてしまうじゃないか』と言うだろうよ。それに、水でできた私の指が引き金の上に、水でできた肩が銃尾の上にあるんだよ。河は銃の引き金を引けない。五歩離れたところからでは私は見えないんだ。分かるだろう、坊や、私は遠くから海の卵を狙ったのだ。ずっと遠くのあの向こうの山また山の彼方にあった海の卵を。茨の茂みや岩の谷間を越えて、自分の頭をぐいぐい押していかなければならないのは、私には分かっていた。そんなことは河にとっては難しくはない。そうしたら岸辺に物産市があるんだ。分かるかい、坊や、海を狙うんだよ！」

彼は震えはじめた。

「五歩のところから」と彼は言った。「五歩離れたところからだ……」

私たちは路上で二人きりだった。マダム＝ラ＝レーヌが戻ってくる物音が聞こえた。

「……海を狙うんだ……」

マダム＝ラ＝レーヌはフルートを構えるための、あの音の出ない手で彼の額に触れた。

「彼は熱がある。ぶり返したんだ。さあ」と彼は言った。

彼はデシデマンの脇の下を支えた。そして自分の横に彼をそっと立ち上がらせた。彼は体力よりも心を使っていた。そのために彼の身体はもう音をたてていなかった。身体全体が無言で注意深くなっていたのである。

私は彼を手伝いたかった。

「いいよ。私たちだけで大丈夫だ。君はもう家に帰りなさい」とマダム＝ラ＝レーヌは言った。

デシデマンの頭は彼の肩の上に載った。

「海を狙うんだ。分かったかい、坊や？」

力のない彼の腕は、身体の両側にだらりと垂れていた。

「さあ、兄さん」とマダム＝ラ＝レーヌは言った。

そして彼はデシデマンを暗い通りのなかに連れていった。


葉の落ちてしまっている木々の枝に雨が蝋引きした。冬が到来した。夜は生気がなくなった。もう星も見えなく、物音も聞こえなく、風も吹かない。あるのは凍結だけだ。泥のなかに横たわっている町は、ありとあらゆる灯火を灯した。町は壁という壁から湯気を染み出している。屋根瓦のあいだから染み出た湯気は、屋根の上で濃密に重々しく眠っている。今、冬の真っ只中である。もう寒さ以外には何もない。樹木も丘も道も町も空もない。もう何もない。寒さ以外のことは考えることもできない。毎朝、男たちは町から出ていき、街道の近くでじっと待っている。彼らはまだ〈稼ごう〉としているのだ。時には、何かの手助けが必要なこともある。馬を持ち上げたり、薪をしまったり、石炭を運んだりして、二十スー稼げることもあるからだ。眼鏡商人と呼ばれていた男が死んだ。彼は夜のあいだずっと話していた。仕切り壁の向こう側で彼の声は聞こえていた。オーブンで焼いた羊の肝臓、鰯の詰め物、トマト、鵞鳥の脂などを彼は〈神の恵み〉と名付けていた。

「七面鳥」と彼は言った。「七面鳥だ」

飢えのすべてを背負ったまま、彼は死んだ。彼は架台の上で凍えてしまった。彼の身体は捩れていた。彼を棺桶のなかに収めるには両手で押しこまねばならなかった。それは前もって普通の寸法に作られていた救済院の棺桶だった。そして彼は、藁布団に柔らかさが欠けていたために、また死人にしては筋肉が丈夫すぎたので、捩じれたまま死んでしまったのであった。

ある時、中庭の奥から誰か父を呼ぶ者があった。父は窓を開けた。

「誰だ?」

それはメキシコの女だった。彼女は包丁を研いでほしかったのだ。

「あなたの砥石で」と彼女は言った。

「それを放りあげるんだ」と父は言った。

彼女は包丁を私たちの方に投げた。包丁は白いタオルで巻かれていた。それは先が少し曲がり、幅が広くてよく切れる、大きな包丁だった。刃はアイリスの葉のように尖っていた。

父は砥石の上に唾を吐き、包丁を研ぎはじめた。彼は曲がった先端の刃を慎重に手入れした。尖り具合を親指で試してみた。

「あまり力を入れない方がいいだろう」と彼は言った。

彼は包丁をタオルにくるみ、それをメキシコの女に投げた。

「注意するんだよ。力を入れすぎないように。水のなかに入っていくように牛に突き刺さるだろうから」と彼は言った。

「右手の拳がどうにもならないのよ」と彼女は言った。

人々は次第に働かなくなった。石工にも、石切り工にも、ブリキ屋にも、ペンキ屋にも、もう仕事がなくなってしまったのだ。金持ちたちは、外出せずに家のなかで暮らしていた。薪割り人たちにはまだ少しばかり仕事があった。それも今となってはなくなった。冬は毎日太っていった。

モンタニエおばさんが死んだ。彼女は寝こむ前に、自分と一緒に暮らしている男の子に晴れ着を着せてやる余裕があった。彼は堂々たる紺青(こんじょう)のビロードの上っ張りとレースのついた大きな襟を身につけた。そして近所の人たちを呼びに行った。

「来てよ。ばあちゃんが病気なの」と彼は言った。

彼女は子供を指さして穏やかに言った。

「シニエール氏」と。ついで彼女は「私の娘が手紙を書くでしょう」と付け加えた。

ひとりの女が彼女の上に屈みこんだ。

「〈我らの父〉と言いなさい」

彼女は顔で「いや」と言った。

モンタニエおばさんに娘があるなどということは誰も知らなかった。

「それが、あるんだよ」母は言った。「名前はジュリエットよ。彼女は出ていったの、十六才だったわ。その前に彼女の姿を見た者は誰ひとりいなかったけどね。彼女はマーヌ〔マノスクの十キロほど北にある村〕の修道院にいたのよ」と母は言った。

部屋のなかのいたるところが引っかきまわされた。戸棚や箪笥の引出しのなかを探したが、住所は見つからなかった。シニエール氏に毎月三十フランを約束する、というマルセイユのとあるカフェの頭書きのついた用紙に書かれた手紙しか見つからなかった。

救済院の修道女が子供を引き取りにやってきた。彼は白粉の箱と刷毛をポケットのなかに持っていた。彼は顔に白粉をつけ、鏡のついている箱の蓋で自分の姿を見た。

「この子は物腰がいいわね」と女たちは言った。

彼女たちは白粉をつける前に刷毛を動かす動作をした。

彼は誰を見ることもなく修道女のあとについて行った。

娘の住所を探していると戸棚のなかからギターが出てきた。ネックの渦巻きの真珠層に書き込みがあった。

「ジュリエットに、彼女が歌うように。彼女のジャン・S」

石工はギターを取り上げ、手で弦をはじきはじめた。かなり熱中して彼は演奏しはじめた。女たちはあえて動こうとしなかった。彼女たちは自分自身の中央部に、腹の暗がりに刺激を受けていた。彼女たちは自分たちの飢えや弱さを感じていた。ある女はベッドの端っこの、モンタニエおばさんの横にそっと坐った。石工は唇をめくりあげていた。石工が噛みしめている歯が見えていた。俺たちは馬鹿じゃない、俺たちは不正のすべてを知っていると彼は歌っていた。

ついに女たちは叫んだ。

「出て行って、嫌な人ね。構わないでよ。死人に衣装を着せなければならないのよ」

そして、ある日曜日の午前中に、ゴンザレスが結婚した。彼は特別許可費用を払った。日曜日に結婚したかったのだ。彼は鐘を望んだ。音楽も望んだ。セザリの妹と結婚したのである。そういう事情を万事心得ていたセザリは女性のオルガン奏者を探しに行った。ゴンザレスはマダム＝ラ＝レーヌに結婚のミサで演奏してくれるよう頼んだ。デシデマンは病状が悪すぎた。

「行けばいい。さあ、行くんだよ、お前さん。私は大丈夫だから」彼は言った。

「いくらかの金にはなるだろう」マダム＝ラ＝レーヌは言った。

どういう風にしてゴンザレスがフルートの音楽を演奏してほしいと言ったのか、私は訊ねてみた。

「彼は話さない」マダム＝ラ＝レーヌは言った。「彼は分からせるんだ」

ゴンザレスの結婚の情報は、まず私たちの通りに、ついで〈樽亭〉があることでよく知られている〈鐘の下〉のいくつかの小さな通りへと流れていった。その噂は少しずつ町のあらゆる家へと伝わっていった。まるで蠅のようだった。うわさは窓から入り、カーテンのどこかの襞に小さな卵を産んだ。そうすると、突如、そのうわさは大洋やメキシコや美しい耕作地というような大きな翼を広げてそこに居ついてしまうのだった。セザリの妹の若いクララは、平野にかなり広い美しい耕作地と、小さな丘に美しい農場を持っていたが、それらは町の人々すべての注目を引きつけるのに充分だった。平野のなかで彼女は最も豊かな所有者のひとりだった。それに加えて、均整がとれ見事にひきしまった身体つき、美しい目のある丸顔、堂々とした高貴な風采などにも恵まれていたので、丘の若者たちはみな彼女のことを「あれは雌馬だ」と言っていた。

それがいかほど曖昧な賛辞かということは知っておく必要がある。丘にある農場では、雌馬たちは肉付きはよくないし身籠ることもない。雌馬たちには若駒としての希望以上の仕事を期待していないので、高所にある荒野を走りまわらせておく。雌馬たちは駆けまわり、一日中太陽の帯と戯れる。太陽の光線がまるで鞭の革紐であるかのように、雌馬たちは振る舞う。彼女たちは日陰で休み、太陽が彼女たちの肌に触れるとすぐに腰をへこませ、かみ砕いた黄水仙よりも白くて大きな笑いを鼻孔一杯に振りまわして跳躍する。

クララはまさしくこのような丘の雌馬そのものだった。筋肉の充満した大きな股をあのように控えめに動かして彼女は歩いた。どんな天候のときでも、彼女はドレスの下には何もまとっていないということがすぐさま見てとれた。彼女はコルセットを必要としなかった。そういうものは身体につけなかった。締めつけたり支えたりするものは何もつけていなかった。彼女の身体は丁度必要なように自然に引き締まっていたし、万事が自然に支えられていた。彼女は腰に子供を産むための美しい巣を持ち運んでいたが、その巣は真新しく、均整が程よくとれており、有能なパン屋の竈のように熱くて清潔だった。彼女は雌馬の目と笑いを持っていた。その頭蓋骨は丘の雌馬たちのように風を切った。彼女の欲求、彼女の必要性、彼女の法則、それは子供を懐妊することだった。大地が支配している手の下で彼女は裸だったので、彼女は飢えた口をもって荒野を走りまわった。彼女は男たちに怖がられていた。

メキシコの女は父を呼んだ。

「親方！　靴屋の親方！」

「どうしてほしいんだろう？」と父は言った。

彼は窓辺に行って窓を開けた。

「どうしてほしいんだ？」

「包丁を研いでよ、親方」

「また包丁を持って来たのか？　包丁なら鋭く研いでやったじゃないか。すり減らそうというのかね?」

「そうじゃないけど、うまく使いたいのよ」

彼女は白い包丁を見つめていた。そしてその包丁を目の前でまっすぐ持っていた。

「その包丁でどうしたいと言うのかね?」と父は訊ねた。

「豚を刺し殺すのよ」

「どの?」

「私の豚を」

「あんたは豚など持っていたかな?」

「おお! 何てことを言うの。もちろん私は豚を一頭持ってるわよ。靴屋の親方。親切な親方、私の包丁を研いでよ。それが立派に突き刺さり、私の心のなかの鳩を苦しめなくてすむように」と彼女は言った。

「それじゃ、包丁を渡しなさい」と父は言った。

彼女はこのたびは二枚のタオルで包丁をくるみ、その包みをじつに巧妙に投げ上げたので、それは私たちの窓のなかにじかに飛びこんできた。

「こいつはどうしたらいいのかな」父は脂で光っている刃を見つめて言った。「あの娘はまるで銃剣のようにここに脂を塗ったんだな」

ゴンザレスの結婚の知らせは大いに回転しそして旋回し、ついにアントニーヌのところまで届いた。

それは土曜日だった。彼女はもうそのことを知っていた。

彼女は緩慢な足どりでアイロンを探しに行った。彼女はぐったりしてしまっていた。暖炉の前でじっと物思いにふけっていたが、やっとアイロンを選び、アイロン台に戻った。彼女の血のなかには毒のようなものが流れていた。そのために彼女はすでに死者たちのすぐ近くまで運ばれてしまっていた。だから彼女はもう動く必要がなかった。しかし彼女はまだ全身で闘っていた。彼女は手で物をつかもうと試みた。目はもう世の中の距離というものを見ていなかった。湿らせた当て布の入った碗をひっくり返したり、アイロンで火傷したりした。もう気兼ねする必要がない病人のように、大きなため息をついた。夕方になると、彼女の頬は黒ずみはじめた。死者たちの国のあの麻痺が、彼女の身体のなかに下りてきていたのだった。すでに、彼女はもう瞼も口も動かさなかった。かろうじて鼻孔から少しばかりの息が漏れているだけだった。肩は動かず、腕はだらりとして、脚はこわばり、彼女は鉄よりも硬直して立ちつくしていた。

みんなで菩提樹の花の煎じ茶を彼女に飲ませた。カップの端を二、三度彼女の歯に当ててやらなければならなかった。彼女はそれが熱いのか苦いのかも分からずに飲んだ。彼女の口は砂のようだった。

「家まで連れて行かなきゃ」と母は言った。

彼女は私たちを見て、ドアの方に歩いて行った。

ゴンザレスは鐘突き男に百フラン支払った。告解から戻り〈樽亭〉に入ってくると、暖炉のまわりには仕事のない石工のすべてと、火という穏やかな喜びを味わうためになら悪魔でもやっつけてしまいそうな女が二、三人いた。みんなは飲みもせずに、この聖なる一日中、ああでもないこうでもないと言っては身体を温めていた。司祭に解放してもらったカフェの主人の顔を見ようと示し合わせていたのだった。誰も笑っていなかったし、変わったことは何もなかった。ゴンザレスは店に入り、ドアを閉め、いつもの足どりで、くつろいだ雰囲気でカウンターの奥にまわり、白い歯は見えないが口の醜い色だけが目立つ割れ目[口]を大きく開いて、そこでひとり微笑んでいた。

日曜日のお告げの鐘から、鐘突き男はちょとした気まぐれをはじめた。彼は手首を見事にひねって念入りに鐘を叩いた。彼は紐をゆるめ、ついで、紐が元の状態に戻るまでのまん中のタイミングで地面までぐいと引っ張った。すると鐘は三回鳴り響き、その呻きは水切りをする平らな石のように空を滑空して遠ざかっていった。最後に、彼は紐にぶら下がって二度音を区切った。そうすると大きな鐘——〈黒（ラ・ノワール）〉と呼ばれていた鐘——は二つの虹色の泡を放出した。その泡は壁を震わせながら私たちの中庭にゆっくり下りてきた。そのあと泡は、振動する金色の小さな雨を町に降り注ぎながら、響き渡った。

今日がその日だった。

薔薇色と灰色の入り混じった真冬のきわめて厳しい天気だったので、ほんの少しでも風が吹くと、皮膚ががりがりと引っ掻かれるように感じられた。夜が明けると、舟のように長くて尖った雲が空を横切っていった。その静かな飛行物体の他に動くものは何もなかった。その雲は灰色の平原に影を引きずっていた。ついには雲自身もあたかも港にたどり着いたように立ち止まった。赤茶けた船尾が大気の柔らかくなったところを少し漂流すると、万事が凍結のなかで眠りはじめた。

十時のミサを予告するために、ふたたび鐘のところで多少の踊りと笑いがあった。とりわけ小さな鐘は夢中にはしゃぎまわったので、大きな鐘はそれに耳を傾け、自らの音を出すのを控えていた。ゴンザレスが結婚するのはまさしく今日だった。私は窓から外を眺めていた。メキシコの女も寒いにもかかわらず窓を開いていた。彼女は大きな肩掛けにブラシをかけていた。その肩掛けは半分窓の外、半分窓の中にあった。外の壁に垂れ下がっている部分は、大きな金色の鳥と赤い花の模様で覆われていた。

「私を覆って、私を覆って、寒いんだから」熱意のないきわめて穏やかな声で彼女は歌っていた。彼女は孤児のように震えていた。

部屋の奥に、彼女の夫の黄色く瘦せた長い顔が動くのが私には見えた。彼が彼女に二こと三こと言うと、彼女は肩掛けを引き入れ、窓を閉めた。そして彼らは言い争いをはじめた。彼女の姿は窓ガラス越しに見えていた。彼女は両手の拳で赤い花と鳥に覆われた大きな肩掛けを振りまわしていた。

その日曜日の結婚を午前中に行うために、司祭は十時のミサをいくらか早めに切り上げ、十一時半のミサを後退させた。二つのミサのあいだにちょっとした余裕ができたが、それはオルガンを演奏させるのに充分な時間だった。

最初のミサから出てきた人々は考えた。

「だけど今日はまだ早いな」

「クララの結婚だね」

「ああ！　そうだそうだ……」

そして、みんなは待ちはじめた。

毛皮で縁取られた上着、縁なし帽、長靴などを身につけたご婦人方が勢ぞろいしていた。厚地のウールの長い上着を着こみ、大波のような髪の毛の上にフェルトのチロリアンハットを載せた相続人たち。新品で飾りたてた女の労働者たち。つまり、女性たちのすべてがそこに集まっていた。みんなはゴンザレスのためというよりもクララのためにそこにいた。非常に寒かった。仕立屋、時計屋、チーズ屋、帽子屋などの店に、それぞれ入ることに決めた。教会の周囲のいくつかの店に数人ずつ連れ立って入りこんだ。無人の広場には、年老いた公証人の若妻の小柄な婦人ソフィ・ムランしか残っていなかった。彼女は帽子をかぶっていなかったので、赤毛の美しいカトガン［リボンで襟首に束ねる髪形］が乳のような白いうなじに載っていた。美しい狐の分厚い外套をぴったり着こんだ彼女は、腰を波うたせて長靴をそっと踏みしめていた。くまのある大きな目で青くなった彼女の顔は、まるで炎の透明な先端のように、揺れ動いていた。

彼女はしばらくのあいだひとりきりだった。間もなく凍結した通りを誰かが足早に歩いてくるのが聞こえたが、それはメキシコの女だった。彼女はウールの重いスカートをはいていた。スカートは腰のところでしっかり締めつけられ、踝(くるぶし)の周囲には二十もの泡が広がっていた。彼女が歩くと、足元が海底の黒い泥のように泡立った。彼女の小さな短靴の鼻面は、スカートの下で笑っていた。鳥の模様の肩掛けでぴったりと肩を覆っていた。彼女は無人の広場を眺めた。泉の水盤のところにやってきた。拳で氷を壊した。そして両手を手首まで水のなかにつけた。ソフィ夫人を見つめ、彼女のかたわらにやってきて、その肘に触れるほど近くに立ち止まった。

「こんにちは、奥さん」と彼女は言った。

「こんにちは、奥さん」とソフィ夫人は言った。

「ご一緒しますね」と彼女は言った。

「はい」とソフィ夫人は言った。

みんなはいたるところから彼女たちを見ていた。あちこちの店の窓ガラスの内側から沢山の顔が見つめていたのである。

鐘が鳴りはじめた。このたびの鐘は、ミサも何もないので、まったく純粋にゴンザレスのためだった。もちろん結婚のためのミサはあったわけだが、鐘突き男はそんなことなど考えてもいなかった。彼は百フランくれた男のことを考えていたのだった。死んだ月のような精彩のない表情で、鐘を盛大に鳴らしてくれとフェルトのかかったような声を出して要求してきた、あの百フランの男のために彼は鐘をついていたのだった。

カリヨンは鳴り終わろうとしていた。アントニーヌがそっと通りから出てきた。彼女は一晩中服を着たままベッドのなかにいたにちがいなかった。死人のようにやせ細ってしまっていた。急に薄暗い森の縁まで狂乱の跳躍を敢行してしまったような顔つきをしていた。彼女はソフィ夫人とメキシコの女の姿を認めた。顔を伏せ、そっと彼女たちのそばにやってきた。

ゴンザレスは覆いのある四輪馬車を望まなかった。寒いのに無蓋の小型四輪馬車を要求した。しかし確かなことは何も分からない。「こうしたいわ」と言ったのはクララだったが、セザリが私の母にささやいたように、「彼女はもう意志を持っていない。彼女はもう何も望んでいない。彼女が望んでいるのは彼だけだわ。またそれはまるで彼が自分自身を望んでいるような具合なのよ」ということだった。

凍った地面に厳粛な側対歩の響きをたてて、通りをあがってくる馬の物音が聞こえた。太くて白い柳でできた四輪馬車は、箱のように軋んでいた。ミサに参列した婦人たちがすべて店から出てきはじめた。

「その肩掛けの下にはいったい何があるの?」ソフィ・ムラン夫人は言った。

「何も」とメキシコの女は言った。「キリスト像です、奥さん」

四輪馬車が広場に到着したとき、みんなは歩道の上でささやきあい、肘で押し合っていた。婦人たちはマフで口を隠していた。お嬢さんたちはレースの小さなハンカチを噛んでいた。

「私があなたに言っていたとおりよ」と薬剤師夫人が耳打ちした。「ご覧なさいよ。ああ！　通り過ぎてしまったわ」

「さあ、ご覧なさい。やって来るわ。ご覧よ。言ったとおりでしょう」

「彼は彼女のそばに坐っているわ！」

そのとおり、彼は彼女のそばに坐っていた。ゴンザレスが習慣に従うということは決してなかった。より正確に言えば、彼は彼なりの習慣を持っていた。普通の男が利用することはありえない、大きく柔らかな重々しい服装をまとっていた。

「彼は彼女の腕をつかんでいるわ！」

「ああ！　あなた」薬剤師夫人は言った。「さあ、あなたの娘さんを呼びなさいよ。あんなところでうっとりして見てるわ」

彼女は咳払いをした。

「まるでベッドのなかにいるように、彼はクララを抱きかかえているわよ」と彼女は言った。

そのとおり、ゴンザレスは四輪馬車のなかでまるでベッドにいるようにクララを抱きかかえていた。彼は腕を妻の両肩の上にまわし、仰向けになっている彼女をしっかりと抱いていたのだった。

「デルフィーヌ！」

教会の方に進んでいく四輪馬車に視線を固定したまま、少女たちのすべての顔が同時に振り向いた。

「デルフィーヌ！」

「マリ！」

「ジャンヌ！」

母親たちは呼びかけていた。

「おいで！」

「さあ、おいで！」

しかし、若いお嬢さんたちはすべて最前列で、太陽の方に顔を向けるヘリオトロープのように、四輪馬車の歩みを追っていた。

「おいで！」

「だけど、その肩掛けの下にはいったい何があるのよ？」とソフィ・ムラン夫人は言った。

「キリストです、奥さま。キリスト像ですよ」とメキシコの女は言った。

車は教会の前に止まった。まずゴンザレスが下りた。彼は相変わらず口も目もない砂のような表情をしていたが、その身体は樹木の重い枝のように厚く柔らかだった。野生の月桂樹が芳香を発散して揺れ動くように、彼が肩や腕や脚や手を動かすたびに、巨大で穏やかな力が感じられた。

彼は拳をクララに差し出した。彼女は彼を支えにして立ち上がった。彼女は自分の姿を見せるために、四輪馬車のなかで一瞬のあいだ立ちつくしていた。彼女は大きく豊満に妊娠しており、腹の上と下でドレスをきつく締めつけて膨れた腹を際立たせていた。

その瞬間、人々は沈黙した。ついで叫びの跳躍のようなものが起こったが、すべてが静止した。四輪馬車の近くにはゴンザレスが立っていて、彼がすべてを説明していた。

彼らのあとについてみんなは教会に入った。オルガンを受け持つアンドレ夫人はずっと前から席についていた。彼女は下で繰り広げられていることは何も分からなかった。小鳥たちの結婚にふさわしいような、新鮮で明るい小さな行進曲を演奏した。ゴンザレスはクララの腕をとっていた。すでに結婚し、重くなり、結婚を堪能している彼らは、二人そろって中央の通路を進んだ。アメリカ・インディアンの娘がクララの白い引き裾を持ち上げていた。クララは周囲の聖人たちや、女性の聖人たちや、ステンドグラスなどを眺めていた。司祭が聖具室から合唱隊の子供たちとともに出てきて、まっすぐ祭壇にあがった。クララとゴンザレスは聖櫃の丁度正面の祈祷台の上にひざまずいた。インディアンの娘は脚を交差させカーペットの上に坐った。司祭は小さな鍵をまわし聖体顕示台を取り出した。人々はまだ並べられた椅子に音をたてずに着席するにはいたっていなかった。男たちは帽子をかぶったままでいた。私はパドヴァの聖アントワーヌの祭壇の近くにいた。モンタニエおばさんの隣人で彼女のギターを持っていった石工が大蝋燭を消し、その芯を切り、蝋燭を上着のなかに入れた。彼は献金箱を指で叩いた。アンドレ夫人はオルガンの演奏を中断し、手すり越しに下を見た。

式がはじまるとすぐに祝別されたパンが配られた。二種類のパンがあった。まず、さくさくした小さなキャンディが盆に載って差し出された。ついで、切り分けられた本物のパンが大きな籠に入って出てきた。私の横にいた石工は籠がまわってくるのを見ていた。彼はゴマを入れるのに使う例の小さな袋をポケットから取り出した。籠を持った少年が彼の近くを通りすぎたとき、彼は少年の腕をつかんで引き止めた。

「待ちな、お前さん。待つんだよ。この家は何と慎重なんだ!」と彼は言った。

彼は切り分けられたパンを自分の袋に詰めはじめた。

「え、何だって」と彼は言った。「俺は記録簿に記載されていないって、この俺が？　神が女中と協力して俺を生みだしたと思うのかね？　俺が嫡出子じゃないとでも言うのかい、この俺が？」

彼は狼のような目で笑っていた。

「いいんだよ、坊や、パンのためじゃなくって、パンが祝福されているからだよ。俺がどんなに祝福が好きか分かってほしいもんだ」

聖歌隊の子供はすっかり仰天して、やりたい放題にしている彼を見つめていた。

何か犬のようなものが滑りこんできて、それが脚に当たるのが感じられた。アントニーヌだった。彼女は四つんばいになって進んできたのだ。聖アントワーヌの像の下でしゃがみこんだ。彼女は私を認めた。

「あの人は頭がおかしいのよ」と彼女は言った。

それから彼女は目を閉じた。

ゴンザレスのことを話しているんだということが分かった。私のいるところから彼がよく見えていた。彼とクララとインディアンの娘が。彼は風変わりなことは何もしていなかった。ただ単に祈祷台の上でひざまずいていただけだった。柱廊のような彼の両肩、両腕、上半身、折り曲げた両脚だけが見えていた。そこには何か尋常でないもの、何か横柄なものがはっきりと感じられた。しかし私がいくら見つめても、何も分からなかった。見えるのはゴンザレスとクララと教会と、そうしたものすべてを祝福するにはかなり小さく思われた司祭だけだった。

私はメキシコの女を探した。彼女は御婦人方と一緒に教会の中央に坐っているわけではなかった。ソフィ夫人のカトガンの赤茶けたリボンが私の目を導いた。ソフィ夫人とメキシコの女、彼女たちは二人とも聖歌隊の近くの柱のそばに立っていた。彼女たちは互いの顔を見ることなく勢いこんで話し合っていた。私は彼女たちに近づいた。

ソフィ夫人の顔はまっ赤で、手が震えているのが見えた。

「それを渡しなさいと言っているのよ」と彼女は言った。

「ああ！　奥さん。ああ！　奥さん」とメキシコの女は穏やかに歌っていた。

彼女はまるで子供を寝かしつけるように優しくささやいていた。ソフィ夫人は激昂し、拳を握りしめ、そして震えていた。

「それを渡しなさい！」

「若奥さん、若奥さん。若い奥さん、若い奥さん！」

「渡しなさいったら！」

メキシコの女は自分自身のためにスペイン語で話しはじめ、少しずつ力を入れて歯を噛みしめた。その表情は粗野になり、怒りが彼女の内部で湧きあがってきた。頬は銅のように輝いていた。

「渡しなさい、渡しなさい、渡すのよ！」ソフィ夫人は飽きもせずに同じことを言っていた。「渡しなさい。あの人は私なら警戒したりしないわよ。私たち二人のために私が襲ってやるわ」

時おり、教会の小さなドアが軋み、鈍い音をたてて閉まった。それは〈鐘の下〉の馴染みの人たちや、羊のいる中庭の住人たちや、〈樽亭〉の常連客たちがやってきたからだ。美しい婦人たちは立ち去ろうとしていた。彼女たちは自分たちの娘にありとあらゆる種類の合図を送っていた。娘たちはそんなことは聞きもしないし見てもいなかった。彼女たちはみな一緒に黙ってゴンザレスの山のような背中と、その下にはいつものように何も身につけていない白いドレスに反映しているクララの青みがかった肌を見つめていた。

しばらく前から、教会に音楽はもう響いていなかった。司祭は新郎新婦に向き合っていた。彼は両腕を意欲満々に開いて彼らの方に進み出た。指の先には指輪を持っていた。

その時、上にあるオルガンの手すりのところで、マダム＝ラ＝レーヌがフルートを吹きはじめた。最初のいくつかの音で私は曲目を推測していた。ハイドン、モーツァルト、それともバッハ？人々は極度に沈黙して聴いていた。

しばらくしてゴンザレスは頭をまわした。彼はオルガンの方を見やった。そしてはじめて、死んだような顔のまん中にある彼の目が私に見えた。目は優しく人間的だった。

音楽は終わった。

ゴンザレスは妻の腕をとった。彼は私たち、つまりソフィ夫人とメキシコの女と私のいる柱の近くを通った。彼の背中はメキシコの女に触れた。彼女は動かなかった。彼女が曲げていた腕を伸ばすと、何かが地面に落ちた。それはアイリスの葉のような包丁だった。ソフィ夫人は素早く屈みこみ、それを拾い上げた。ゴンザレスは開いた手を差し出した。ソフィ夫人は包丁を彼に与えた。

「ありがとう」彼は視線を落としてこう言い、それをポケットに入れた。

彼が遠ざかると、メキシコの女は柱に沿って滑り落ちた。

「母さん、母さん、私は病気なの」彼女は小さな声で言った。

教会の小さなドアの近くで、私はマダム＝ラ＝レーヌに会った。

「あれは何なの、あなたが演奏したのは」と私は訊ねた。「誰の作品ですか?」

「誰のものでもない。誰のものでもなく、みんなのものでもある。あれはメキシコの歌だよ。あれを私に歌ったのはゴンザレスなんだ」と彼は言った。

人々は外に出るために押し合いへしあいしていた。聖母マリアを祭っている薄暗くて小さな祭壇のところまで彼は私を引っ張って行った。

「ああ！　何と美しいんだろう」と彼は叫んだ。「あの曲をどう思った？」

「すべてが打ちひしがれていた」と私は言った。

彼は夢想し、私の背後にある太陽の方を眺めているような様子だった。

「あれはラバ引きたちの歌だ」彼は言った。「嘆きの歌だ。昔の耕作者たちの、樵たちの……」

彼は私の腕を締めつけた。

「ひとつの歌がある」と彼は続けて言った。「山のなかで働く石切工たちに水を運ぶ青年。彼は革袋に水を入れるために村の泉に行った。婚約者が彼に言った。『どこへでも行ってしまって。ろくでなし。今度好きになった人はリラのように新鮮だわ』彼は旅籠に入る。そして木製の床の上で全力で踊り、まるで気が狂ったように叫びはじめる。

俺は自分の心を踏みにじる、
両足揃えて自分の心の上に飛び乗るぞ」

「女のオルガン奏者に、両足で演奏する足鍵盤の音や、大きな靴で踏みにじられたときに噴出するあの心臓の音を出すために、下にある太い管の低音のファで〈ブンブン〉と鳴らしてくれと俺は伝えておいたんだが、彼女はそうしてはくれなかった。分かってくれるかい？」

「うん。だけど、僕にはよく分からなかった。すべてが打ちひしがれているように聞こえたよ」

と私は言った。

「すべてだ。あそこにあるすべてがそうなのだ。もう粘土しか残っていない。しかし、それも、地平線でたなびいている煙のところまで、粘土しかないのだ」と彼は言った。

そして、その破壊のあとも、世界は手つかずのままだということを私に分からせるために、彼は両腕を真横に開いた。

「空を塞いでいた山、それはもう砂でできた一輪の薔薇でしかない。しかし、西瓜の小さな種が、根でできた毛と葉でできた森を従えて、今私の目の前にある。分かるかな?」と彼は言った。

彼は両手と両腕を動かしていたが、ぽきぽきという音はしなかった。

「蔦(つた)の挿し芽をこの柱のなかに入れると、主の最高に大きな絵姿ができるんだ。それは大理石で作ってもいいし花崗岩で作ってもいいのだが、蔦が主の微笑を食べ、主の頭蓋骨の石を持ち上げるのが分かるだろう。また、主の脳髄が、まるで緑色の蛇のようにその頭のなかでとぐろを巻いているあの蔦なのだということも君は分かるはずだ。時間がたてば、葉の上に少しだけ埃をかぶっている、蔦の森林になってしまうだろう」彼はこう言った。

「腹がへったよ」彼は言った。「ゴンザレスは金をくれたんだ。アンチョビいりのフガスを買いに行こう。兄さんはあれが好きなんだ。さあ」

私たちは一緒に外に出た。

「いいかい、ゴンザレスは俺たちの仲間だよ。クララもだ。彼女にはそのことが分かっていなかった。今では分かっている。意外と思慮が足りなくて、今朝になってやっとそういうことが分かった者もかなりいるんだ」

毛皮に囲まれて身振りをしている薬屋の女房を、彼は私に指し示した。

私たちは油とアンチョビが入った焼きたての熱いフガスを買った。

階段を登りながら、彼は私の方を振り向いた。

「自由が」と彼は言った。「自由が大地に近づくと、彗星のように滑らかな轟きを発するんだよ」

彼はドアを開いた。

「兄さん！」とマダム＝ラ＝レーヌは呼びかけた。

デシデマンは動かなかった。彼は微動だにせず、窓を見つめていた。

彼は死んでしまっていた。

第九章

フランシェスク・オドリパーノ　詩人は染物屋のように白から赤を作る
父は車大工の息子を解放する　オドリパーノの母　馬の鞍にまたがる　回復する
オドリパーノの眠り　彼女は光を持っていった　マリ＝ジャンヌ　魔法の絨毯
聖フランソワと聖クレール　ルイ・ダヴィッド　神　イカール［イカロス］　冒険

所有者の女性は、ユラリ小母さんがかつて住んでいたアパルトマンを貸そうと決意した。それは三階で、父の仕事部屋の正面だった。私はその薄暗くて広い部屋を一度見たことがあるのを覚えていた。それは老婆のユラリが死んでから随分たってからのことで、家具という家具はすでに運び出されたあと、硫黄を燃やして部屋を消毒しようとしていた。このたびもドアは開かれていたが、その理由が私には分からなかった。踊り場は、ドアが開いているので、すっかり冷えきっていた。私は中には入らずに、中の様子を見ようとした。しかし見えなかった。その中の暗闇は何年も前からすっかり固まってしまっていた。

昼頃になってはじめて、閉めきられた鎧戸の木材の節が抜け落ちている穴から太陽の光線が差しこんだので、私は戸口からアパルトマンの内部を見ることができた。それはアルコーブ［ベッドを置くために壁に設けたくぼみ］を具えた、何の変哲もないだだっ広い柔軟な部屋にすぎなかった。この部屋と神秘とのあいだにはもう障壁はなくなっていた。昔は部屋を仕切る壁があったにちがいない部屋の境目には、無数の蜘蛛が住んでいる重々しい靄しかなかった。アルコーブは海のなかの洞窟のように部屋の奥で欠伸（あくび）していた。それはねばねばして、すべてが口と大きな目だけでできている、とぐろを巻いた何かの怪物の巣にちがいなかった。

所有者は、霜がアーモンドの木々を枯らしてしまったので、決心したのだった。彼女は〈雌ブタ〉と呼ばれている太った女を日雇いで雇って、壁を復元した。夕方になると、女は大きな桶に一杯入った蜘蛛をごみ捨て場に持っていった。

その部屋を借りたのはフランシェスク・オドリパーノだった。彼は六十歳くらいにちがいなかった。イチイの木のように直立していた。毛織物の大きなキャスケット［庇（ひさし）のある帽子］を横向きにかぶっていた。帽子の庇は左の耳を保護し、額の上には泉の泡のように白くて縮れた髪の毛の房が泡立っていた。彼が帽子をとると、額が燃え上がった。羊毛のような髪の毛はふさふさしていたが、頭の両側のこめかみの上では二つの美しい小さな鏡のような皮膚が丸みを帯び、象牙に似た艶やかな光沢を見せていた。光がそこに宿っていた。その光は私たちの方に向かい、私たちのところまで到達した。オドリパーノの目は私には見えなかったが、その目が明るいということだけは分かっていた。彼の額の二つの火だけは、若い雄羊のブロンドの角のように、私たちの肉体を優しく叩くのだった。

彼は踊り場で私と出会った。キャスケットをかぶっていた。

「フランシェスク・オドリパーノです」と彼は言った。

彼の口はその名前を言うのを喜んでいた。その口はそれを発音するためにあらゆるしかるべきまわり道をした。唇はその名前のすべての周囲で長いあいだとどまっては捩じれていた。

彼は部屋の持ち主の家に行った。六か月分を前金で払った。領収書のインクを乾かすためにそれを振りながら自分の部屋にあがっていった。

「石灰はどこで買ったらいいか知っているかい?」

彼は桶や、梯子や、大きな刷毛を借りてきた。そして壁を塗った。寄せ木張りの床を塩酸で磨いた。白い木製の机と二脚の椅子を買ってきた。

彼は私を自分のアパルトマンに来るよう招待してくれなかった。彼はドアを開け放ち、待っていた。ある日、彼は私に言った。

「何故入ってこないんだ? 入っておいでよ」

部屋の壁は今では深みのある美しい牛乳のようにクリーム状で薄青くなっていた。部屋の中には木製の白いテーブル、二つの椅子、オドリパーノがその上で眠るはずのヴェネチア革の広いクッションしかなかった。

「母は若かった」彼は私に言った。「しかし、私には祖父が二人と祖母が二人あり、父は年老いていた。老人ばかりの家だった。夜になると、ランプを灯した。父の父は義勇軍の隊長だったが、この祖父が『みんなの手相を見よう』と言うのだった。私たちはテーブルのまわりに坐った。母は銀の大きな皿をとりにいき、私たちはみんなその皿のなかに手を入れた。ランプの光は手首のところで途切れていた。私たちは港に面して暮らしていた。しかし祖母が、わが家では〈キリストの刺〉と呼んでいたあの大きな鉄の釘で窓を打ちつけてしまった。外では帆船が帆をはためかせていた。マストの先端の赤い角灯が窓ガラス越しに私たちを見つめていた。話すことは禁じられていた。私たちは自分の手を皿の上に載せていた。私は四歳だった。隊長の手はガラスのように冷たく危険だった。彼は私の母の白粉を手につけていた。夜になるといつも、ひとりの船乗りがわが家の広い玄関に入ってきて、呼ぶのだった。

『アンジョリーナ！　アンジョリーナ！』

召使いは下りていった。彼女の姿は翌日まで見かけることはなかった。彼女は内側に布製の大きなポケットがついたスカートをはいており、翌朝に帰ってくるとスカートを持ち上げ、それを顎で押さえ、ヴァニラや胡椒や時には煙草で膨れ上がっているポケットの紐をほどいた。

母の目は悲しく美しかった。彼女は、腰までぴったりしていて、その下は気球のように広がっている長いドレスを着ていた。鏡の前に坐り漆塗りの小さな箱に入った白粉で、彼女は長々と美しく化粧をした。そのあと部屋部屋を歩いてまわる権利を彼女は獲得していた。それ以前は、私の祖母が窓がしっかり釘付けされているか確かめてまわって、ありとあらゆる差し錠を押してみていたのであった。祖父のオラチユスは杖で叩くのだった。

『もっと速く』と彼は言った。

母がいっそう速く歩くと、ドレスの絹が歌いはじめた。そうすると、祖父のオラチユスは微笑んだ。そうしたおりに私は母に近づいて彼女に触れることがあった。彼女の方も私に触れたくて、顔を動かさずに私をじっと見つめているのが私には分かった。彼女の両手は準備されていた。私の父は私の両脚のあいだに杖を投げつけた。そうすると母は泣き、父は母に言うのだった。

『私はお前を買ったのだ、お前も子供も一緒に。言うことに従うのだ。さあ、歩け』

母はふたたび歩き微笑みはじめた。

母がひとりきりのとき、母がこう言っているのが私には聞こえた。

『死はわが家には入ってこない、何故なの？』

母は召使いに言った。

『ドアはしっかり開けておいてね。少なくとも、あんたが外出するときには』

『はい、奥さん』

母はドアがしっかり開いているかどうか見に行くために真夜中に起きた。そして通りをあちこち眺めた。

『それにその死は、いったい何をしているのでしょう？　ここでは死が訪れるのをずっと待っているというのに！』と彼女は言った」


オドリパーノの部屋から外に出るたびに、大地がまだ私の足の下にあるかどうか確かめるために、注意深く大地に触れてみる必要があった。飾りけのない部屋のなかで彼はいつも大声で私に話した。はじめは彼の言葉しか聞こえないのだが、しばらくすると空気が暖まり壁のこだまが反響しはじめるので、三つか四つの言葉が混じりあうのだった。ついで、話の奥底で、熊たちを踊らせる太鼓のように小さな太鼓が鳴りはじめ、その音が私の腹のなかをまるで指のように探ってきた。それから、多彩な声、切断され反射するこだま、四方の壁にボールのように当たり跳ね返ってくる遅ればせの音、こうしたもので室内は満ちあふれた。まるで神秘の国の住人たちと会話しているようだった。物語が、鳥の大群が旋回するように、オドリパーノの周囲で叫びまわっていた。

彼は身振りはしなかった。両腕をいったんテーブルの上に載せると、もうそれを動かすことはなかった。手だけが時として活気を帯びたが、それも百合の種の包みのような形になるように指を閉じるときだけだった。私は向かいの椅子に坐っていた。彼は私を見つめていた。

彼はほとんど外出しなかった。彼は牛乳、パン、山羊のチーズといった冷たい食品を食べていた。彼のところではパン屑も匂いもなかった。ただ、生石灰の匂いだけが漂っていた。

私の母は彼に訊ねた。

「あなたはずっと家のなかにいて退屈しないのですか、フランソワさん?」

「退屈しません。だけど、私の名前はフランシェスクですよ」と彼は言った。

「わが家には」と彼は私に言った。「大きな部屋が五つ連なっていたが、家の壁はとても広い空間のまわりに張りめぐらされていたので、がらんとした場所で馬たちに円弧を描くように疾走させることもできただろう。祖父オラチユスは最初の部屋で暮らしていた。その部屋は火事と痰の匂いがたちこめていた。彼はアンジョリーナが船乗りたちから盗んでくる長くて黒い葉巻を絶えずふかしていた。祖父はカタルにかかっていた。彼は火のついた葉巻を家具の上に置き、咳をし痰を近くに吐きはじめる。痰が大きな水たまりにならない限り、痰はいつも同じ場所に吐き続けた。そのあいだ葉巻は木材や壁掛けを焼いていく。祖父は大きな手で火を叩く。咳が止まると、葉巻に火をつけなおし、向きを変えて、きれいな場所に痰を吐くのだった。しかし、母の部屋では布地と鏡の匂いが立ちこめていた。母は黄色の大きな宝石のネックレスをいくつか持っていた。しかしそれを身につけることは決してなかった。母はそうしたネックレスをそれぞれの小箱のなかで踊らせて楽しんだ。母がそうしているとき、それらのすり減った宝石のすべてから埃が立ちのぼり、部屋全体が明るくなった。しばらくすると、母は目を閉じて匂いを嗅いだ。自分が娘だった頃、毎朝馬に乗って散歩していたローマの丘にあったような石切り場の匂いがすると母は言っていた。母の鏡もまた匂いを発散していた。母が化粧するあいだ私はいつも母の近くにいたが、母はいつまでも化粧をしていた。香水をつけ、目や唇や頬に白粉をつけおわると、自分の顔を眺め、すべてをぬぐい取り、またはじめからやり直した。ついに、唇の片隅に生き生きした小さな炎症が現れた。それはコエゾイタチの鼻のように血を少し滲ませて震えていた。母はそれを白粉で覆った。しばらくは隠れていたが、そのうち現れてきた。母はパフを手に持って用意万端を整えじっと待って見つめていた。白粉が薔薇色になるのが見えたかと思うと、小さな真珠のような血が膨れてきた。母は白粉を付け加えた。箱のなかには美顔料と香水が入っていた。美顔料は香水に合わせてつけられた。だから、唇を青く頬を緑に塗り、菫の香水をつけるといったようなこともあった。

『ほら』と母は言った。『ご覧なさい、樹木が私を窒息させるのよ。太い枝のついたこの木は首のところまで登って来て私を締めつけるので、私はもう死にそうなの。分かるでしょう。私はすでに緑色だし、血は唇のなかで腐っているわ』

それから母は舌を引っ張り出した。私は泣きはじめた。締めつけられている女を模倣するために、母は金色の美しい目を、白くしたり黄色くしたりして回転させたからである。小石のある砂浜で、波が丸い石を海の方に連れ戻すと石の薄汚れた側が見えてしまうことがあるが、それと同じだった。しかし私はすぐに慰められた。というのは、彼女の出した舌は赤く、その赤い色は私にとって生き生きとした言葉を話したからである。私たちの宮殿の前に係留されている帆船は、マストの上部に赤い角灯を備えていたのだった。

また別の時には、母は小皿のなかでクリームを混ぜ合わせてファウンデーションを自分で作った。そのファウンデーションが乾くのを待ってから、母は笑いの遊びを試みた。少量のファウンデーションは母の頬の皺のところでひび割れた。母は鱗のようになったファウンデーションを爪の先で取り除き、そこにもっと柔らかいファウンデーションを塗った。自分の顔に笑いの限界が見えてこないかぎり、母はふたたび試みた。その限界をいったん見つけてしまうと、母はその周囲に薔薇色の大理石でできたような澄み切った肌を作りあげるのだった。

『うしろに下がりなさい』と母は言った。

私は後退した。そうすると私の前に陶器でできたような人形があった。はじめは、それは動かなかった。ついで、山のなかの羊飼いの目のように燃えている目が見えてきた。そして、鼻に沿って雪が少し流れ落ち、口が葡萄で満ちあふれている秋のように開いた。笑っている母の顔は、まるで世界の初めのように、この上なく美しかった。母は私の喜びを見て大いに満足したので、私には箱がぱたんと閉まるような小さな乾いた音が聞こえた。化粧の限界を音をたてて崩壊させたのは母の笑い、少女を思わせる高笑いだった。頬の琺瑯がこなごなに飛び散り、その下に太陽も水の流れもない死んだ肌が見えていた。

『ああ!』と母はため息をついた。『死がこの家にやって来るようなことがあれば、フランシェスクよ、私は〈ご自由にどうぞ、何でもご自由にどうぞ、奥さま〉と言うことにしよう。そして、私たちは二人とも船乗りたちと一緒に出発しようね』

母の部屋にはもうひとつ別の匂いがあった。それは新しい鞭の匂いだった。

ドアが開いて、父が入ってきた。父は二本の杖で身体を支えていた。父は重苦しく、背が高かった。父の身体は足から腕の下にいたるまですっかり硬直していた。私は父のことを〈殿下〉と呼んでいた。自由に動かせるのは腕や肩と、すでに老人性の蘚苔にむしばまれている顔だけだった。父は母を見つめた。母はじっと動かずに、両手を開いて胸の上で交差させていた。父は私に言った。

『出ていきなさい』」

フラシェスクの身の上話には、目的も配慮も一切なかった。それはまるで鳩たちのように行き当たりばったりにはじまるのだった。それは叫びながら右に左にと飛翔した。それ以来、彼の家にはそうした鳴き声の混じった身の上話が住みついていた。そうした話が死滅することはなかった。長く経ってから、部屋の薄暗い片隅で、身の上話が見つかることも時としてあった。身の上話がそこに居続け、待機し、そして時には私たちに飛びかかってくるようなこともあったのである。

この男の到着以来、私が羊のいる中庭の方をのぞきこんだのはわずか一回か二回だけだった。それにそれは私がぜひともそうしたかったからではなく、いわば心の咎めのようなものに駆り立てられたからだった。デシデマンとマダム＝ラ＝レーヌ、メキシコの女、麝香の香りの女たちが住んでいる世界、その世界のすべてを死が大きく腕を挙げて断ち切ってしまおうとしているように思われた。マダム＝ラ＝レーヌは時おり夕方に出てくる以外に外出することはもうなかった。かつての表情はもう認めることができず、人間たちから遠く離れた森のまっ只中に見捨てられ、動植物だけを相手に暮らしているので、その顔は廃墟のようになってしまっていた。毛が彼の頬を食いつくしていた。ブロンドの髭の二つの大きな根は、唇の合わせ目を取り外しはじめていた。今では、フルートを演奏しようとすると、彼は手のひらでその髭をめくり上げる必要があった。それから彼は口を復元しようとした。それは非常に難しいことだった。彼の頭の下や、湿った胸の洞穴のなかには毛の種子が充満してしまっているので、かすかな希望を持つことでさえ虚しいと感じられた。彼の運命は、獣のような毛に食いつくされ、その髭の下に廃墟となって静かに倒れるよう定められていた。それに彼はもうほとんど努力というものをすることもなく、デシデマンのヴァイオリンを膝に載せ、カーペットの上にかがみこんで一日を過ごすだけだった。そして時おり、長い回想にふけるように、じつにゆるやかなメロディのリズムで拍子をとって弦をつま弾くのだった。

私は一度通りで彼に出会ったことがある。彼は私を手で押し返した。

「駄目、駄目だ、私にはもう時間がないんだ」

メキシコの女はいつも〈私を覆って〉を歌っていた。彼女はそれまで彼女が持っていたすべての枝、すべての葉、すべての皮や緑を失ってしまった。今では焼けつきてしまった固い物体でしかなかった。火の埃が彼女の骨髄を蝕んでいるので、彼女の内部は大きな炭火になってしまっていて、そのうちに彼女は自分自身のものは何も残さず急にばったり倒れ、灰になってしまうだろう、と感じられた。夜になると彼女は男たちを待つために街角に出ていった。私は一度彼女のまわりをうろついたことがあったが、話しかけることはできなかった。

アントニーヌは出ていってしまった。

羊のいる中庭には挫折と隷属の匂いが漂っていた。負け犬たちの収容所にはもはや服従と死しかなかった。それだけが堆肥の上に残っていた。時おり、肉屋が入ってきて獣を屠殺場に連れていった。

父でさえ……。

父は次第にひとりぼっちになっていった。父の心が父を助けるということはもうなくなった。父はまだ他人を助けることはできたが、自分自身を手厚くもてなすことはもうできなくなっていた。こうして、父もまた自らの老化とともに、破壊された自分の町や焼かれてしまった自分の畑を見ながら、他の人たちと同じようにひとりで街道を出発していかねばならなかった。

ある夕べ、私たちは夕食を終えようとしているところだった。「助けてくれ」という叫び声が聞こえてきた。父は立ち上がった。

「行こう」と父は言った。

私は父のうしろを歩いて行った。それは車大工の家だった。全力を振り絞って大きな仕事をしている男の息がそこから聞こえてきた。もう呼び声は聞こえなかった。

「何をやっているんだ?」ドアを開きながら父は言った。

車大工は自分の息子を殺していた。少年は壁を背にして磔にされていた。手は左右に伸ばし、頭はすでに垂れていた。血が一筋唇から流れていた。男は重いテーブルを少年にぶち当て、胸を押しつぶしていた。窓際に立っている母親は呼吸しようと努力していた。叫ぶために力の限りを尽くしていた。蝿を追い払うために馬がするように、彼女はただ頭を振ることしかできないのだった。

私には何かの動作をする余裕もなかった。

その時すでに、車大工は、壁際で物体のように倒れていた。彼にはどこから打撃がやって来たのか分からなかった。口髭のなかで喘いでいた。自分の両手を見つめていた。今にも眠りこんでしまいそうだった。

私の父はもう頑健ではなく、すっかり老人になってしまっているし、それがもとで死にいたるはずの病にすでにおかされている、ということが私には分かっていた。

「おい、お前は狂っているぞ? 水をおくれ、おかみさん」と父は言った。

「はい」と女は言った。

彼女は動かなかった。動けなかったのだ。そして震えていた。

「手伝ってくれ」と父は言った。

私は重いテーブルを持ち上げた。車大工はうずくまって鼾をかいていた。

「坊や」と父は言った。

父は少年の頬に触れた。父は少年の顔を洗い、その腰を抱え、誰の助けも借りずに少年を運んだ。

その夜、私はベッドのかたわらのサイドマットの上で寝た。車大工の息子に寝床を譲ったのだ。

彼はかすかに呻いていた。

父は眠りこむのに長い時間かかった。私は父のベッドのそばで横になっていた。父は私を呼んだ。

「ジャン！」

私は手をあげて父に触れた。私の方におりてくる父の手に出会った。

「納得できないんだ！」父は低い声で言った。「お前も見ただろう？　私には分からない！　奴の肩に手を置いただけだった。あいつはまるで埃のように崩れてしまった」


フランシェスクは負け犬ではなかった。彼を見ればそのことは明らかだった。しかしながら、彼は私たちの側の人間だった。

彼が殿下と呼んでいた父親や、帆船が虚しく係留されていた海辺の宮殿などと関わりがあるにもかかわらず、何故彼が私たちの側の人間なのか私はいつも不思議に思っていた。彼は独自の優雅さや清潔さ、壁に対するあのような配慮を持ちあわせていた。生石灰を買ってきたのは彼だけだった。雲のように膨らんだ白くて柔らかいシャツを彼は好み、時には部屋のなかで裸足になって、どこも悪いところがなく手のように晴れやかで幸せそうな美しい足で、歩くことがあった。手は長く繊細だった。親指の反対側から、氷河の岩壁のように急峻な小指の目の眩むような急上昇ではじまり、二つの突起が中指の頂上にいたるまで手を持ち上げていった。そこは空のまん中に打ち捨てられた地帯のようだった。そこから人差指を通って親指の方に向かって下りていくと、人差指の端には深淵が穿たれていた。下では、下の谷では、親指のいくつかの丘が広い手のひらに根を下ろしにきていた。手のひらでは、三本の深い川が運命の水を運んでいた。こうしたことすべてがあるにもかかわらず、またこうしたことのすべてを通して、彼は私たちの側の、貧しい人たちの側の、破滅した人たちの側の、イエスが善良であったにもかかわらずやはり網のなかに残しておいた人々の側の、人間であった。彼は羊のいる私たちの中庭に所属する人間だった。彼に対しても、イエスは手を伸ばし、「この人たちには悪いが、私はすべてを持って行くことはできない、あまりに抱きつく人はうまく抱きつけない」と言ったはずである。彼も、私たちと同様、神の抱擁の外に位置しており、神自身から忘れられていた。しかし彼は負け犬ではない。彼はその額に易々と素晴らしい勝利の印を掲げていた。

笑っている最中の彼を見かけたことがある。

「菓子職人に会ったばかりだ」と彼は言った。「彼は店のドアの前にいた。プラリーヌ用の生地で城砦を作ったんだって。それは店頭に置いてある。『今度はこれをみんな溶かしてデュランス川に架かっているような橋を作るつもりだ』と言うんだよ」

彼はまじめな顔になった。

「あれこそ菓子作りだよ」と彼は言った。

彼は続けて言った。

「化粧して陶器の人形のような顔になるとき、母はバラの香水をつけていた。いくつかの香水の瓶はそれぞれ白粉の箱と調和していた。母は前もって長い時間をかけてそのことを調べていたので、判断を誤るということは絶対になかった。母が鏡の前にいるかぎり、向こう側の世界には母の映像が住んでいた。その映像はいつも母と同じ仕種をするとはかぎらず、それが母にもまして溌剌として力強いこともあった。母より大胆だった。その映像を鞭で叩くことはできなかっただろう、あるいは、叩いたとしても一度だけだったであろう。その映像は、小さな少年の映像を連れて、即座に船乗りたちとともに出発してしまったであろうから……。時にはその映像はブラウスを開くことがあったので、優れた帆のように固く膨れいつでも冒険ができるよう準備されている、女性の美しい乳房が見えることもあった。向こう側のその女性は正面を見つめていた。しかし、母が別の白粉の箱を取りに立ち上がると、すぐに彼女は立ち去った。向こうでやっている動作でもって彼女はきわめて優雅に力強く自分の世界を攪拌するので、母の香りとは異なった香りが鏡を越えて私のところまで届いてきた。

私には祖母が二人いた。オラチユス夫人とキャピテーヌ夫人だった。オラチユス夫人は長い鉄の釘で窓を打ちつけた。残りの時間には、差し鍵を作っていた。万力と一式のやすりを揃えて、彼女は自宅に錠前屋の工房を構えていた。彼女は見事な腕前に達していたので、彼女の差し錠は、まるで差し錠の影のように、すっぽりと受け座のなかに滑りこんだ。しかし、レースのハーフミット［指先のない婦人用手袋］をつけた彼女の指は、油の染みや無数のやすり傷がついていたので、まるで銅製の根のようだった。彼女は手を洗うことがまったくなかったので、彼女のパンは金属の味がした。彼女は指先で切り取った小さなパンのかけらを時おり私にくれた。鉄の薄片のせいで唇から血が出て以来、私はそれを噛まずに口のなかに入れておいて、隙を見つけて背中のうしろにそっと投げ捨てることにしていた。

キャピテーヌ夫人は愛することが好きだったので、疑い深かった。私より先に、おそらく私の母より先に彼女は匂いを発見した。だから、家のなかに入ってきた死は、しかしながら、もっとも美しい女性を、つまりフィエゾーレの丘［フィレンツェの近くにある丘］に向けて出発することを望んでいた女性を選んだのであった。

アンジョリーナについては、みんなは何でもやりたい放題のことができた。スカーフでテーブルの足に彼女を括りつければそれで充分だった。

『アンジョリーナ！　アンジョリーナ！』と下の玄関広間から男たちが呼んでいた。

娘は身体を捩らせ、時には大きなテーブルを少し動かした。

『ろくでなし。あんたは雌牛だよ。あの人たちは下にいて、あんたを呼んでいるじゃない。それを持って行くと言いなさいよ』と母は言った。

娘はもう何も持っていないのは明らかだった。頭も、身体も、もう何も持っておらず、腹以外には何も持っていないのだった。

母はスカーフを解いた。

ある夕べ、アンジョリーナは言った。

『あれを持ってきてあげるわ』

『きっとよ』と母は言った。

『どんなことがあっても』

そこで、母は私を両腕で抱きかかえて長いあいだ静かに揺すった。少女のような彼女の両腕で長いあいだ。そして母は私に歌を歌ってくれた。

青い縞模様のシャツを身につけたあの人は、
島に行く航路を知っている。

アンジョリーナは真夜中に帰ってきた。大きな星が窓を照らしていた。係留索が波止場で叫び、帆船がアフリカに向けて静かに出航していくと、潟（かた）が波立つ音が聞こえてきた。

『さあ、早く』と彼女は言った。そして彼女は一握りの褐色の小さな種子を母に与えた。

『あんたに接吻したいわ』と母は言った。

『そんなことをしたら火傷しない？』とアンジョリーナは訊ねた。

『大丈夫よ』

母はおとなしく一握りの種子を持っていた。

『それじゃこれはキリストの理にかなっているのね?』とアンジョリーナは言った。

『そうよ。接吻してちょうだい』と母は言った」


オドリパーノは長いあいだいつにもまして動かなかった。そして彼の額の微光が消えていくのが私には見てとれた。


「私の母は」と彼は続けて言った。「法王の姪だった。その夜、母は一握りの種子のためにアンジョリーナに接吻した。アンジョリーナの口に接吻したのだった。アンジョリーナの口は朽ちた船と死んだ船乗りの匂いがした。それはまるで海の世界の艙水溜［船底の水が溜まる部分］のようだった。そして、夜沖にいる船乗りたちはすべてアンジョリーナの口のことを考えていたが、それは彼女に接吻するためではなかった。

星が二人の女を照らしていた。帆船は岬を越えてしまった。帆がはためく音が聞こえた。母は鳩のように優しく、そっと、アンジョリーナの唇の周囲にさらに唇の中に接吻した」

はじめてオドリパーノは空中に手を挙げ直接私に話しかけてきた。彼は奇妙なまでに焦点の定まった目で私を見つめたので、私にはついに彼の目の色が分かった。それは青かった。私の目と同じで青かった。

「息子よ」と彼は言った。「私たちは許しで充満していなければならない。身体のなかに血よりも沢山の許しを持たねばならないのだよ。

私が君にこんなことを言うのは、私の母が今していることのためではなくて、母がこれからするはずのことのためなんだ」


彼は木製の白いテーブルに寄りかかったまま動かなくなった。彼は瞼を閉じた。風を送られた燠のように、彼の額の光は燃え上がった。そして彼は海に似た声で話を続けた。

「母は黒いドレスをまとった。それは胸のところに白い絹の結び目のついたチロル風のドレスだ。刺繍された鳥や踊る蛇で、彼女はすっかり華やいでいる。しかし、尖った爪の先で母は刺繍をひとつずつほどいていく。その日の終わりに、彼女は立ち上がり、糸を払いのける。そうすると、彼女は、胸と心臓のあたりの紐を除けば、まっ黒になっている。彼女の大きな顔は開いている。鼻孔は風に吹かれる準備ができており、美しい微笑は何でも承知している神のようにおおらかでつかまえどころがない。

『間もなく死神がやって来るわよ、フランシェスク。私の青いインクを使って、頁のなかで全体が右あがりになる私の小さな書体で、私が死神に手紙を書いてみたところ、死神は〈私に任せなさい〉と言ってきたのよ。

死神に対してあなたは優しい少年でいなくてはいけませんよ。死神はあなたと私を助けにきてくれるのですからね。私の方は礼儀を尽くします。〈あれが殿下です。あれがオラチユスさんとキャピテーヌさんです。そして、あそこにいるのが彼らと一緒に出発することを望んでいる女性たちです〉と私は死神に向かって言うわ。死神は彼らを招待しにやってくるでしょう。死神は彼らの手をとって、彼らを自分の国に連れて行くでしょう。殿下はあなたの父親ではないし、私は彼の妻でもないと私はすでに死神に言いました。死神はあなたと私は招待しないでしょう。だから私たちだけでここにとどまりましょうよ。そして、私たちはフィエゾーレの丘の上に行って、私が愛している人、私が聖フランソワと呼び私を聖クレールと呼んでいる人を探しましょう。それは私があなたを産んだときに思いを馳せていた人なのです』

私は彼女に私たちは船乗りたちと一緒に出発するのではないかと訊ねる。

『私が愛している人は』と彼女は言う。『地上の船乗りなのです。そして毎日のように彼は島々を発見するのです。彼は小鳥の巣のように生暖かく魅力的なそうした島々を私たちのところへ手で持ち運んできてくれるでしょう。そのうちあなたにも分かりますよ。あの人は意地悪ではありません。意地悪になろうとしても、そうなれないのです』

母は私の手を握りしめる。彼女の思考は広大な世界へ出発していってしまった。

『あの人はまだ生きているにちがいない。私は唇に口紅をたっぷりつけその印を紙に押しつけたの。彼はそれを大切に保管しているはずだわ。それは希望に向けての彼の通行許可証だったのよ』彼女はこう言った。

そこで母は食器棚からグラスを五個取り出す。そしてそれらを盆の上に並べる。彼女が香料の入った箱を開くと、そのなかには真新しい瓶が入っている。その匂いがすぐ私に伝わる。彼女はまだ蓋を持ち上げたわけではなかったが、瓶の底にのしかかっている鉄の色をしたそのクリームのなかに、あの種子が入っているということが私には分かっている。

彼女は新鮮な美しいレモンでレモネードを作った。彼女はアイスクリームを買ってこさせたが、私たちの住んでいる熱い地方ではそれはものすごく値段が高い。しかし、彼女は石切場の匂いのする首飾りを売ってしまっていた。へらを使って彼女はそれぞれのグラスの底に鉄のような色の小さなハシバミ状のクリームを入れた。そしてレモンのジュースと泉の水とを注いだ。彼女はアイスクリームの小さなかたまりをそこに入れて、言う。

『さあ、船を見に行きましょう。世界のやりたいようにやらせてみましょう』

私たちは戸棚の上によじ登らねばならなかった。高い窓のところまで達すると港が見えた。私が港を見たのははじめてのことだったが、彼女の方は港のことはよく知っていた。

私たちの宮殿はまるで岩のようにじかに水のなかに埋没していたので、帆船たちは宮殿の壁際に停泊していた。三本マストの美しいまっ白な〈アデライッド〉という帆船があった。その長い係留索はだらりと海のなかに漬かっていた。時おり、船は大いに奮発してそのケーブルを引っ張ることがあった。ケーブルから滴り落ちる水は、日に当たると、まるで火が噴出しているようだった。しかし私たちの宮殿は動いていなかった。小さな帆船は船尾の船底が乗り上げてしまったので呻いていた。全面に漆喰を塗った私たちの宮殿の壁とその下にあるあの眉のような海草を見つめていると、私たちの家は海のなかにはめ込まれた顔であり、その正面に繋がれている船たちはみな揃ってその顔を水の外に引き上げようとしており、私たちの不幸を世界に向かって語りかける口がついに水面に出現するだろう、というようなことが想像されるのだった。

〈アデライッド〉は自分にできることのすべてをよくやっていた。一本マストの小さな帆船も同様だった。〈ウラバ〉と名付けられている小型船だけが何もしていなかった。その船に乗り組んでいるアステカ人は蛸釣りをしていた。

母は、それまで少しずつ作ってきた粗野な歌を、自分のために歌った。

私が愛する人の額は帆船にすっかりつながれている。
私が愛する人は本物の男なの。私はあの人が本物だとはあの頃は知らなかったけれど、今では
そうだということが分かっている。分かっているのよ。
私の最愛の人は子供たちで充満しているのに、私は子供たちを望まなかった。私は間違ってい
たわ。今では自分が子供たちを望んでいるということがよく分かっている。

それから彼女は戸棚から飛び下り、自分の手を私に委ねて言った。

『さあ、行こう、用意ができたわ』

彼女は両手で盆を持ち、老人たちのいる部屋の方へ歩いて行った。

種子の匂いは宮殿のなかで大声で話していた。あまりに大声だったので、アンジョリーナは耳を塞いだ。

母が広間に入ると、殿下が笑いはじめた。

『飲み物を持って来ました』母は言った。

『誰がドアを開いたの?』オラチユス夫人は言った。

『おお! シミアーヌ、あなたをこんなに愛している私たちにそんなことを!』キャピテーヌ夫人はため息まじりに言った。

母は彼らのまん中でぶるぶる震えていた。

『彼女に罰を与えねばならない』オラチユス氏は言った。

『しかも厳しくだ』キャピテーヌ氏は付け加えた。『というのも、これは毒だ。彼女を罰しなさい、殿下。あなたはその権利を持っているのだから』

父は盆のグラスを取り上げ、母に差し出した。

『飲むんだ』と彼は言った。

そして彼女は飲んだ。私を見ることもなく」

沈黙のあと、オドリパーノは付け加えた。

「それに、フィエゾーレの丘に住んでいた人物はすでに死亡していたし、希望に向けての通行許可証とともに埋葬されてしまっていたのだった」

今度は、まさしく誘拐であった。私の身体は相変わらず町のなかにあった。中学校を去っていったのは私の身体で、その身体は今では銀行に拘留されていた。私の身体はテーブルの前に坐らされて、宛て名を書き写していた。手紙を受け取ると、それらを配達するために出ていく必要がある。私は呼ばれるのだった。

「奥さんのためにドアを開けに行きなさい」

そして私が奥さんのためにドアを開けに行くと、奥さんはドアにわざわざ触る必要もなく通りすぎ、手のなかに収まった金貨を何の支障もなく眺め、それらを親指と人差指でそっと磨いてからバッグのなかに入れることができた。彼女はそうすることができた。私はドアを支えて待っていた。私はまっ青の明るい美しい背広を着こんでいる。そうなのだ。いろんなことがあったにもかかわらず。運命の配達人は私に割引銀行を選んだ。その制服は青い。運命でさえ従わねばならない法則がいくつかあるものだ。

私はお辞儀して挨拶した。

「こんにちは、奥さん」

彼女は私のことなど見向きもしなかった。支配人は私の身体の傾け方が充分に丁重かどうかを見るために私を見つめている。彼は私を呼びつけた。

「ここへ来なさい。もう少し屈まないといけないな。あまりにやりすぎるとまずいが、もう少しだ。しかるべき丁重さを表すために。こういう風に」

そして彼は見本を見せた。とても上手に。

「分かったかね?」

はい、分かりました。私は自分のすべての歯車の仕組みを二つの部分に分けていた。私の頭のなかの二十から三十ほどの小さな歯車に、私はしかるべき礼儀と美しい筆跡を理解するという仕事を与えていた。その部分の仕組みのすべては「ここへ来なさい」と名付けられていた。それで月に三十フランの収入があり、ジャガイモを買うのに役立った。

歯車の大部分には誰も手を触れなかった。それは青い目のジャンという名だった。人はそれを捕らえて奥さんたちに挨拶する制服のなかに閉じこめてしまいたかったであろう。しかしそうするにはもう遅すぎた。すでに、壁のなかの顔、デシデマンとマダム＝ラ＝レーヌ、アンヌと麝香の娘、そうした人物たちが大部分の歯車を次から次へと美しい野原の広々としたところへ引っ張り出してくれたのだ。フランシェスク・オドリパーノは燕の翼の形をした拍車を提供してくれたので、私の歯車の大部分は今では馬の鞍の上にまたがっていた。

私は苦くはあったが高揚した世界で生きていた。私のことにはお構いなく、王妃という王妃はすべて救出されてしまったようだった。私には開花する時期が迫っていた。英雄的精神や愛情や精神的苦痛が私には必要だった。私が身振りをするたびに、私自身の才能が手足に沿ってまるで汗のように流れ出るのだった。

そしてまた、時として私が父のところに行くと、父は物思いに耽っていた。父は手仕事を中断していた。

「何を考えているの？」

父はビロードのような目で私を見つめた。

「結核性頸部淋巴腺炎を治した王たちのことだ」

「それで？」

「それで、息子よ、彼らは結核性頸部淋巴腺炎を治したのだよ。それだけのことだ。そうするために彼らは指で結核性頸部淋巴腺炎を触りさえすればよかった。時には彼らはハンセン病患者を純潔な人間にすることもできたのだ。手を患部に当てるだけでよかったのだ。猫の毛を逆撫でするような具合にハンセン病患者を愛撫するんだ。そうするとかさぶたが落ち、肉の腫れが収縮していったのだ」

父は口髭のなかで穏やかに語っていた。

「癒すこと！　苦痛から解放すること！」

ついで、

「ある男が、こういう力を持ちながらまったく別のこと、例えば裁判を行ったりして時間を浪費していたんだ！　そんなことだから、あらゆる革命が正当化されるのだよ」と父は言った。「私たちが純粋な息を持っていると、周囲にある傷を、まるでランプの火を消すように、消してしまうことができる」と父は言った。

しかし私には分からなかった。そこで私はこう言った。

「ランプの火を消してしまったら、パパ、見えなくなってしまうじゃないか」

その時、ビロードのような目は一瞬じっとして、私の輝かしい青春の彼方を見つめていた。

「それはもっともなことだ」と父は答えた。「傷は照らしだす。それはもっともなことだ。お前はオドリパーノの話を存分に聴いている。彼はこれまで多彩な経験を積んできている。私たちの界隈に暮らしながら彼が若さを保っておれるのは、彼が詩人であるからだ。お前は詩がどういうものか知っているだろう？　彼が言っていることが詩だということもお前には分かるだろう？　お前には分かっているだろう、息子よ？　このことは知っておく必要があるのだ。それではいいかな、私もまたさまざまな経験を積んできたんだ、私の経験を。その結果、傷を和らげる必要があるとお前に言っておきたいんだ。お前が大人になって、この二つのこと、つまり詩というものと、傷を和らげるための技を会得したら、その時、お前は本物の大人になっていると言えるだろう」

その時、父の言っていることのすべてが私の人生航路の前を進みながら私を待ってくれているということが私にはまだ充分には分からなかった。私はとりわけフランシェスクのことを、帆船が海から引き上げてきた彼の額のことを考えていたのだった。

夏がまた舞い戻ってきたので、正午の昼食のあとで昼寝をする必要があった。町はすっかり焼けて乾燥していた。泉にはもう水がなかった。壁では漆喰の塗装がひび割れ、大きな破片がばらばら落ちていた。埃が通りのまっ只中で生きていた。粉末状の土の厚い層が通行人たちの足の下で痙攣していた。時おり、重々しい呼吸が山から流れ下りてきて、町全体が火でできた雲で煙ることがあった。すべての男たちの口髭は白くなり、女たちの眉はもう見えなくなってしまった。家々は女たちの下で腐っており、金色の血膿が流し台から滲み出ていた。ごみ捨て場がある界隈では、腸チフスが種子を蒔き散らしてしまったので、ほとんどの家がシーツと掛け布団の繭のなかで萎び震えている病人を抱えていた。もう死者たちのために弔鐘を鳴らすこともなくなった。太陽が丘の向こうに沈んでも、青白くて大きな日の光が空に長いあいだとどまっていた。そして男たちは水を汲むために丘に出かけていった。帰ってくる途中、彼らは町はずれの最初のオリーヴの林で立ち止まり、星空の下で休息した。煙草はすっかり粉々になってしまっていたので、彼らは煙草を巻くことはもうできなかった。白い土でできたパイプをふかすのだった。

オドリパーノは昼食のあとすぐに眠った。ドアは開いたままだった。

私は入っていく。彼は革製の大きなマットレスの上に横たわっている。彼は背が高く痩せている。

仰向けに横たわっている。彼には腹というものがない。彼くらいの年齢のあらゆる男たちが脂肪のたるみを持っている場所で、シャツの下の彼の皮膚はへこんでいるのが分かる。彼は布地のズボンをはいている。足は裸足だ。二つの力強い胸のある胸部は広く、その中央に大きな峡谷があり、その灰色の毛の濃密な茂みの神秘のなかに筋肉が盛り上がっている。彼はゆっくり、長く、音もなく呼吸する。まるで目覚めようとするように胸が膨れ、そして少しずつへこんでいく。頭の下に枕はなく、首の皮膚は緊張している。彼は今朝髭を剃った。顎は皮膚と骨だけだ。若い時にはいくらか肉がついていたのだろう。今では、その顎は痩せていてまるで船首のようだ。黄色い皮膚は骨にぴったり張りついているが、先端では、指で押しつけた粘土のように、小さなへこみがある。口は狭い。糸のように薄い上唇は捩じれ、まん中で尖っている。その上唇は、両端ではまだ膨れてはいるが、年齢とともにいくらか痩せてきている下唇を取り囲むように下がっている。しかし、上唇はかつては肉付きがよく厚ぼったくひっそりしていたにちがいない。いまでは隠すべきものはもう何もない。ずっと前から喜びを味わっていないということが感じられる。その灰色の唇にはもはや色がなく、そこには、眠っている時には、力さえもうない。仏頂面をしている。フランシェスクは二つの横顔を持っている。彼を右から眺めると、鷲の嘴のように曲がった形のいい鼻はこの三角形の顔に丸みと気品を与えている。左から見ると鼻は頬の上に傾いている。狡猾そうだが優しさに満ちあふれた官能性がその鼻の陰のなかに隠れている。この方向では、顔は愛と苦悩を受け入れるに足る絶大な力を持っている。こちらから見るとフランシェスク・オドリパーノはフランソワ一世と似ている。目は閉じられている。彼には頬がない。そこでもまた皮膚は骨にぴったりくっついている。死者の顔がずっと以前から魂と肉を通って上がってきており、今では皮膚とすれすれのところまできている。蔓草、虎、蛇の山を従えて、死相はいつでも姿を現わそうと合図を待っているだけである。目は閉じられている。フランシェスクは死んでも今私の前にいる彼とはそれほど違わないだろう。ただ彼は呼吸しなくなるだけだ。きわめて単純なことである。そのこともそれほど大きな変化にはならないだろう。私が聞き耳をたてても、彼の呼吸が聞こえるということはもうないからである。盛り上がりそして下がる彼の胸が見えるだけである。彼は人生を終えてしまった。あの世の彼の顔がすでに準備されている。目は閉じている。口は消えるだろう。それだけのことだ。それに、口の全体が消えてしまうということはないだろう。この上唇は硬直して、そのまま残るだろう。溶けるのは下唇だ。というのも、下唇は大地の穏やかさを味わう必要がないだろうから。下唇はそのことを心得ている。下唇はすでに準備ができている。しかし、目は閉じられているのだが、そして彼は眠っているのだが、瞼の下で目は裸の小鳥のように震えているし、明るさは睫毛のあいだから滲み出てくる。

ある時ローマで、長椅子の上で眠りこんでしまったことがあると彼は私に語った。彼は訪問中だった。「横になってください」と彼は言われた。横になった彼は、習慣通りすぐに眠りこんだ。「潜水夫のように」と彼は言った。「それは私の愛している女性の家でのことだった。彼女は身繕いを終えるために出ていった、と私は思う。彼女の女友だちが私のそばで私を見守っていた。私は死んだように動かなかったらしい。私はほとんど呼吸しなかったので、その女友だちは怖がった。それから、彼女が私の呼吸のきわめて深く静かなリズムを理解した時、彼女は自分もまた大いなる静けさを感じているということに気づいた。彼女は両手を両膝の上で交差させ、肘掛け椅子に身を沈め、そこでじっと私を見守っていた。彼女と私のあいだには丈の低い小さな円卓があり、その上には火のついた蝋燭が置かれていた。私の愛していた女性が灯火を持ち去ってしまったのであった」(フランシェスクが身の上話をする時、彼は人物たちが彼との関わりのなかで持っている感覚的な重みによって彼らを紹介し、その評価の仕方を話のあいだずっと繰り返すのだった。「そこからいろんなことが明らかになってくる」と彼は言っていた。ここでは彼は「私の愛していた女性が灯火を持ち去ってしまったのであった」と繰り返した。)

「さて、私たちが二人だけでいるあいだに、私は腕を持ち上げた。その動作は身震いも興奮もなく行われたようだ。それ以外は何も動かず、腕だけが重々しく、ゆっくり動いた。さらにもうひとつの身振りが続いた。その夜、前もって空中で描かれることもなく行われた身振り。私はその腕を蝋燭の真上に落としたのだ。私を見守っていた女性は動かなかった。しばらくして私の愛していた女性が戻ってきた。彼女は言った。

『あなたたちは二人でいったいどうしているのですか？　何故ここには明かりがないのですか？』

私には次のような言葉が聞こえてきた。

『この人なのよ。彼が拳で蝋燭を消してしまったのよ』

それから、私は目が覚めた。それ以外のことはもう重要ではない」

フランシェスクは眠っている。身体に沿って伸びている腕は動かない。厳格なほど清潔で剥き出しのこの部屋を私は見つめている。彼は石灰乳を塗る前に、壁にあいた釘の穴をすべて塞いだ。彼の周囲には亀裂も弱点もない。白い木材でできたテーブル、二つの椅子、獣医が馬を去勢するために寝かせるクッションに似たこの革製のクッション。それだけですべてだ。男のベッドの役目を果たしている革のクッションにかろうじて少しばかりの装飾があるだけだ。そうしたものすべての周囲に、その部屋の外には、焼かれて腐った町が、焼くために炭火の上に置かれた腐敗した肉片から漂うような悪臭を発する町が、チフス患者や、堆肥や、素晴らしい羊毛のカーペットのような薔薇色と灰色の混じった屋根などを具えた町がある。

フランシェスクは動かない。私は待っている。恐らく彼は重々しく、また緩慢に、登録されていない動作で、腕を持ち上げるだろう。恐らく、彼のうしろにいる男、過去と未来を知り、海上にかかる虹の歯車のように人生の裏も表も知りつくしている男、恐らく、その男は、フランシェスクにこの世のものとも思えないあの身振り、様々な説明のできるあの身振りをもう一度させるだろう。私は待っている。彼は動かない。彼は終えてしまった。彼に対して説明することはもう何もない。そうするには及ばない。彼に残っているのは睡眠だけだ。それ以上は何もない。

私は、フランシェスク、君を見つめている。肉体を通してゆっくり浮き出てくるこの死者の顔を私は見つめている。君の透明な皮膚の下に、死者はすでに自分の骨とともにそこにいる。君の額の光は消える。白い羊毛のような君の髪の毛は熟した草のようにぺしゃんこになる。輝きを失った君の皮膚は老人特有の赤茶けた汗をかく。君のなかにはもう男はいない。百匹の新しいキリギリス、十匹の蜥蜴、三匹の蛇、密生した草の美しい長方形、そうしたものの材質と、そして恐らく樹木の心しか存在しないのだ。鏡に映った映像の上に屈みこむように私は君の上に屈みこんでいる。

私は恋のようなものと友情をほとんど同時に知った。母のもとで働く女性たちは今では私と同じ年齢だった。二人のルイーザはいなくなっていた。アントニーヌについては、すっかりくたびれた様子で通りを歩いていく姿を時おり見かけた。三人の少女が代わりにやってきていた。雌鶏と雄鶏を一緒にしておけば、どうしても卵が生まれてしまうものだ。マリ＝ジャンヌと私は一緒に恋をすることを覚えた。日曜の午後、私は丘のくぼんだ道に行って彼女を待っていた。彼女はやってきた。私にはずっと前から彼女の足音が聞こえていた。ついに彼女は木々のあいだから出てきた。私は今でも覚えている、彼女があの時白い水玉模様の赤い綿ネルのブラウスを着ていたのを。無花果の古木の枝で入口を閉ざされている小さな洞窟を私は知っていた。その地面は細かい砂だった。衣服を汚すこともない。その心配はまったくない。私たちは長いあいだ接吻しあった。そして私は彼女の身体に触れた。彼女の肌を、彼女の感じやすい乳房を、彼女の小さな踝を、彼女のふくらはぎを、彼女の太股を、熱くて動物的な生命のあの果実を、私の手で感じるのは新しい大きな喜びだった。

そして彼女は横たわった。


フランシェスク・オドリパーノは私に詩をくれた。

私は階段で父に出会った。父は新聞を手に持っていた。

「見たかい」父は言った。「もう見たかい。アメリカ人が飛んだぞ！」

「どういうこと、飛んだとは？」

「空中をだ！」

父は両腕を真横に開き、それらを翼のように動かしはじめた。

「五十メートルだ」と彼は言った。

下では、豚肉加工品店の女主人が新品の装置を買ったところだった。鍵を使ってねじを巻いた。そうして円筒形蝋管を動かした。そうするとその装置は演奏した。「国民軍の軽騎兵たちを知っているあなた」。彼女はその蓄音機にこの音楽を演奏させているところだった。

「お前は分かるだろう」と父は私に言った。「しかも鳥のように飛ぶのさ。さらに幻灯機だってある……。待つんだ、お前は若いから、そのうち理解できるだろう」

私たちは踊り場にいた。オドリパーノは自宅の戸口のところまで出てきた。

「どうしたんだい、ジャン親父さん？」

父は新聞を見せた。

「アメリカ人が飛んだ」

「ああ！　そう」と彼は言った。

「あんたには何の関係もなさそうだな？」

「そう、何も」

「だけど、これは大したことだよ」

「いや」とオドリパーノは言った。「何でもないことだ。誤解のないようにしよう」さらに彼は言った。「それが何でもないのは、何も変わることがないからだよ」

「何だって？」と父は言った。「何も変わることがないだって？　考えてみろよ。私は五十メートルが世界の果てだとも、また飛んだことだけを指摘しているわけではないが、これは今日としては巨大なことだ。将来には五十キロになったりするだろう。そのあとはいったいどうなることやら……」

「私には分かっていますよ」とオドリパーノは言った。

「何が分かっているんだ？」

「確かに五十キロになるということと、恐らく五百あるいは五千キロになるだろうということが分かっているんです……」

「ええ！　五千キロだって」と父は言った。

「そう、五千キロです。お望みなら五万キロと言ってもいい。月まで行けるでしょう。しかし、何も変わらないだろう」

「あんたがそう思う、その理由は何だい？」と父は言った。

「人間の幸福のすべては小さな谷間のなかにあるからですよ」

私たちの住居のすぐ近くの壁際に燕の巣がいくつかあって、母鳥たちが雛鳥たちに餌を持ち帰ってきていた。

「そうだよ。それじゃあ、階段に坐ろう。ジャン親父さん、あんたには時間の余裕がある。人生の悲劇のすべてを構成していることがひとつあるんだよ……」オドリパーノはこう言った。

「息子よ、坐りなさい」と父は言った。

「そうだ、人生の悲劇ですが、それは私たちが半分だけでしかないということから生じてくるのです。私たちが家や町を作ったり歯車を発明したりしはじめて以来、私たちは幸福に向かって一歩たりとも前進しているわけではないんです。私たちは相変わらず半分なのです。機械装置をいくら発明しても、それが愛の領域において発明されるのでなければ、私たちは幸福を手に入れることはできないでしょう」

「もっと話してくれ。私はあんたの言うことを聴くことにしよう」と父は言った。

そして彼はパイプに煙草を詰めた。

「あんたも分かっているように、もしも私の心の半分が血を流しているのなら、私には空を飛ぶあんたの機械などどうでもいいのです。心にはもう半分が欠けているからです。それなしでは心は大地の美しい果実にはなれないのですよ。分かりますか？」

「分かるとも」

「これらの魔法の絨毯のすべては、それらの絨毯が官能性や愛情をもたらしてくれるのではないかと期待している限り、あんたに沢山の厄介ごとや困ったことをもたらすだろう。彼に商業の仕事につかせるのでなければ、この少年にあまり沢山の希望を与えない方がいいですよ」

父は微笑みはじめた。

「そうだ、私は彼に商業をやらせるつもりだ、あらゆる商業をね、複数形の」

オドリパーノは手のひらで父の膝を軽く叩いた。

「私の心の靴職人であるあんたは、こういうことについては私と同じほど力強いということが分かります。より力強いわけではないが、同じくらいです。だから、あんたは先ほど例の新聞で私を困らせたんだ」と彼は言った。

「どこで創意工夫をしなければならないかあんたは分かっているだろう？　それは呼び声のなかで、声のなかで、あんたの心から出てくる音のなかでだよ。私はチロルやアオスタの谷に行ったことがある。月が出るたびに、鹿たちが森から出てくるんだ。彼らは林縁の草の近くに陣取り、頭を持ち上げ、長々と鳴いていた。私は自分の部屋から向こうにいるまっ白の鹿たちを見ていた。ある時、サン・トレットの村を出て、森を横切っていると、そっと呼びかけている雌鹿たちの声が聞こえたことがあった。私はフィエゾーレの丘の上に住んでいた。あんたは蜥蜴の声を知っていますか？　まるでビロードのズボンの脇に爪を走らせるような声ですよ。そして夜にはケラが鳴く！　それに鳥たちやその他いろんな動物が鳴く。すべてが互いに探しあっている。すべてが互いに呼びあっているんです。

空が私たちにかけた大いなる呪い、それは私たちの心をたったひとつの標本をもとに作ったということです。ひとりにひとつの心なのです。いったん二つに分割されると、あんたは自分の分身を探さねばならない。それがなければあんたは一生のあいだ孤独なままでしょう。それが悲劇なのです。無数の人々の心が充分に満たされていないのを想像できませんか？

これからどういうことが起こるか、私に予言してほしいのでしょう。この少年がこのまま生きていけば、彼にはこのことは分かるはずだ。そうなんだ、大いに希望を持てるような時は、魔法が破綻しているということになる。あんたの空飛ぶ絨毯にみんなはジャガイモや人参を積みこむでしょう。そして『どう、私たちは以前より幸福になったんじゃない？』と言うだろう。しかしあんたたちは以前より幸福になっているわけではない。あんたたちの心のもう半分を見出すために自分の周囲に呼びかけてみても、何ら新しいことを発明したわけではないからね。洞窟に生きていた時代の小さな声を相変わらず持っているだけなんです。その声は当時より小さくなってしまっているくらいだ。そしてあんたたちは何も発見しない。そうして、みんなは自分の心を殺してしまうだろう。自分の心と一緒に生きていくのはあまりに難しいことだからね。

あんたは見ているんです、靴屋さん、新聞で悪いニュースを」

「つまり」父は言った。「おい、息子よ、と呼びかけ続けるような人間が幾人かは残るだろうか?」

「その通り」オドリパーノは言った。「私はまだ呼びかけている。しかしながら、みんなにはもう私の声が聞こえなくなるだろうということも分かっている」

「さて問題点がはっきりしたので、私は仕事に取りかかることにしよう。あんたは私たちに心のことは充分に話してくれたが、腹のことにはあまり触れなかったからな」と父は言った。

私がしばらく前から階段でひとりきりになって燕たちを眺めていると、オドリパーノが部屋の奥からそっと私に声をかけた。

「おいで、坊や」

彼は白い材木でできたテーブルの引き出しを開き、表紙のない分厚いノートを取り出した。最初の頁には、まず〈フランシェスク・オドリパーノ〉と、ついで〈新郎新婦〉と記されていた。彼は私に一枚の紙を差し出した。

「さあ」と彼は言った。「私は君のためにこれを書き写したんだ。もとはイタリア語なので翻訳した。自分の言葉で言うと何を言っているのか、いっそうよく分かるものだからね。

これは続きだよ」さらに彼はこう言った。「私たちが話したことの続きなんだ。覚えておくんだよ、人間の幸福のすべては小さな谷間のなかにある。それはかなり小さな谷間だ。丘から丘に向かって互いに呼びかけあうことができるほど小さな谷間だよ」

私はその紙片を見つめた。聖クレールにあてた聖フランソワの詩だった。

聖クレールよ、君には鐘の音が聞こえるか?

私は鐘の舌が揺れ動かないようにそれを草と土で塞ぎ、私の力を挫くために折りたたんだ腕を枕にして眠った。そして今、私は君に呼びかけたい。私の声が丘を越えて飛んでいくように、私は拳の骨でもって青銅を叩く。

聖クレールよ、君に鐘の音が聞こえるか?

君には聞こえない。というのも、みんなは君の耳を切り取り、蜂蜜でその穴を塞いでしまったからだ。戦闘用の鶴がいっそう戦闘的で激烈になるよう手を加えるように。


フランシェスク・オドリパーノ〈新郎新婦〉

どういう風にルイ・ダヴィッドに対する私の友情がはじまったのか私にはもう分からない。彼のことを話している現在、私にはもはや私の純粋な青春や、魔術師たちがもたらしてくれた呪縛や、当時の日々のことなどを思い出すことはもうできない。私は血がすっかり汚れてしまったのだ。この本の向こうには、私の年齢の男たちすべてが病んでいる大きな傷がある。頁のこちら側には膿と陰の染みがついている。

彼は私より少し早く、一九一四年の八月に出発した。彼の父と私は駅まで彼に付き添っていった。

木々の茂みの向こうで機関車が喘いでいた。彼は私に言った。

「ここから引き返してくれ。あそこまでは来ないでほしい。出発するときに、君の姿を見たくないんだ」

そして私は街道の上で彼を抱擁した。

一九一六年の七月、私は病院の許可を得てヴェルダンから帰ってきた。母が駅で私を待っていた。「金の小麦」や「苦しみはもう激しくない」といったシャンソンはもう誰も歌っていなかった。母の哀れなブロンドの髪の毛は灰のように灰色になっていた。私たちは野原を通って町に登っていった。良い天気だった。蜜蜂が満ちあふれていた。私は訊ねた。

「それで、パパは？　それで、みんなは？」

母は立ち止まって、言った。

「ポール・オードは殺されたわ」

そして、数歩進んでから、母は言った。

「元気を出すのよ。ダヴィッドが死んでしまったのよ！」

元気を出せだって！

彼が私に遺品として残したこの手帳をここに、私のかたわらに、今、私は持っている。表紙の小さなケースに女の髪の毛の房が入っているのを私は知っている。私はそれを見たばかりだ。それは落ちて埃になる。

私は〈一九一三年の手帳〉を開く。

「一月一日、水曜日、キリスト割礼の祝日」

「弾丸が空間を飛行するときに描く曲線は弾道と呼ばれる」

「無際限に延長された大砲の軸は射撃線と呼ばれる」

「到達点と呼ばれるのは……」


彼がこれを書いた！

彼がこれを書かされた！

可哀相なルイ！　私が今これを書いている小さな部屋の周囲には生命がある。ポプラと南風に耳を傾けるがいい。この楢の薪の匂いを嗅いでほしい。見るがよい。窓の向こうでは黒い平原全体が光り輝いている。もう夜だ。下の方の農場では枯れ葉を燃やしている。荷車が道を走っている。臆病な少女が、干していた洗濯物を手さぐりでかき集めながら、柳の下で歌っている。君がそこに、いつも私のうしろにいるということを私は知っている。私が書いている現在、君は私のうしろにいる。君の友情は世の中のあらゆる愛よりも忠実で、それは控えめに言ってもそれらとは別の性質のものだということを私は知っている。しかし、リンゴをつかんだり、無花果を食べたり、走ったり、泳いだり、子供を作ったりできる人々、つまり生きている人々のあいだに君にもしかるべき場所を占めてもらいたいものだ。

もっと自分勝手なことを言うと、ルイ、君には私のためにそこにいてほしい。私は耳を傾けている。ここに物音はない。ただし外では、風が吹き雨が降りはじめている。ここ、この部屋のなかのどこに君はいるのだろう？　向こうの箪笥の陰には私のベッドの他には何もない。そこにある黒っぽいものは私の羊飼い用の外套だ。私には見えてくるだろう。いや、私の外套とマフラーとベレー帽以外は何もない。ベレー帽の中には何も入っていない。中に頭はなく、だらりとしている。君はそこにはいない。それでは？　書物の前なのか？　君のお気に入りの本、君がいつも取り上げて、立ったまま読んでいたこれらの二、三冊の本の前なのだろうか？　君はそこにいるのかい？　私は本に触れてみる。本はまだ埃をたっぷりつけている。ルイ、君に言うんだが、今晩は君が必要なんだよ。今晩、さらに君がいないまま過ぎ去っていったすべての日々、これから訪れるすべての日々にも、私には君の友情が必要だ。ああ！、私はあちこち探したよ、ルイ。丘でいろんなことを話し合った時のことを君は覚えているかい？　私はこんな具合に探してみた。私が何を提供すべきだったか君は知っている。君はそれを見ただろう？　それを彼らがどうしてしまったか君は知っている。いや、私には君が必要だ。しかし、どこで君を探せばいいというのだろう？　私は君を心のなかで感じているが、もしも君がその肘掛け椅子に坐ってパイプをふかしているのが私に見えるとしたら、大いなる平穏が感じられるだろうということが私にはよく分かる。

それにしても、名誉あることのために君が死んだのだとしたら、あるいは、女性たちのために、君の子供たちの食料を求めるために闘ったのだとしたら。いや断じてそうではない。まず最初に君は騙され、そのあと君は戦争で殺されたのだ。

私と同じく君が守ろうとして力を尽くしたらしいこのフランスのことを、君は私にどうしてほしいのか？ 友だちをすべて失ってしまった私たち、その私たちに君はこのフランスをどうしてほしいのか？ ああ！ 川、丘、山、空、風、雨を防衛すべきだというのなら、「分かった、それが私たちの仕事だ。闘おう。私たちの生きていく幸福のすべてはそこにあるのだ」と私は言うだろう。だが、そうではない。私たちはそういうものすべての間違った名前を防衛してきただけなのだ。私は、川が見えると、「川だ」と言う。樹木が見えると、「樹木だ」と言う。しかし私が「フランスだ」と言うことは決してない。そんなものは存在しないからだ。

ああ！ 亡くなった人たちのうちのたったひとりが、もっとも単純でもっとも謙虚なたったひとりの男が生き返るのなら、私はこの偽物の名前をまるごと手放すだろう。人間の心と比べられるようなものは何もない。人々はいつでも神について語る！ 子供が母親の玄関から落っこちている瞬間に、時計の血のついた振り子を人差指でちょいと押したのは神なのだ。人々はいつでも神について語る！ よき労働者である神がなすべき仕事としての唯一のこと、神の作品としての唯一のこと、神がひとりで作りあげる生命。そうした生命を、眼鏡をかけた馬鹿者たちの科学がさまざまあるにもかかわらず、あなたたちは泥と痰でできた醜悪な漆喰のなかで、あなたたちの教会すべてから祝福されるのをいいことに、勝手きままに性懲りもなく浪費し続けている。何と素晴らしい論理だろうか！

フランス人であることに栄光はない。たったひとつの栄光しかない。それは生きているということだ。

君は暗がりだ、そこ、私の椅子のうしろにいる君は。私はもう君の手に触れることはないだろう。君が私の肩の上にもたれかかることはもう決してないだろう。私が君の声を聞くこともないだろう。私が誠実さと大きな光を湛えた君の優しい視線を見ることはもうないだろう、私が愛しておりまた私を愛してくれている死者たちのように、私の父やその他の一人か二人の人物のように、君がそこに、つまり私の近くにいるということを私は知っている。

しかし、君は死んでしまっている。

君の腹に弾をぶちこんで君を殺した男を、私は恨んではいない。その男は君と同じように騙されていただけだ。川は〈ドイツ〉と呼ばれると彼は教えられた。彼は手帳に「到達点と呼ばれているのは……」と書かされた。

戦争の指揮をとっていた男を、私は恨んでいる。

私はさらに二度父と長い会話を交わした。父は病気だった。一種薄暗くて鈍い苦痛が父の肝臓を蝕んでいた。父はもう不平を言わなかった。父は彼自身のもっとも柔らかくもっとも活気のあるところに猛攻撃を受けているということだけを私たちは感じていた。父は痩せ細ってしまった。髭はいくらか頬に貫禄をつけていたが、父が散髪屋に行くと、次第に骨ばった奇妙な顔つきになって家に帰ってきた。父の手は、ドアの把手から離れると、重量がなくなってしまったようにしばらく空中に浮遊した。父の目は事物の彼方を見ており、まるで雲のなかを歩いているような風に、気力のない足は何とか平衡を保って二、三歩前に進んだ。

「どうしてそんなにじろじろと私を見つめるんだ?」

母は震える唇で話そうと試みた。

「あなたを見るためですよ、父さん、それだけだわ」

「気にいってもらえるかな?」

父は残酷で気難しくなってしまった。酸性の熱のようなものに蝕まれた薄い口は、口髭の下で、もはやビネガーの糸も同然だった。

数年前から私たちは丘の斜面に小さな畑を所有していた。その土地とオリーヴの木々の価格は百五十フランだった。菩提樹とマロニエと糸杉の近くに、父は煉瓦作りの小屋を建て、井戸を掘った。父は毎日そこまで登っていった。兎たちに餌を与えた。私は時として音をたてずにそこまで行くことがあった。私はスイカズラのかげに隠れていた。そういう時に、父は口を閉じたまま、形も色もなく単調で持続的で奇妙に魅惑的な内にこもった呟きを口ずさむのが習慣だった。それは暗い太鼓の打撃音のように、聞く者をうっとりさせる呟きだった。

菩提樹の下に私たちは坐っていた。父は私の腕の上に手を置いた。

「息子よ」と父は言った。「お前に少しだけ話しておく必要がある。少し前からそうしたいと思っていたのだ。私はいろいろと考えごとをしている。私はひとりだ。多くのことを考えているんだ。お前が一人前の男になる時には、私はもうこの世にはいないだろう。いや、お前はまだ一人前ではない。少しずついろんなことを学んでいくのだ。今まで私たちは一緒に歩いてきた」

父はしばらく何も言わずに口ごもっていた。

「ひとりで生きていくのは難しいことではない、息子よ。難しいのはひとりで苦しむことだ。だから多くの人間が神を求めている。神を見つけてしまうと、人はもうひとりきりではなくなる。決してひとりきりになることはない。ただ、ここのところをよく聴いてほしいのだが、人間は神を見つけるわけではなくて、神を作りだすのだよ。

人が心の奥底から望むのは、ものすごく苦しんでいる時であっても、持続していたいということだ。何を？　生きることを持続したいということだよ。人が死ぬ時でさえ、人は持続することを望む。そう、生きることを。生き続けることを。別の生を。彼方であろうと天国であろうと何であろうと、ともかく生を望むのだ。そうなんだ。人生の街道が暗闇のなかに入っていく場所に、私たちは鏡を立てかける。その向こうに何があるかを見ようとはせずに、暗闇に自分を慣らそうとはせずに、私たちは鏡を立てかけてしまうのだ。その鏡のなかに私たちが見るのは、人生のこちら側、私たちが辿ってきた道であり、その道は鏡の向こう側でも続いているように私たちは思いこんでしまうのだ。鏡に映る像がすべてそうであるように、それは少し震えており、少し神秘的で、少し色褪せている。それは向こう側の世界をうまく模倣している。樹木、空、大地、雲、風、生がそこにはある。とりわけ生がある。人が望むのはこういうことなんだ。

それは、私たちが鏡のこちら側にいるかぎり役に立つ。しかし、そこを通過してしまうと――お前には分かるだろうが、鏡はそれほど厚くなく、せいぜい私の指くらいの厚さだ――、そこで、私たちが向こう側に一歩踏み出すと、その時、すぐさま分かってしまうんだ。それは嘘だった、いかさまだったということに気づき、人は叫ぶ……。『彼は猛烈な断末魔を迎えた』とよく言うのはそういうことだ。向こう側には何があるのだろうか？　私には分からない。何もないとお前には言えるかもしれない。しかし、何もないとは思えない。そこのところは、私にはよく分からない。やはり、何もないとはお前には言わないことにしよう。分かる瞬間に私たちは叫ぶ、そして、それで終わりだ。そういうことが問題ではないんだよ。

私たちが神を作りだすのに成功すると、私たちが考えだした神はそこにいることになる。神はお前のかたわらにいるのだ。神はお前を監視し、お前を愛撫する。お前は一番美しい。お前は世界でひとりきりのように思える。神はお前の父でありまた母でもある。お前が誤ちをしでかすと、神はお前を正す。お前が良いことをすると、神はボンボンを箱のなかに入れてくれて、『これは、あとで食べるんだよ』とお前に言う。辛い耕作作業をしている牛たちを前進させるために、ひと握りの塩を持って牛たちの前を歩く男のようなものだ。その男はそれと同じひと握りの塩を持って牛たちを屠殺場まで連れていく。私たちはこういう風にして神を作りだす。神はお前に何でも約束してくれるというわけだ。息子よ、鏡もまた、お前に約束をしてくれるのだよ。

ただ、お前が自分で作ったもののかたわらにいるあいだは、ずっと気持が良いものだよ。誰かに話しかけることができ、愚痴をこぼし、要求し、呻くことができること、それは快適だということは私も認めている。結局のところ、神を作りだし、目と耳を閉じ、『そのとおりだ、そのとおりだ、神は存在する』と何度も何度も言うのがよくないのかどうか私には分からない。そして神を信じるということが本当はどういうことを意味するのか私には分からない。本当のことは私には分からないのだよ。

というのも、息子よ、恐ろしいのは一人で苦しむことなのだ。このことは、時間が経てばお前にも分かるだろう」

父はパイプに煙草を詰めた。

「私が判断を間違ったのは、善良で世話好きであろうと望んだ時だった。お前も間違うことだろう。私と同じように」

父は穏やかにパイプをふかし、あの単調な呟きを口ずさみはじめたが、その呟きは繭の絹のように父を包みこんでいった。

二度目に父が私に語りかけたのは、素晴らしい夕暮れのことだった。それはまるで広大な収穫物が風に揺り動かされているようだった。雲でできた小麦の束が、丘のくぼみに積み重なっていた。触ることのできないブロンドの小麦が、空の草叢のありとあらゆるところで煙っていた。光線を放射する太陽は、壊れた車輪のように泥のなかに直立していた。

「かつて」と父は言った。灰色の粘土のような哀れな顔の父は、死によって無残な皺を刻みつけられていたにもかかわらず、その日はとても穏やかでとても美しかった。「かつて、私は絵いり新聞を予約していたことがある。それは非常に面白かった。いろんなことが少しずつ提供されるという風になっていた。〈鉄の腕〉、〈パリの神秘〉、〈彷徨うユダヤ人〉といった読みものもあった。中央の二頁にわたって絵画や彫刻の複製が掲載されていた。私はそれらを切り取って仕事場に置くことにしていた。〈ミロのビーナス〉や、木の幹のようにまっすぐ直立した大男で荷車競争の勝者などがあった。この新聞で、ある日私は美しい絵を見た。まず前面に巨大な男がいた。彼のむきだしの脚が見えていた。ふくらはぎは私の親指くらいの大きさの筋肉で引き締まっていた。片手には鎌を、もう一方の手にはひと握りの小麦を持っていた。彼は小麦を見つめていた。彼の口を見るだけで、鎌で小麦を刈りとりながら彼は鶉（うずら）を殺すのだろうということが分かった。彼は皿に乗せられた太った鶉の揚げ物と、安物の赤ワインが、つまりグラスと口のなかに雲を残す赤ワインが好きなのだろうということが分かった。彼のうしろに——よく聴いてくれ、ここのところをお前に分かってもらうのはかなり難しいことだ——、彼のうしろに、この地方のように大きな国の全体が広がっているのを想像してほしい。それはこの地方よりも大きな国なのだ。自分が描きたいのは世界の全体だということを理解してもらうために、画家が同時にすべてを描きこみ、すべてを混ぜ合わせてしまったからだ。まず河がある。森のなかや、野原のなかや、町のなかや、村のなかを流れていく河がある。その河は、最終的にはあの向こうで大きな滝となって落ちていく。河には船が岸から岸へと飛びかい、艀(はしけ)が眠り、水は艀の周囲で波に覆われ、切り倒された樹木の筏が流れのなかを平らになって流れている。橋の上から男たちが魚釣りをしている。村では煙突が煙を出し、鐘が小尖塔から鼻を見せて鳴り響いている。町にはじつに沢山の車がある。河の港から大きな帆船が飛び出してくる。牧草地のある小さな入江で休んでいる帆船もある。河の流れの力に逆らえる限界点で、もうさかのぼることができずに震えている帆船もある。別の帆船たちはその流れに乗りすでに海の方へ出発していった。絵の片隅には、まさしく海が描かれている。海岸では、波は静かだが、砂浜に座礁してしまった大きな魚たちに泡を吹きかけるには充分な程度の波はあるのが見えている。男たちは鶴嘴(つるはし)でその魚を切り崩し、別の男たちは魚の大きな肉片を肩に担いで家の方に運んでいる。主婦たちは戸口のところで男たちが帰ってくるのを見つめている。家々のなかでは炉に火がついている。少女が弟を揺すってあやしている。ベッドの上へ少女を押し倒している青年が、ある窓から見えている。森のなかでは男たちが木を切り倒している。農場では豚を殺している。子供たちが酔っぱらいのまわりで踊っている。老婦人が窓から叫んでいる。雌鶏を盗まれたからだ。産婆が小川で手を洗おうと家から出てきた。おばさんが産婆に鋏を返すよう要求している。父親はパイプをふかしている。産婦は自分の太股のあいだで起こっていることを見ないように頭を逸らしている。暖炉のまわりで産着が温められている。別の火の近くでは肉が煮えている。もっと別の火の上では死者たちが焼かれている。畑は労働に満ちあふれている。男たちは耕し、別の男たちは種を蒔き、また別の男たちは小麦の刈り入れをし、葡萄の取り入れをし、小麦を打ち、穀粒を唐箕にかけ、パン生地をこね、牛を引っ張り、ロバを叩き、馬を引き止め、鍬や斧や鶴嘴を持ち上げ、あるいは無輪犂の上にあまりに強くのしかかったものだから木靴を失ったりしている。

こうしたことすべてが描かれていた！

その絵を見て私は大いに元気がでてきた。その絵には〈イカロスの墜落〉という題がついていた。その時、『題名が間違っている』と私は思った。しばらくあれこれ考えてから、靴を作りはじめた。

一日中、息子よ、一日中、私は考えていた。イカロスの墜落、イカロスの墜落！　無数の雄鶏と無数の雌鶏、鵞やあらゆるものを殺し、羽根を腕に綿毛を腹に張りつけ、そして飛ぼうと試みたイカロス。彼はどこにいるのだろうか？　題を間違えたのだ！

いや、そうじゃなかった。

夜になると私はランプを灯し、もう一度見なおした。やはりそうだった。

高い空のまっ只中で、続いているもの、見つめていないもの、何も知らないもの、そうした他のすべてのものの上で、命のまっ只中で生きている他のすべてのものの上で、あのはるか高みで、さらにすべてのものの上で、イカロスは落下していた。

イカロスはこれくらいの大きさだった。そう、私の爪の端っこくらいだった。黒かった。ここが腕、あそこが脚という風に、死んだ小さな猿のように、ほんの片隅の誰も注意を払わないところに描かれていた。

イカロスは落下していた」

父の痩せた手は、それはあまり重要なことではないと言うために身振りをした。

しばらくしてから父は付け加えた。

「このことを覚えておくのだ、息子よ」

気がつかないうちに、一九一四年になっていた。その年も例年と変わることなく、雪が降り、燕が飛来し、アーモンドが花をつけた。小麦もいつものように成長した。畑のチューリップも決まった時期がくると姿を見せた。チューリップは一三年の春の古い球根から穏やかに出てきたのだ。燕たちは自分たちの巣をふたたび見つけた。雌の野兎たちは小さな子兎の群れを産んだ。羊小屋の周囲の柵が広げられた。その年は雄羊の精液がうまく配分されたことが分かったからである。例年に比べほぼ三分の一ほど多くの子羊が生まれた。牧草は前年よりはるかによく育っていたし、その品質もとても優れていた。牧草を食べる動物たちは食べることに喜びを見出していた。彼らは空を眺めながら長くかかって咀嚼していた。大地はよく耕作されていた。必要な時に雨が降った。良い風が吹いた。太陽は的確に姿を現した。万事が平和に進行していた。平和と喜びが、大地の奥底から、牧草を通って、樹木を通って、野兎、狐、猪、雄羊、雌羊たちの長い血管を通ってのぼってきた。雄たちは、天の川のような精気に溢れた静かな精液を持っていた。世界の歯車は柔軟な油を注がれて音もなく回転していた。

男たちは不安だった。あまりにもうまく行きすぎているからである。男が世話をするための自由な時間がたっぷりと提供されていた。大地は栄養の良い乳房のようにじつに乳の出がよかったので、愛撫しようとか愛撫することによって喜びを得ようなどと考えることもなく、人々は大地を吸った。人々は頭の遊戯しか重視していなかった。そして、部族ごとに、毎朝、話すのが上手で、統治するのが上手で、豊かさへの渇望を隠すのが上手で、石鹸の泡のように頭を膨らませている老人たちを、人々はうっとりして見つめた。自分たちがもっとも大きな泡を持っていると誇らしく思った。詩人たちはもう野原に出ていかずに、ラッパを吹いていた。その間、大地の乳はあらゆる草に流れこみ、動物と樹木の栄光は上昇した。あまりに栄養の良い男たちは自分たちの睾丸のことを忘れてしまった。彼らは石油やリン酸塩といった腰を持たないものと恋をした。そのために彼らは血が欲しくなっていた。

私はそれほど興奮することもなく気軽に戦争に出かけた。それは、ただ単に私が若かったからであり、またあらゆる青年の上に海の帆や海賊の匂いのする風を人々が吹かせていたからであった。

訳者解説

初めに

この作品はジャン・ジオノ唯一の自伝的物語である。小学生の頃のジャンや両親、さらに洗濯業を営んでいる母親のもとで働いていた女性たち、ジオノ家への訪問者たち、多種多様な街の住人たち、ひ弱な少年ジャンに自然との触れ合いを体験させ身体を強くさせるのが目的で預けられることになったコルビエールのマッソ夫婦や、田舎の遊び仲間たちなど、さまざまな人物が登場する。さらにジャン坊やが育っていたマノスクやコルビエールで生じる奇想天外な出来事が語られている。

しかし、ジオノは自分の子供時代を忠実に再現しようとしたわけではなかった。事実は歪曲されているだろうし、フィクションも導入されている。この物語についてジオノはある対談で次のように語っている。

『青い目のジャン』を書いてからかなりの年数がすぎたので、私はもう自分の本のことを正確に覚えているわけではありません。犬を捕まえていた男のことを語ったかどうか、覚えていないのです。この男は投げ縄を持ってマノスクの通りを歩きまわり、野良犬を捕獲していました。さらに、この男は羊の中庭に面して住んでいました。羊の中庭には、実際には羊はいませんでした。羊を登場させたのは、この中庭の奥に藁が置かれていたからです。藁がそこに置かれていたのは、その藁を浸水し、腐らせ、堆肥にするためだったのです。その中庭は、かなり離れたところにある家畜小屋にいる羊たちのことを想起させました。そこから、羊の鳴き声が聞こえたからです。そこで、その羊たちを中庭に置くことにしたのです。犬を捕まえていた男は、投げ縄を持って通りを歩きまわり犬を捕獲していたので、私には極端にドラマチックな人物でした。というのは、当時、私はミルツァという名前の、ごく小さくてじつに可愛い雌犬を飼っていたのでした。男にさらわれてしまうのではないかと、いつも怖れていました。その男は、私にとっては、ドラマチックな要素を担っていました。それなのに、何故なのか理由は分からないのですが、彼のことは話題にしませんでした。話題にすべきだったと思っています。私はその男を麝香の娘に変貌させたのです。『青い目のジャン』を書いたときの私は、もう若くはなく、三十七歳だったのです。私にはもう子供の時代の魔法は喪失してしまっていたので、三十七歳当時の私に所有することが可能だった非現実的(ロマネスク)な要素を魔法の代用としたのです。この非現実的な要素は必然的に官能的なものでした。だから、犬とり男を使う代わりに、麝香の娘を使ったのです。同じく実在しなかった人物が他にも二人います。デシデマンとマダム＝ラ＝レーヌという二人の音楽家です。私の子供時代を魅了した音楽がありました。その音楽はもうマノスクから消え去ってしまいました。物語のなかで私が創作した二人の音楽家たちがその音楽を演奏したというわけでもありません。『蛇座』のなかでパン＝リールやそれ以外の要素を付け足したのと同じく、これらの音楽家はたんなる劇的な要素を構成しているだけです。(1)

何年も経ってから自分の子供時代のことを書くわけだから、記憶そのものがかなり曖昧なものになってしまっているだろうし、ジオノが指摘しているように、子供の視線と、この物語を書いている三十七歳の男の視線は相当に違っているのは当然のことであろう。いくら正確に書こうとしても、正確には書けないし、小説家ジオノは生まれつき事実をそのまま書こうとするような作家ではないのである。事実を曲げてでも、その方が面白そうであれば、ジオノはフィクションを書くことに何のためらいも感じなかったであろう。

ジオノは話しているときでも、執筆しているときと同じく、しばしば語句を修正したそうだ。それは語句の修正にとどまらず、景色や場所や時間をも歪めるように意図的にジオノは修正したとピエール・シトロン氏は断言している。

小説のなかと同様現実生活でも、ジオノは物事の地理を変えるのがお気に入りだった。景色に修正を加える、つまり自分の想像力のなかで変更することに強い喜びを味わっていた。それはほとんど遊戯のようだった。谷間があるところに山を配置し、丘の向こうの斜面に街道を配置した。もちろん、真実を言うこと、つまり正確に何事かを伝えることも可能だったが、それはジオノにとってはいささかの努力を必要とすることであった。現実を忠実に報告するよりも、創作する方がジオノにはやりやすかったのだと言っておこう。もちろん、ジオノを法螺吹きだと形容した人たちもいる。これはジオノがかならずしも否定しなかったと思われる形容語である。ジオノにとっては二種類の法螺吹きが存在する。まず自分の利益を求めて、偽るために法螺を吹く人たち。他方の法螺吹きたちは、ジオノのように、想像力によって創り上げていく人たちである。[2]

ちなみに、ジオノは自分のことを法螺吹きだと公言していた。家族や友人たちはジオノの法螺話にひっかからないよう注意していたというのは有名な話である。作品の中では例えば『丘』[3]において、実際に存在するマノスク周辺の村や町の場所をジオノはかなり自由に移動させている。物語の舞台の「レ・バスチッド・ブランシュ」は、最初のうちはマノスクの三十キロほど北に位置するバノンという村よりさらに北に位置すると推定できるように描写しているにもかかわらず、火事の場面になると、マノスクのすぐ北側にある山の向こうにこの村が移動してきているのが分かる。作者ジオノが動かしたのである。

題名、当時のマノスク

ジャン・ジオノ（正確にはジャン＝フェルディナン・ジオノ）が一九三二年に発表した自伝的作品『青い目のジャン』（原題は Jean le Bleu）において、ジオノは今からほぼ百年前のアルプ＝ドゥ＝オート＝プロヴァンス県のマノスク（現在の人口は約二万人で、この県最大の町である）で育った自分の少年時代の生活を虚実を織り交ぜて自由に語っている。残されている写真[4]を見ても、ジオノは青い目の持ち主だったということが分かる。青い目は、ジャン少年のような夢見がちな性格をあらわすようである。

作品に書かれているどのエピソードが事実でどのエピソードが虚構だと調べることはきわめて難しいので、ジオノが描いたフィクションが、ジオノが再現することを望んだ彼の子供時代の生活の反映だということをまず認めることにしよう。

物語の冒頭で当時のマノスクの状況がかなり詳しく説明されている。物語の冒頭部分をお読みいただきたい（五―六頁参照）。

じつは、マノスクの近辺は、訳者が居住している信州松本の近辺と気候がかなりよく似ている。夏の最高気温や冬の最低気温などほぼ同じである。晴天が多いという点も似通っている。日本のなかでは降水量が少ない松本でも、年間降水量が千二百ミリばかりあるのに対して、マノスクはその半分程度であるという点のみが異なっている。日本では雑草はごく自然に繁茂するが、雨の少ないオート＝プロヴァンスではそういうことはない。家畜に与えるための牧草が豊かに生育するということはマノスク近辺の農民たちにとっては大きな関心事なのである。

また、とりわけ雨が少ししか降らない夏には、森林火災が何よりも恐れられている。このあたりの高速道路を走れば一目瞭然のことだが、山火事の痕跡があちこちに残っている。マルセイユの飛行場から、三十分おきに偵察機が飛び立つのも理解できるほど、山火事が多いのである。

ジオノの祖父はイタリア人だった。マノスク近辺までピエモンテ地方からイタリア人がやってきたということが物語の冒頭で書かれている。同時に街道の脇にポプラを植えるというロンバルディアの習慣も伝わってきていた。要するに、マノスク近辺は何かとイタリアとの関わりが強いということであろう。

現在では、マノスク近辺では、ポプラ並木の習慣はなくなっており、このあたりでは街路樹としてはプラタナスやマロニエが好んで植えられている。個人の住宅では糸杉が植栽されていることがよくある。イタリア国境からマノスクにいたるまでは山地が多いが、マノスクの南や西の方向には平地が続いている（六―七頁参照）。

父親

ジオノの祖父はイタリア生まれである。『世界の歌』のアントニオや『屋根の上の軽騎兵』のアンジェロのようにイタリア語の名前を持つ主人公が時として登場する。ジオノはイタリア贔屓なのである。祖父について「ジャン・ジオノ小説作品全集」の第一巻に収められている「年譜」を参考にしてみよう。祖父は一七九五年にイタリアのピエモンテ地方で生まれた。父方の祖母も同じくイタリア人であった。この祖父ジャン＝バチスト・ジオノがフランスに亡命した経緯についての説明を、ジオノの作品とも関わりがあるので、少し長くなるが引用してみる。

一八三一年から一八四四年にかけて。ある決闘のためにあるいは「当局に対して陰謀を企てたために」イタリア警察によって追跡された憲兵隊の伍長ジャン＝バチスト・ジオノは、フランスに赴き、新たに組織された外人部隊に志願する。その部隊にはヴェネチア生まれのフランソワ・ゾラ(小説家の父親)が加入していたが、彼もまたおそらく政治的な理由で亡命していたのだった。二人はともに一八三五年九月十七日から一八三六年三月一日にいたるまでアルジェリア部隊に参加する。ジャン＝バチスト・ジオノは当地でコレラ患者たちを看病する。そしてフランスに戻り、サン＝シャマ(ブッシュ＝デュ＝ローヌ県)にしばらく定住する。逃亡者の生活の思い出として、彼は通りがかりの放浪者すべてにひと皿のスープを提供するよう家人に要求していたと言われている。彼の息子がその習慣を引き継ぐことになる。(5)

この祖父が五十歳のとき、一八四五年にジオノの父ジャン＝アントワーヌ・ジオノがサン＝シヤマで生まれる。当時、祖父はかつて外人部隊で同僚だった技師フランソワ・ゾラの経営していた土木工事の会社に雇われており、エク＝サン＝プロヴァンスの運河建設などに関わっていたらしい。父ジャン＝アントワーヌ・ジオノは一八六六にマルセイユで靴屋を営む。そして一八七四年から移動靴職人としてプロヴァンスのみならず、フランス・アルプス、チロル、北イタリアなどを遍歴したあと、一八八三年にマノスクに定住する。一八八〇年からマノスクで洗濯屋を開業していたポリーヌ・プルサン（一八五七年、パリ郊外のサン＝クルー生まれ）とジャン＝アントワーヌ・ジオノは、一八九二年に結婚する。父が五十歳のとき（一八九五年）、ジャン＝フェルディナン・ジオノ誕生。三人のジャン（ジャン＝バチスト、ジャン＝アントワーヌ、ジャン＝フェルディナン）は奇しくも五十年の間隔をおいて誕生したことになる。コレラ患者の看病、放浪者の援助といったジオノ作品における重要なテーマが、祖父と父の経歴から浮かびあがってくる。

マノスクに定住したジャンの父ジャン＝アントワーヌは、羽振りのいい靴屋とはとても言えない状態で、仕事場は建物の四階にあった。ひとりっ子だったジャン少年は父親の仕事ぶりを眺めながら暮らすことになる。事実、ジャン・ジオノは父親の仕事をひじょうに誇らしく思っており、書斎の仕事机の上には終生、父親の使っていた金槌を置いていた。この作品でも、物語が開始して間もなく、いきなり語り手である「私」が割って入り、父親の仕事場を懐かしむ場面がある。「私の父親の仕事場が思い出される。今でも靴屋の屋台の前を通り過ぎるときには、父がまだどこかあの世で生きていて、煙でできたテーブルの前に青い前掛けをつけて坐り、切り出しナイフ、蝋引き糸、革通し錐を手にして、無数の足を持ったどこかの神のために天使の皮で靴を作っているところだと想像せずにはおられない。」（七頁）

この父はまず放浪者たちの守り神のような存在として登場する。世のなかから見捨てられたような放浪者が父を頼りにしてやって来る。訪問者に心の安らぎが訪れるまで父は辛抱強く話し合う。かなり多くの訪問者が、どこから父のことを聞きつけてやって来るのかは分からないが、ともかく彼らは何らかの安心感を得て帰っていくのだった。

それに彼らはすぐに父のところにやって来たわけではなかった。どうした奇跡のおかげで彼らがやって来るのか、私には知るよしもなかった。ツバメの知恵のように彼らに伝わっていったのか、それとも旅籠の壁の片隅のどこかに何かがナイフで彫ってあったのであろう。たとえば丸や十字架、あるいは星や太陽を意味するような印が、不幸な彼らに解読できる言葉でこう指示していたにちがいない。

「ジャン親父のところへ行け」と。

途方に暮れているとき、まるで哀れな小さな二十日鼠のように困り果てているときにしか見えるはずのないひとつの印。肘をついて泣くときにもたれかかる壁に記されているにちがいない印。彼らは壁にもたれて泣いたときに、その壁石に刻まれていた印を見たにちがいない。そしてジャン親父のところにやってきたのだ。（八―九頁）

まず最初にやって来た男はトリノ近くの村の出身で、ジュアンという名前である。女にもてて仕方がないというドン・ジュアンを思わせるこの男は[6]、ある女との恋について父に語り、平静を得て帰っていく。女の夫も苦しんでいるはずだということに思いいたり、男もその苦しみをいくらかでも共有するために、お守りにしていた布製のペンダントを父のところに置いていく。そして「誰の親方でもなく、自分自身の親方でもない父」に「親方」(一九頁)と呼びかけるようになる。

ジャンを学校にやると父が決めたのも、毎日のパンの必要性ゆえになされた決断だった。

ある日、町の有力者の婦人がジャンを修道院が経営している小学校に入れてはどうかと勧誘するためにきた。自分たちの修道院で使う靴の底の張り替えを注文したし、自分の夫も狩猟用長靴を注文してあげた。知り合いのさる老人も間もなく注文にやって来るはずですと彼女は言う。母はジャンをこの小学校に通わせたかったので、父は妻ポリーヌは自由ですと答える。その結果、ジャンは小学校に通うことになる。

病人の世話をするということはジオノのいくつかの作品で重要なテーマになるが、ジャン少年の父がすでにそうした習慣をそなえていたし、またジオノの祖父がすでにそういう人だったということについてもすでに述べたとおりである。病人や傷をもった人の手当てをするのが好きだったため、父の部屋には消炎鎮痛液や包帯が常備してあり、いつも樟脳の匂いが漂っていた。「父は癲癇持ちたちが好きだった。父は彼らに愛情を抱いていたと私は言っておきたい。」(一〇四頁)こうした文章で始まる一節のなかで、癲癇の発作で倒れた大男のゴリアットを隣の肉屋の青年ジュールの助けを借りて家のなかに運びこみ、ジャンのベッドに寝かしつける。ゴリアットが意識を取り戻し帰っていったあと、今度は、父とジャンは身体中傷だらけで寝たきりの男の手当てに出かけていく。その男が鼠に齧られないよう父は二つの鼠捕りを仕掛けておいた。三匹の鼠が入っていた。男の傷を消炎鎮痛剤で消毒し、鼠を始末する。その後、夕食を終えてから、父は自分の庭に出かけていく。「夕食を終えるとすぐに、父は毎日のように椅子を持ち出し、それを肩で担ぎ、町はずれの自分の庭まで出かけていった。そして二本の薔薇のあいだに坐った。修道院の鳩たちがやってきて、父の肩にとまるのだった。」(一一四頁)

父は庭をとても大切にしていた。庭で薔薇や野菜を育てていた。「鳩たちがやってきて、父の肩にとまるのだった」と書かれているが、『アルバム・ジャン・ジオノ』に掲載されている写真(7)のなかで、ジオノの父ジャン＝アントワーヌの肩には小鳥が一羽とまっていることから、右に書かれている通りだったと考えるのが妥当であろう。事実、父は数種類の小鳥を飼い馴らしていた。カナリヤ、アトリ、ゴシキヒワ、ロッシニョルなどの囀りに、父とともに、ジャンも聞き入っていたのであった。「ロッシニョルは鉄製の餌箱を揺すぶり、そして囀った。父は切り出しナイフを握っている手も、角金敷を締めつけている脚もあえて動かさずに、その囀りに聞きいっていた。それは赤くきらめくいくつかの小さな月のようだった。その中央で、白いナイフのような光線を発する悲しく大きな太陽が、夜の闇を刈り取りながら全速力で回転していた。」(六九―七〇頁)

ジャンの父はこのように小鳥を思うがままに囀らせることができた。金銭的にはそれほど豊かな生活をしていたわけではないが、自然界と自由に交流できる不思議な魔力のような能力を具えていた人物として父親は描写されている。知識人を父として持つ場合、往々にしてその父との葛藤によって自己が形成されるということになるのだが、父が靴職人だったためにジャンはもっと素直に父の偉大さを認めることができた。四階の仕事場で黙々と作業に没頭する父のそばに坐り黙って父を見守る息子。ここからさまざまな詩的で感覚的な空想が生まれてくる。ジャンと父の関係は、ひとりの人間の自己形成にあってはじつに幸せな状況だったと言うことができる。それと同時にジオノという作家が世のなかを見る視線がきわめて庶民的なところから発しているということが重要だと思われる。

植物と動物

この物語は南フランスのオート＝プロヴァンス県のマノスクとその南東十キロにある村コルビエール（現在の人口は約七百人）を中心として展開するので、その地方に特有の植物や動物がふんだんに登場する。そのいくつかに照明を当ててみたい。これはジオノの文学を理解するためにはきわめて重要な要素だと思われる。

ジオノは世の中の常識にとらわれて描写するということがないので、例えば匂いがジャン少年の周囲に漂い、ジャンの身体のなかに入ってくる。女たちの匂いを初めとして、雌羊やアンヌや麝香の少女や様々な動物の雌の匂いがジャンの周囲を包みこんでいく様子が濃密な文体で描写されているところがある、ぜひとも味わっていただきたい（二二〇―二二三頁参照）

ジャン坊やは動植物に対してじつに敏感に反応する。ジオノ自身、自分が官能的な（Sensuel）人間だということを認めている。父親から受け継いだ官能性（Sensualité）について次のように書かれている。

> 私は自分が官能的な人間だということは承知している。
> 私が父の思い出に対してこれほどの愛情を持っているのは、また私が父の姿から私自身を切り離すことができないのは、さらに時間が経っても父の思い出が消失してしまうことがないのは、日々のさまざまな経験にさいして父が私のためにしてくれたことのすべてを私が理解しているからである。父はまっ先に私の官能的な好みを知った。父がまず誰よりも先に、その灰色の目で、私が壁に触れそこに皮膚の毛穴のざらつきを想像するように仕向けたあの感能的な好みを見てとったのである。あの官能性は私が音楽［楽器の演奏］を学ぶのを妨げた。自分が有能だと感じる喜びより、音楽を聞く陶酔により大きな価値を与えたからである。あの官能性は、私を、太陽光線に横切られたり、世界の形と色によって横切られたりする一滴の水滴と化すのだった。そして私の肉体のなかに、事実、私がまるで水滴であるかのように、形と色と音と際立った感覚とを運びこんできたのである。（一七六―一七七頁）

まず夾竹桃の場合を考えてみよう。

夏になると植物のむせかえるような匂いを味わった人は多いであろう。周辺の大気が濃厚で熱くて甘い夏草の息吹に染められてしまっている。また、森林のなかに入ると、針葉樹や広葉樹がそれぞれ特有の匂いを発散してる。小川が流れていると、清冽な水の匂いが発散しているものである。

小学校で自習時間をさぼり教室から抜け出した小学生のジャン坊やたちは、夾竹桃の茂みのなかに隠れる。すでに六人の生徒が罰を受けた。罰として庭の小道に敷石を並べているドロテ修道女のところへ、ジャンたちは逃げてきた。庭ではフィロメーヌ修道女が監視している。夾竹桃の茂みは孤立した安全な世界なのだ。ちなみに、日本では高速道路の脇に植栽されているのをよく見かける夾竹桃は、おそらく車の排気ガスにも負けない強い植物なのであろうが、夏のプロヴァンスでは家庭の庭園に好んで植えられている。夾竹桃は庭木として普通に植えられている他に、ゼラニウムなどとともに大きめの植木鉢のなかで育てられている。花の種類が少なくなる夏には、夾竹桃やゼラニウムは貴重な植物だということが実感できる。


そこは丈の高い夾竹桃の下の隠れ家だった。夾竹桃の匂いは多彩でしかも強烈なので、その下に入るだけですぐに酔ったような気分になるのだった。その匂いが私の目の上にのしかかってきた。それまで私に見えていたものが、またたくまに姿を変えていった。青い陰のなかで、私の小さな仲間たちの顔が火のついた蝋燭のように溶けていった。溶けて流れていったので、草のなかに染みができた。暗がりのなかで踊っているような染みがあった。溶けた脂肪の塊が、目や口や耳をつけて漂っているようだった。あるいはそれは頬に穿たれた光り輝く小さな赤い窓のようでもあった。（二八―二九頁）

右に引用した光景が描かれている第二章を締めくくるのも、やはり夾竹桃である。マリアをかたどった石像の前で行われていた儀式の最中、ジャンはあまりの緊張に耐えられなくなり、さらに儀式の無意味さに我慢できなくなってしまう。いつもは素晴らしい果樹園のなかに住んでいる聖母マリアさまは、人がたくさん集まりすぎたその日は、「いつもの彼女ではない」（四三頁）ということがジャン坊やにはよく分かった。ジャンはそのマリアが「死んじゃった！」（四四頁）とむせび泣きはじめ、そこから逃げ出してしまった。そうすることによって儀式を台無しにしてしまったことに狼狽したジャンは、夾竹桃の下に逃げこみ、ドロテ修道女に慰めてもらう。

このように、夾竹桃はジャンたちを厳しい掟から優しく守ってくれるものとして描かれているが、それは大きく茂っている夾竹桃が、隠れ家としての機能を果たしたというだけではなく、人を酔わせるような匂いを発散していたからだと言うことができるであろう。それほどジャンは匂いには敏感だったのである。最後に、この芳香を発散する夾竹桃は有毒植物だということを付言しておこう。

つぎに無花果の木の場合を取り上げてみよう。

日本では、かつて、つまり私たちが子供だった頃には、無花果はかなり貴重な果物だった。自宅の庭に無花果が植わっている友達がいたので、学校から帰る途中に立ち寄り、しばしば御馳走になったものだ。無花果は日本の風土と合っているようで、庭先に植えられた無花果の木に大きな果実がみのっているのがあちこちでうかがえる。果物として食べるとおいしいのは勿論だが、肉が好んで食べられるようになっている現在、無花果の可能性は広がってきているように私は思っている。

フランスでは、初秋になると無花果は果物屋の最前列を飾る貴重な果物であり、料理でも頻繁に利用される。肉を煮たり焼いたりする時に無花果を加えると、肉は柔らかく甘味を帯びるようになるので、旨味が増すようだ。パリでも無花果の木は見かけるが、果実が小さいので、食用になるとはとても思えない。無花果はもう少し暖かい地方(南フランス)の果実である。

マノスク(標高は約三五〇メートル)の背後にはお椀を伏せたような形のモン・ドール(黄金山)が聳えている。よく目立つ丘であるが、標高は五二九メートルとそれほど高いわけではない。山頂には廃墟の壁が残っており、オリーヴがいたる所に植えられているが、無花果の木も無数に生えており、あちこちで茂みを作っている。小さな実がたくさんみのっている。そしてその果実は甘酸っぱくて美味しい。無花果の木はこの地方のいたるところで繁茂している。『二番草』においても、ジェデミュスとアルスュールは無花果が生い茂った廃墟で一夜を過ごしていた。(8)

さて、ジャンが通っていた小学校の「果肉と果汁がいっぱい詰まった大きな果物」(二七頁)のような校庭には夾竹桃、リラ、黄楊とともに、無花果の木も生えているが、この場面で無花果が特筆されることはない。無花果が登場するには別の機会を待つ必要がある。

田舎の暮らしをすることにより体力をつけさせようという父の意図で、ジャンはコルビエールに住んでいる羊飼いのマッソの家に預けられる。ひよわだったジャンは次第に血色がよくなっていく。ジャンは果樹園に生えている無花果の木に登るのが好きである。枝がまるでゆりかごのように軽く揺さぶってくれる。葦の茂みのなかに坐っているアンヌを呼ぶと、彼女もまた登ってきて、ジャンと一緒に並んで木の上に坐る。彼らにとって無花果の木は蛇のように感じられる。「無花果の枝は腹をたてている大きな蛇に似ている。しかしながら、その蛇は小さな子供たちに対しては籠になってくれる」(一三六頁)ということをアンヌに教えるのはジャンである。

そうした田舎生活が間もなく終わろうかという頃になると、アンヌは果樹園のなかの好みの無花果の枝に登り、そこにじっと坐りこむことを好むようになる。そしてジャンの呼びかけにこたえてくれなくなってしまう。アンヌにジャンは虚しく呼びかける。


アンヌは柳の枝で編んだ大きな帽子をかぶっていた。そのため彼女の顔の上の方はすっかり陰になっていたが、そこには目と額という二つの火があった。彼女の顔では、羊の古い骨のようにいくらか黄ばんでいる固くて小さな顎しか見えなかった。空中の家でひとりきりで遊ぶことができる秘密の無花果の木々を彼女は見つけ出していた。私は果樹園のなかで彼女を探し、彼女を呼んだ。彼女はこたえなかった。無花果の木々はあまりにもたくさんの葉が繁っていた。

彼女はそのなかに首尾よく隠れこんでいた。私は見張っていた。木が少しでも動くとすぐに、私は一歩また一歩と慎重に近づいた。枝の下に頭を入れ、目をこらした。鳩たちが無花果の実を食べていたり、緑色の長い蛇たちが無花果の柔軟な枝に絡みついて戯れていたりした。

（二一七頁）

理由が分からない、異性に対する衝動にジャンは内部から突き動かされている。ジャンは訳も分からずアンヌを呼び続ける。彼女はどこかの木に裸足で登り、じっとしているに違いない。ジャンのこうした行為を「死なないために必要な人間的な」（二二〇頁）欲求のあらわれであると解釈することもできるであろう。

ある年、それまで出会ってきた女たちの匂いがジャンにどっと押し寄せてくる。パン屋のオーレリ、ダンスパーティから帰ってくる娘たち、マノスクで出会っていた麝香の香りの娘、母のもとで働いていたアントニーヌや二人のルイーザたち、そしてさまざまな動物の雌たち。「そうしたものすべてが長い蛇のように伸びていき、そうしたものすべてが卵を生みながら夢を見ている大きな蛇のようにとぐろを巻いていた。」（二二三頁）ジャンを迎えにきた父は、こうしたジャンの変化を通してジャンが大人に近づいてきていることを見抜く。大人になるための心構えのようなものを父は息子に教える。

ジャンが大人への敷居をまたごうとしていたとき、父はすでに死への敷居を前にしていた。「希望」を持つことが何より大事だと説く父は病気にむしばまれており、かろうじて木にもたれかかって立つことができるほどだった。(二二八―二三二頁参照)こうして、無花果の木をめぐる経験によってジャンは女の匂いを発見するが、それは同時に子供時代を超えるということであり、父がすでに死期を迎えつつあるという現実に直面するということでもあった。

最後にもう一度、無花果の木が登場する。洗濯屋を営む母のところで働いていたアントニーヌや二人のルイーザはすでにいなくなり、新たに三人の少女がやって来た。そのうちのひとりマリ＝ジャンヌとジャンは無花果の茂みで密会する。このように無花果の木は、思春期にさしかかったジャンの感覚の成長を見守る象徴のような役割を果たしているということが分かるのである。「無花果の古木の枝で入口を閉ざされている小さな洞窟を私は知っていた。その地面は細かい砂だった。衣服を汚すこともない。その心配はまったくない。私たちは長いあいだ接吻しあった。そして私は彼女の身体に触れた。彼女の肌を、彼女の感じやすい乳房を、彼女の小さな踝を、彼女のふくらはぎを、彼女の太股を、熱くて動物的な生命のあの果実を、私の手で感じるのは新しい大きな喜びだった。そして彼女は横たわった。」(三二〇―三二一頁)

今度は蛇が登場する場面を検討してみよう。

ジャン少年は田舎でさまざまな動物に接するが、とりわけ蛇に愛着を示すようになる。蛇を怖がる人はけっこう多いと思うが、ジャンは蛇を怖いと感じたことは一度もなく、むしろ蛇が好きだと言っている。

「世界でもっとも虚ろなところで、つまり大理石や玄武岩や斑岩の神髄が宿っているにちがいないような場所で生まれる」(一四九頁)蛇は、「尋常ならざる美と優雅とを兼ね具えている。」(一四九―一五〇頁)冷たく死相をも帯びている蛇の目つきを、ジャンは、自殺するためのピストルを探しに行ったコストレと、麝香の香りのする娘だけに認めることができた。怒りや好奇心や優しさなどを身体から発散させている蛇の様子を描写する文章は、独特で新鮮である。(一五〇頁参照)

蛇と同じく頭のなかに天使を持っていたコストレは、自分の頭を拳銃で撃ち抜いた。そのコストレの死に顔を見たアンヌは、コストレの頭のなかにいた天使がそこから「立ち去るために翼を開いたのよ。それで頭が破裂したのだわ」(一五一頁)とまで言う。ジャンは自分の頭のなかにもいるはずの天使に思いを馳せる。野菜貯蔵庫のなかでジャンはそうした思いにふける。マッソ夫人がおやつですよと自分を呼んでいるのが聞こえているが、返事ができない。天使への思いはそれほど強かったのである。(一五一―一五三頁参照)

幼いときには権威の横暴を避けるために夾竹桃の木陰に逃げこんでいたジャンは、田舎の自然に触れることにより、少しずつ自分の世界という殻を打ち破ることの必要性を意識するようになる。蛇との体験や、無花果の木の下の異性との体験によって女性というものの一端に触れたりしながら、自然界の植物や動物に感情を移入することができるようになった。つまり夾竹桃や無花果や蛇との一体感を味わうことが可能になっていく。自然界に自分の居場所を見出すことによって、ジャンはついに思春期の危機を乗り越えることに成功しつつあるのである。

遍歴者たちの家

ジャンの父はあまり羽振りのよくない靴屋だということ、しかし彼は病気の隣人たちを看病し、またさまざまな労働者たちに慕われているということ、さらに小さな庭で薔薇を育て、そのかたわらに小屋を建てたし、小鳥も数種類飼育していたということなどはこれまで紹介してきた。

小屋のついでに父が井戸を掘った(三二三頁参照)と書かれているが、この井戸掘りのエピソードをここで簡単に紹介しておこう。オート＝プロヴァンスでは、日本以上に水が必要な地方なので、井戸を所有するということは大きな贅沢なのである。ここでもジオノが行った対談からその部分を抜粋してみよう。祖父の遺産として父が受け継いだ九千フランがその費用に充てられた。先ず小屋を建てたあと、父は井戸のことに考えが及んだ。「やっと、十一メートルあたりで、水が出てきたのです！　今でもその時の光景が思い浮かびます。現場にいた父は有頂天になり歓喜に酔いしれていました。それはすごいことでした。私はすぐにアプサントの瓶を買うために町まで走っていかされました。というのは、アプサントとともに水を味わうのが習慣だったからです。アプサントで水の味を確かめたあと、父はグラスに透明で非常に美しいその水を満たしました。[9]」やっと水が出てきたときの父親の感激ぶりが思い浮かぶような状況である。

ここではまずジャン少年と両親の暮らしている家（アパルトマン）の環境について考えてみたい。このアパルトマンにはさまざまな職業に従事している庶民階級の人たちが暮らしている。一人息子のジャンは相変わらず父親と一緒にいることが多い。そのジャンが窓から隣人たちを観察する光景が描写されていく。

中庭が時には家畜置き場を兼ねているということが分かる。何しろほぼ百年前の物語なので、庶民の住居としてはこうしたこともあったのであろう。日本だって百年前なら、農家では家のなかに牛や馬を飼い、同じ屋根の下に人間と動物が寝るというのはそれほど珍しいことではなかったのである。

まず最初に曲芸を生業とする男とその娘が紹介される。『喜びは永遠に残る』のなかでジュルダンとマルトに自己紹介を兼ねて披露するような芸をボビはやって見せる。[10]ジオノの作品のなかで曲芸師は重要な役割を担うことがある。普通の人間より少し高いところに身体を移動させることができ、さらに上下を逆にして動き回ることが可能だし、何と言っても重力の支配から自由になることまでできるというような点において、人間の日常性をいくらか超越しているからであろう。物語のなかで自分が平凡な人間になってしまいそうに感じるとき、ボビは必死に宙返りなどの曲芸に励むことにより自分のあるべき姿を思い起こそうとすることもある。[11]ジャンの隣人の曲芸師はカフェに出かけ、倒立したり両腕で歩いたりして小銭を稼ぐ芸人である。当然のことながら町から町へと遍歴してまわるのであろう。（六八頁参照）

父親が稼ぎに出かけているあいだひとりで留守番をしているこの少女はわずか四歳くらいだということが分かる。窓の外を眺める少女の視線はごく自然に羊たちの方にひきつけられる。羊たちに話しかけようとするのだが、羊たちは何の反応も見せてくれない。（六八頁参照）

この曲芸師のとなりにはマダム・ラ・レーヌとデシデマンという音楽家がやってくるが、この二人の遍歴の音楽家たちのところへジャンは土曜日ごとに二十スー持って音楽を学びに通うことになる。しかし楽器の演奏を習うのではなく、二人の音楽家が演奏する音楽を聞き、思い浮かぶ光景を語るという風変わりではあるが、ジャンにとってはきわめて効果的な方法によるレッスンで、そのやり方は父親が思いついたものである。

もっと向こうにはなめし皮職人が住んでいた。彼が干している獣の皮が風に揺れてたてる音は、さきほどの軽業師の娘に大きな喜びを提供した。何しろ、彼女は父親が仕事に出かけているあいだ、ひとりで留守番をしなければならないのである。音や色彩に鋭敏だったジオノの描写は精彩にあふれている。軽業師の娘も毛皮の音楽を楽しみにしていたのであった。（九一頁参照）

少女の姿はしばらく見えなかった。ある午後、軽業師が窓を開き、「おおい、あんたたち！　音楽をお願いしたいんだよ！」（九三頁）と叫んだ。二人の音楽家たちは外出していた。「娘のためなんだ」（九三頁）と軽業師は叫んでいた。住人たちはみな窓を開いたが、誰も音楽を奏でることができない。そこで、ジャンは生まれてはじめて人のために音楽を演奏する。楽器の演奏はできないので、口笛を吹きはじめた。バッハのポロネーズ、ハイドンとモーツァルトのメヌエット、バッハのパッサカリア、そしてスカルラッティの穏やかなうねるような曲を吹いた。その「スカルラッティはもう終わりになるということがなく、自分の音楽の短い断片からいつまでも再生し続けた。」(九四頁)その夕方、軽業師の娘が亡くなったという噂が伝わってきた。ジャンの音楽は臨終の少女を大いに慰めたことであろう。

こうした住人たちの様子からうかがうことのできる庶民の哀歓とでも言うべき生活風景は、いつの世でも、どこの町や村でも見られる光景である。ジャンはそうした風景のなかで、一人っ子であるが故に普通以上に両親に見守られ成長していく。

かつては修道士だったという「陰険で黒い男」(九二頁)と娘が住んでいる部屋もあった。二人のあいだには口論が絶えなかった。「毎朝、その娘は窓を開け、外に乾かしていたタオルを取り入れ、桶に水を一杯入れて念入りに身繕いをするのだった。彼女はほとんどいつでも素っ裸だった。彼女の姿は膝まで見えていた。」(九二頁)

ジャンが下を通りかかると、外出しようとしている彼女に男が「あまり長くいるんじゃないよ。カフェにみながいるかどうか見てくるだけだよ。とりわけ、飲んだら駄目だよ、お願いだからね。飲まないでくれよ。すぐ帰ってきてくれ、お前。必要なのはそれだけだ。ひとりでいると怖いんだ」(一二四―一二五頁)と哀願しているのが聞こえてくる。階段を下りてきた娘はジャンに口笛を吹いて欲しいと言うが、ジャンは病気上がりで吹けなくなっている。ジャンのきつすぎるネクタイ

を彼女は優しく結び直してくれる。（一一六―一一七頁参照）

「あの売女にまた接吻してもらったんだ」（一一七頁）というアントニーヌの言葉で、麝香の娘が春をひさぐのを生業としているのが読者に初めて分かり、窓から彼女の裸身が見えるといった場面もそれとなく理解できるようになる。ジャンはそうした官能性に対して、生まれつききわめて敏感な少年なのである。そのことはすでに、作品のはじめの方で、洗濯業を営む母のもとで働いているアントニーヌやルイーザの官能性を感じていたという描写によって紹介されていた。（二一―二四頁参照）

さて、この麝香の香りの少女だが、ジャンが羊飼いのマッソのもとで田舎の生活をすることによって自然と親しんでいるあいだに彼女は死んでしまう。週末に両親のもとに帰ってきたジャンにアントニーヌは彼女の死を告げる。すでに述べたようにアントニーヌは彼女に対していい感情は抱いていない。ジャンが彼女に接吻されるのを嫌っていた。

「あんたの女友だちは死んじゃったよ」とアントニーヌは言った。

一口飲みこんだカフェオレは、口のなかでまるで石のように固くなった。

「あの子はあんたに接吻したり、自分の香りをあんたに移したりしていたわね」

私は父の部屋へ上がっていった。砂岩の踏み段で私の田舎用の重い靴は軋んだ。麝香の香りの娘が彼女の家の階段から下りてくるときの軽快で小さな足音、木製の欄干を彼女の手が滑る音、踊り場を通りすぎた彼女がふたたび欄干につかまるときに欄干を叩く銀の大きな指輪の音、彼女のスカートのはためき、階段の下の敷石への彼女の二つの足の落ちついた着地、こうしたことを私は思い出した。(一五四―一五五頁)

彼女が死んだということを知らされた時、この予想もしなかった情報をジャンの肉体が拒絶してしまう。カフェオレがジャンの口のなかで石のように固くなってしまったのである。ジャンの大きな喜びがいきなり奪い去られてしまったのだ。彼女の濃い口紅、むきだしの腕、広く開いた胸元、「そこで何をしているの?」(一五五頁)という優しい声、さらに「お前がいないと怖いんだ」(一五五頁)という男の声などを、ジャンは回想する。

彼女と同棲していた男は葬儀の費用を工面できなかったので、ジャンの父が彼に四十フラン貸し与えたということが男からの手紙で分かる。彼はそのお礼として息子のジャンに読み方を教えることになるのだが、その長い手紙の最後でもう一度彼はジャンの父親に感謝の意を表している。「もう一度、感謝させてください。あなたが彼女のためにしてくださったことを、あなたが彼女に話しかけてやってくださったときの口調を、そしてあなたが二度、一度は彼女が生きているときに、もう一度は彼女が死んでしまったときに彼女に接吻してくださったということを、私はいつまでも記憶にとどめるでしょう。」(一六〇頁)

父親のこうした善意と、どんな人間に対しても分け隔てなく接するジャンの態度には大いに共通するところがあるのがよく分かる。ジャンはそれだけ父親から多くのものを学びとっていた。後年、『喜びは永遠に残る』の愛読者たちとともに、ジオノはル・コンタドゥール高原で一種のキャンプ生活を、一九三五年から一九三九年まで年に二回、開催することになるのだが、これもジオノが人間的な交流を心の底から求めていたからであろう。

子供たちが首吊りの真似をする場面(一四六―一四七頁参照)がある。これは読者の方々にとっては不可解だと予想できるので、ひと言付け加えておきたい。何のために「首吊り」にするのか、何故マリエットは吊ってほしいと言ったのか、「青色が見えたわ」と言う彼女は何だかよい気持を味わったようだが、そうしたことに関して何の説明もない。前後の場面とは切り離されており、この場面は本当にこれだけである。

ジオノの別の作品(『村のファウスト』)のなかの次のような文章が、この場面を理解する鍵になると私は考えている。首吊りを疲労回復の手段として慣習的に行ってきている村がフランスの山のなかにあるというのである。臨死体験の試みなどといった勿体ぶったことではなく、ただ単に疲労回復のためだという。誤って死んでしまった人がいるとか、死ぬことは絶対にないなどというような注釈めいたことを、ジオノは一切付け加えていない。「山のなかでは人々はひとつの楽しみを持っている。フード付きマントで首吊りするという楽しみである。それは首のところが革紐で締まっている革製のマントである。三人がかりでやる。二人が三人目を持ち上げ、釘にマントでもって彼を吊り下げる。革紐が締まり、頭のなかの血液が循環を止める。意識がなくなる。それはあまりに心地よいので、しょっちゅうやってみたくなる。吊られた者は脚を三度動かす。最初動かしても彼に触れてはならない。そこが最良のところのようだ。さらに二度彼が脚を動かしてからでないと下ろしてはならない。[12]」

あまりに珍しい習慣が語られているので紹介することにした。とは言っても、すでに注意したように、これはすべてジオノの創作、大法螺かもしれないということだけは心得ておくべきであろう。

パン屋の女房

定かなことは分からないが、フランスではパン屋の女房というとある一定の意味内容をあらわす表現になっているようだ。パン屋は朝早く起きる。そのために早く眠る。だからその女房は欲求不満になるというものである。数年前テレビで放映された『南仏プロヴァンスの十二か月[13]』(BBC制作)でも原作を脚色して、そのようなパン屋の女房が登場していたことを思い出す。良心的なパン屋は朝早く起きてパンを焼く。ところが手間を惜しむいい加減なパン屋は冷凍のパンを仕入れてそれを売る。前者の女房は不満がたまる。その不満をどうやって解消させたらいいかという内容だったと記憶している。

ジオノのこの作品のなかで、ほとんど独立した物語として扱えるほどよくまとまっているのがパン屋の女房の挿話である。この挿話はジオノ自身も気にいっていたらしく、後年(一九四二年)戯曲作品に書き直している。[14]

首を吊って死んでしまったパン屋に代わり、平野から新しいパン屋がやって来た。胸が薄い貧弱な男だった。反対にその女房は膚がつややかで、髪の毛が黒く、赤く輝く唇の持ち主で、いつも菫あるいはラヴェンダーの香水をつけていた。だれか男が店先を通ると、彼女はかならずその男をじっと見つめるのだった。そのような眼つきの女を男は放っておくことができない。遠くの村から村人たちのパンをまとめて買いにくる羊飼いと彼女は駆け落ちしてしまった。

羊飼いがやってくるのを待ち構えていたオーレリ(パン屋の女房)は、彼のために袋にパンを詰めこんでやる(一八五参照)。オーレリの豊かな肉体を見せびらかされた羊飼いは、今度は自分の逞しい身体を彼女に見せる(一八五―一八六頁参照)。そして一挙に親しくなったのであろう。パン屋の女房は羊飼いについて出ていってしまった。

村人たちの反応が現実的で面白い。まず彼女の浮気を責めたりする者は誰もいない。前のパン屋は首を吊ってしまったし、今度のパン屋も女房が失踪して以来パンを作らなくなってしまった。意気消沈したパン屋は、自暴自棄になりアプサントを飲みふけっている。村人たちとしては、何としてでも女房を探し出し、連れ戻さねばならない。パンは、日常生活にとって欠かせない貴重なものだからである。

「こんなことになれば」外に出ながらセザールは言った。「またパン屋がいなくなってしまうということは分かるだろう。それは素晴らしいよ、そう、恋はね。だが食べなければならないということも考えておかないと。そこで？　パンを求めてサント＝チュルくんだりまでまた出かけなければならないだろうよ。言いたくはないが、あの女にもう少し知恵があれば、こんなことくらいは考えられたはずなんだがなあ」（一八九頁）

オーレリと羊飼いが川の中州に隠れているのをある釣り名人が発見する。こういう場面になると、出かけていくのは村のインテリ、教会の司祭と小学校の先生である。彼らが出かけていって彼女を説得した結果、彼女は戻ってくる。恋心にのぼせて羊飼いと手を取り合って出かけたが、何もない中洲での暮らしにいささかうんざりしはじめていたのであろう。

その翌日、村の女たちはパン屋に出かけ、彼女の健康を褒め、彼女の髪の毛の色艶を賞讃する。セザールは自分の女房が彼女にイノシシの肉を進呈したいと言っているので、家まで取りにきてほしいと伝える。こうして村に秩序が回復する。平穏な生活の象徴であるパンの香りがふたたび村中に広がる。その平和な光景はこんな風に描写されている。「正午になるとパン屋は竈によく乾燥した楢の束をたっぷり入れた。風はなくなっていた。大気は石のように平坦だった。黒い煙は、大地と平和と勝利の匂いとともに村に下りてきた。」（二〇二頁）

フランシェスク・オドリパーノ
フランシェスクが最愛の母のことを語る場面には力がこもっている。父の精神的影響が強いジャンに対して、フランシェスクは母親とほとんど一心同体だったらしい。それだけ彼の語る母親は美しくまた悲劇的である。（二九六―三〇〇頁参照）
このあと彼女は毒を飲んで死ぬ。そしてフランシェスクは六十歳くらいでほとんどジャンの父の年齢に近い男である。フランシェスクの記憶のなかに、さらにジャンの記憶のなかに生き続ける。フランシェスクの詳細な描写から顔に関わる部分が興味深い。顔の右側と左側がそれぞれ微妙に異なっているというのがとりわけ印象的である。（三〇六―三〇七頁参照）
フランソワ一世の名前がでてきているのは、フランシェスクはフランス風に言えばフランソワだという理由もある。彼の経歴は何も語られていないが、彼は毒を仰いで死んでいった母親の思い出を引きずっているように思われる。何か積極的な行動をするというよりも眠っているのがフランシェスクにはふさわしい。（三〇九頁参照）
フランシェスクは詩人であると同時に哲学者でもある。ジャンの父親はアメリカ人が飛行機で空を飛ぶことに成功したというニュースを興奮してフランシェスクに伝えるが、フランシェスクの反応はきわめて冷静だった。飛行機で五十メートル飛んでも、五十キロ飛んでも、五千キロ飛んでも自分たちの生活が変わるわけではないと彼は言う。「機械装置をいくら発明しても、それが愛の領域において発明されるのでなければ、私たちは幸福を手に入れることはできないでしょう。」

（三一三頁）人間の心は自分の分身（もう半分）が欠けているので、それに出会うことがないかぎり、幸福になれることはないと彼は説明する。「空が私たちにかけた大いなる呪い、それは私たちの心をたったひとつの標本をもとに作ったということです。ひとりにひとつの心なのです。いったん二つに分割されると、あんたは自分の分身を探さねばならない。それがなければあんたは一生のあいだ孤独なままでしょう。それが悲劇なのです。無数の人々の心が充分に満たされていないのを想像できませんか?」（三一五頁）

新聞の報じる「悪いニュース」に惑わされてはいけないと言いつつ、フランシェスクは上述の言葉の続きだという詩をジャンに手渡す。人間の幸福のすべては小さな谷間のなかにあって、私たちはその岸から岸に向かって呼びかけることができるのだと彼は言う。フランシェスクは心のなかにいる妻クレールに向かって呼びかける。聖クレールにあてた聖フランソワの手紙が詩の形をなしている。相手にはもう聞こえるはずのない呼びかけをフランシェスクは詩という形にまとめあげた。それは文学に託された最後の願望であろう。（三一六―三一七頁参照）

しかし、ジャンはいつまでも詩の世界に浮遊しているわけにはいかない。世界は変貌していく。戦争がはじまり、親友ダヴィドが殺され、父親は年老いて病に蝕まれ、かつてブロンドだった母親の髪の毛は灰色になってしまう。銀行に勤務していたジャンも戦争にでかける。

こうした人間社会の変化や人間たちの喜怒哀楽のかたわらで自然界は相変わらずその営みを続け

ている様子が最後に描写され、この作品は幕を閉じる。(三三〇—三三一頁参照)このような描写は、『青い目のジャン』に続く『世界の歌』や『喜びは永遠に残る』において散見することのできる、自然の生命感の横溢する光景である。

この物語を通じて読者の方々に、ジャン少年が暮らしていたオート=プロヴァンス県のマノスクという町や、ジャンの一家やジャンのアパルトマンの隣人たちや、その周辺の雰囲気、さらにジャンが預けられることになった羊飼いマッソが住んでいるコルビエールでジャンが村の子供たちと遊んだ様子や村の複雑怪奇なさまざまの出来事などを感じ取っていただけたら幸いである。これこそ、これからジオノ文学がいっそう幅広く深遠に発展していくためのエネルギーを提供することになる貴重な舞台裏なのである。

作者の介入

この作品では、物語を語っている作者ジオノがしばしば執筆している時点の素顔を見せるのは、じつに面白い現象だと私は思っている。形式的には子供時代のことをいわば客観的に語りながらも、現在の自分の心境のようなものを作者があっさりと表明してしまうという点に、作者ジオノの自在さを私は感じている。物語に多彩な時間軸を与えることにより、物語がいわば風通しがよくなっているのが感じられる。すでに「牧神三部作」や『憐憫の孤独』、『蛇座』さらに『大群』といった作品を書いてきたジオノは、作家としてかなり余裕のある境地に到達していたのであろう。

　母のところで働いていた三人の娘たちはそれぞれのやり方でジャン坊やを小学校まで送っていってくれたのだが、まずその様子を説明したあと、作者はいきなり現在形で語る。それまでジャン坊やの視点から叙述して来た三人の娘の特徴が、大人になった作者ジャン・ジオノの書いている現在の目であっけなく簡単明瞭に説明されてしまう。とりわけ一人目のルイーザに対して「私は心の奥では相変わらずいくらか彼女に恋心を抱いていると思った」（二六頁）などと現在の心境を明らかにしている。少年ジャンが漠然と感じていた彼女の魅力は、三十年足らず経過した現在においても、やはり変わることなく健在であることを作家は確認している。

　このような官能的とも形容できるような体験は学校の先生についても語られている。次のような描写を見ると、ジャンがじつに幸せな少年だったということが分かる。集団の規律を押し付けてくる学校にありながら、可憐な花のように優雅な修道女はただそこにいるだけで教室を温かい楽園と化してしまう。


　クレマンチーヌ修道女が歩くのを見る喜び以上に純粋で、音楽的で、完璧で、それ以上に確実に平衡感覚にあふれているような喜びを、私は一度も味わったことがない。

　その喜びはつむじ風のように生まれるのだった。階段席の木材は磁気を帯びた小さな叫びを発している。彼女は歩いていた。彼女はフェルトのサンダルを履いている。彼女の足の裏がかすかな音をたてている。同時に波であり白鳥の首でありさらに呻き声でもある波動が、柱のなかを登っていく。きわめて豊かで堅固なその波動は、大地の奥深くからまっすぐの線になって湧きあがってきているので、もしもその波動がクレマンチーヌ修道女の首のところまで登っていくようなことがあるとしたら、その波動は彼女の首をアイリスの茎のようにへし折ってしまうであろう。しかし、彼女はその波動を腰の美しいばねで受けとめ、それを出航する船の揺れへと変質させていた。胸、肩、首、頭、白頭巾といった彼女の上半身のすべてが、風の先端を受けて膨らむ帆のように、震動していた。（三三一頁）

クレマンチーヌ修道女をこのように描写する作家ジオノは、彼がこのことを書いている現在でもやはり彼女の魅惑的な物腰は変質することなく、たしかに彼の経験のなかにまるで染みこむようにして実在していると確認する。

　こうして書いているこの瞬間、苦い巻き煙草を口の端にくわえ、目がひりひりするのを我慢し、ランプを灯し、窓の向こうでは農夫たちの荷馬車の燐光がたなびいている谷間に夕闇が忍び寄ってくるこの瞬間、私はペンを置き、男としてのありとあらゆる経験に思いをめぐらせたところである。たしかに、五感を奥深くに秘めた私の目の前で、世界中の魅惑的な蛇をすべて集めたような踊りが繰り広げられていたのだった。（三三一―三三二頁）

もう一例だけ紹介しておこう。ヴェルダン近くの戦場で負傷したジオノは一九一六年の七月、軍の許可を受けて帰郷する。駅で迎えてくれた母親から、親友のルイ・ダヴィッドが戦死したことを知らされる。そして、今、ジオノは「彼が私に遺品として残したこの手帳をここに、私のかたわらに、今、私は持っている。」(三一八頁)

一九一六年の描写から一挙に一九三二年現在へと時間が進み、作者ジオノが唯一無二の親友ルイの死を悼み、いわば追悼の文章を記していく。それはプレイヤッド版の原文で延々二頁に及ぶが、ここではその冒頭の部分を引用するにとどめておこう。

可哀相なルイ！　私が今これを書いている小さな部屋の周囲には生命がある。ポプラと南風に耳を傾けるがいい。この楢の薪の匂いを嗅いでほしい。見るがよい。窓の向こうでは黒い平原全体が光り輝いている。もう夜だ。下の方の農場は枯れ葉を燃やしている。荷車が道を走っている。臆病な少女が、干していた洗濯物を手さぐりでかき集めながら、柳の下で歌っている。君がそこに、いつも私のうしろにいるということを私は知っている。私が書いている現在、君は私のうしろにいる。君の友情は世の中のあらゆる愛よりも忠実で、それは控えめに言ってもそれらとは別の性質のものだということを私は知っている。しかし、リンゴをつかんだり、無花果を食べたり、走ったり、泳いだり、子供を作ったりできる人々、つまり生きている人々のあいだに君にもしかるべき場所を占めてもらいたいものだ。(三一九頁)

戦争で殺されたルイを悼むジオノの筆は痛切をきわめる。自らも足かけ五年の戦争体験をしたジオノは戦争の恐怖と無意味を嫌というほど思い知らされた。その平和主義的な反戦(厭戦)思想は珠玉の名作『純粋の探求』となって結実する。政治家や財界人や軍人たちは、正義と平和と自由を守るという名目のために、若者たちを戦争に駆り立てようとする。しかし、戦争によって守られるのは自由や平和や正義ではない。収束することのない戦争が続き、国は荒廃の限りを尽くし、国民は時の権力者に支配されるだけである。戦争は戦争しか産み出さないのである。権力者は、弁舌たくみにもう少し頑張れば事態は打開するだろうなどと国民を叱咤激励する。

こうした事情をジオノはきわめて明確に指摘する。ジオノの反戦主張が凝縮されている一節を『純粋の探求』から引用しておきたい。

しかし現実には、戦争の向こうで君たち[若者たち]を待っているものは何もない。戦争の向こうには何もないのである。君たちはごく単純に〈奉仕する〉だけである。戦争が保護するのは戦争だけである。戦争が作りだすのは戦争だけである。真実は極度に単純である。あまりにも単純な真実を何度も繰り返し言い続けねばならないので、精神は狼狽を隠すことができない。戦争は、じつに単純なことに、平和の対極にある。破壊行為は、破壊する対象を保護することはないし、それを構築することもない。君たちは戦争によって君たちの自由を守るつもりなのだろうか？　戦争は、すなわち、君たちの自由の全面的な喪失を意味している。自由の全面的な喪失が、どうやって自由を保護することなどできるだろうか？　君たちはずっと自由のままでいることを望んでいるのだが、君たちはただちに服従しなければならない。君たちが絶対に勝利を得ようと望めば、君たちは絶対に服従しなければならないからである。君たちは、それは勝利を獲得するまでの束の間の服従だと私に言う。言葉は安易に信用してはいけないよ。いったい誰の勝利だと君たちは言うのかね？　君たちは隊列を組み足並み揃えて行進し、「頭右」の動作を行い、武器を勝利の門［凱旋門］の下にいたるまで掲げ続けることになるはずだ。そういう君たちの勝利だとでも言うのかい？　とんでもない。君たちが武器を掲げている相手、〈頭右〉の号令に合わせて君たちが敬礼している相手、こういう人物たちのための勝利だよ。[15]

第二次大戦が布告されると同時にこの文書をはじめとする猛烈な反戦行動を繰り返したジオノは、間もなくマルセイユのサン＝ニコラ要塞に収容されることになった。なお、この『純粋の探求』の平和主義的反戦思想に共感したベルナール・ビュフェはこのテクストに二十一のドライポイント作品を制作した。ジオノのテクストとビュフェの絵画の合作という形で『純粋の探求』が出版されたのは一九五三年のことである。[16]

父親の教え

父親はジャンに自分の経験のエッセンスのようなものを何とかして伝えたく思っていた。

人間にとって、ひとりで生きるのはそれほど難しくはないが、ひとりで苦しむのはじつに辛いことである。その苦しさを克服するためにどうするのだろうか。神を見出して神に頼る人がいる。「多くの人間が神を求めている。神を見つけてしまうと、人はもうひとりきりではなくなる。決してひとりきりになることはない。ただ、ここのところをよく聴いてほしいのだが、人間は神を見つけるわけではなくて、神を作りだすのだよ。」（三二四頁）

何故、神を作り出すのだろうか。それは、私たちが自分の生命の持続を求めているからであろう。このことに関して、死に直面していた父親のことをジオノはある対談で語っている。

父親が苦しまなくてもいいようにと、ジオノは医師から阿片の水薬をもらってきた。最初、父親はまだそれを飲みたくないと言ったので、ジオノは自分にとって父親がどのような存在だったかということを熱心に語った。

私たちは生まれるときはひとりだし、生活しているときもひとりだし、死ぬときもひとりです。私には事情がやっと飲みこめました。父の死を目の前にしたとき、私は極度にぎこちなかったかあるいは極度に巧妙だったとあなたたちに話しましたが、あれは父に自分は死後も生きながらえることができると確信させるだけの唯一の証拠を私が父に与えたからでした。それはごく自然の手順に従うだけでうまくいくのです。「父さん、父さんは僕にあれもこれも与えてくれた。父さんは僕にとってこういう人だったしああいう人でもあった」と私は父に言っただけです。ただこれだけのことです。それ以外のことは言えなかったのです。しかし、父は想像することができたのです。「この子供のなかに私の何かが残っていくだろう」と父は考えることができたのです。ただそれだけのことですよ。[17]

自分の生命が息子のなかで生き続けていくことを確信した父親は、息子を見つめ、「それでは、これからその薬を飲むことにしよう[18]」と言い、薬を飲んで、死んでいったとジオノは証言している。この事情に関して、この物語で父親は次のように語っている。あるいはジオノが父親に語らせている。

人が心の奥底から望むのは、ものすごく苦しんでいる時であっても、持続していたいということだ。何を？　生きることを持続したいということだよ。人が死ぬ時でさえ、人は持続することを望む。そう、生きることを。生き続けることを。別の生を。彼方であろうと天国であろうと何であろうと、ともかく生を望むのだ。そうなんだ。人生の街道が暗闇のなかに入っていく場所に、私たちは鏡を立てかける。その向こうに何があるかを見ようとはせずに、暗闇に自分を慣らそうとはせずに、私たちは鏡を立てかけてしまうのだ。その鏡のなかに私たちが見るのは、人生のこちら側、私たちが辿ってきた道であり、その道は鏡の向こう側でも続いているように私たちは思いこんでしまうのだ。鏡に映る像がすべてそうであるように、それは少し震えており、少し神秘的で、少し色褪せている。それは向こう側の世界をうまく模倣している。樹木、空、大地、雲、風、生がそこにはある。とりわけ生がある。人が望むのはこういうことなんだ。（三二四頁）

父は病人を看病したり困っている人を助けたりしてきた。そして、かなりの年齢に達していながら若さを保っている詩人フランシェスクが今ではジャンの導き手になっている。こうした状況で父はジャンに教える。「お前が大人になって、この二つのこと、つまり詩というものと、傷を和らげるための技を会得したら、その時、お前は本物の大人になっていると言えるだろう。」（三〇四頁）

この時、ジャンはまだ若かったので、父の言葉のすべてが理解できていたわけではなかった。しかしながら、ジオノは世界を把握するために自らの詩的能力のすべてを総動員してこの物語を書いていることが私たちには分かる。そして、感覚的な性質を持っている読者はこの『青い目のジャン』をきっかけにして自分の子供時代を回想することにもなるであろう。その時、ジオノは未知の読者にいくらかの慰めを提供しているということになるのだと、私は考えている。

父親は「詩というものと、傷を和らげるための技」の重要性をジャンに伝えた。この教えを実現するような形で、詩的要素と癒しの術を心得ている人物[19]がジオノの物語の中で活躍することになる。同時に、ジャンがコルビエールの羊飼いに引き取られることによって可能になった自然体験は、作家ジオノの成熟にとって限りなく貴重だったと私は考えている。というのは、この村でジャンははじめて大自然に触れることができたし、同年齢の子供たちと遊び戯れることができたからである。自然との交感という要素は、ジオノ文学の根幹を形成することになる。

父親が死んでいくところで、自分の命が息子に受け継がれていくということを確信した父親は安心して死んでいったと書かれているが、父親は、独創的な音楽レッスンを考え出しジャンに音楽の才能を涵養したし、ジャンに田舎体験をさせてみるという貴重きわまりない企画を思いついたのであった。この豊かな自然体験がジオノを力強く後押ししたのであろう。ジオノは将来「世界の歌」が鳴り響くような作品をぜひとも書こうと思うようになった。[20] そしてそれは『憐憫の孤独』や『世界の歌』や『喜びは永遠に残る』などの諸作品で見事に結実するであろう。

訳者あとがき

『青い目のジャン』の翻訳に際して、以下の二冊をテクストとして用いた。

Jean Giono, *Jean le Bleu*, Le Livre de Poche 3649, Éditions Bernard Grasset, 1932.

Jean Giono, *Jean le Bleu*, Œuvres romanesques complètes de Jean Giono, Tome 2, Pléiade, Gallimard, 1972, pp.3-186.

本文の訳注はすべて割注[……]として本文に組み入れることにした。

これまで出版してきたジオノの『憐憫の孤独』、『ボミューニュの男』、『二番草』の場合と同様、フランス語やフランス文化に関して分かりにくいところは、親しい友人のアンドレ・ロンバールさんの意見を求め、意見を交換することによって解決することができた。アンドレの力強くまた温かい支援には最大限の感謝の気持を表現しておきたい。

表紙を飾る写真にはマノスクの表玄関のソヌリ門を選んだ。ここから入って三十メートルばかり進むと、左側の建物にジオノが生まれた家を表示するプレートが掲げられている。「ジャン・ジオノが生まれて子供時代を過ごした家。ジャン・ジオノが幼少期から一九二〇年の結婚にいたるまで青少年期のすべてを過ごしたのはリュ・グランド十四番地にある向かいの家においてである。一階には洗濯業を営んでいた母親の仕事場があり、四階には靴職人だった父親の仕事場があった。ジャン・ジオノは多くの作品のなかで愛情をこめて子供時代の家を描写している。」

この大きな門の向こうにジャン少年が日常生活を送っていた界隈が広がっている。マノスクを訪問した訳者がこの周辺を歩いていると、ジャン少年がその辺りにたたずんでいるような錯覚にしばしばとらえられる。ジオノという作家がマノスクという町と密接に結びついた存在であるということを、私は実感している。

今回もジオノ作品の今日的意義を認めて『青い目のジャン』の翻訳出版を快諾してくださった彩

流社社長の河野和憲さんには心から感謝申し上げます。おかげでジオノの豊かな文学世界のかなりの領域を紹介することができました。また編集作業を手際よく進めてくださった編集スタッフの皆様にも感謝しております。ありがとうございました。

前回の『二番草』に引き続き、今回も家内の直子は丁寧細心に何回もゲラ刷りを校正してくれた。何度も卓見を示してくれたので、的確な訳文になったところがあるし、不適切な表現を何か所も修正することができた。直子にも心からの感謝の気持をあらわしておきたい。

事実と虚構を交えて再現されているこのジオノの自伝的物語には、ジオノ作品に特徴的な要素がたくさん詰まっている。妄想的な少年ジャン、女性に対する過敏とまで表現できるような感受性、父親への揺らぐことのない信頼、音楽への本能的な共鳴、樹木や動物への限りない親愛の情、さまざまな生業に就いている住民たちへの共感。ジオノの文学を豊かに深遠にまた普遍的なものにしていく創造活動の揺籃期が詳細に雄弁に喚起されている。

ジオノ(一八九五年三月三十日—一九七〇年十月九日)の死後五十周年を記念して。

二〇二〇年六月二十日　信州松本にて

山本　省

註

（1）Jean Giono, *Entretiens avec Jean Amrouche et Tao Amrouche*, Gallimard, 1990, pp.81-82. 訳文は拙訳を用いる。

（2）Pierre Citron, *Notes sur les mensonges de Jean Giono*, Bulletin No5, Association des Amis de Jean Giono,1975, pp.37-38. 訳文は拙訳。ピエール・シトロン氏は、「ジャン・ジオノ友の会」の会長を長年務めたジオノ研究の第一人者である。パリ第三大学名誉教授。代表作は *Giono 1895-1970* (Éditions du Seuil, 1990、六五〇頁に及ぶ大作), *Giono* (Écrivains de toujours, Éditions du Seuil, 1995).

（3）ジャン・ジオノ『丘』、山本省訳、岩波文庫、二〇一二年。

（4）ピエール・シトロン『ジオノ』（永遠の作家叢書）の表紙の写真を参照されたい。

（5）*Chronologie*, Jean Giono, Œuvres romanesques complètes, Tome 1, Pléiade, 1971, LV-LVI. 訳文は拙訳。

（6）ジャン・ジオノ『憐憫の孤独』（山本省訳、彩流社、二〇一六年）の第三話『畑』でも、やはり女にもてるイタリアのカナヴェーズ地方出身のジュアナンという男が登場する。

（7）Album Giono, Pléiade, Gallimard,1980, p.29.

（8）「廃墟の堆積のほぼまんなかで、ジェデミュスはまだ生暖かさの残っている小さな納屋を見つけた。彼らはそこで最初の夜を過ごす。崩れ落ちた壁の残骸をまたぎ、生い茂った無花果の枝を押しのける必要があった。今では葉を落とし捻じ曲がっているその枝は、夕闇の冷たさが染みついているので、触れると蛇だと勘違いするかもしれない。
その納屋は無花果の巣窟のまっただ中にある。まるで地下室のようだ。うしろの家が崩れているので納屋の窓は塞がれているし、前の家も崩れ落ちているので納屋の入口のドアが半分塞がれている。中に入るには身体を屈めて下りていく必要がある。いったん中に入ってしまうと、そこは快適な空間である。」（ジャン・ジオノ『二番草』、山本省訳、彩流社、二〇二〇年、六七―六八頁）

（9）Jean Giono, *Entretiens avec Jean Amrouche et Taos Amrouche*, p.97.

（10）ボビの軽業の芸は次のように描写されている。

男[ボビ]は厚布の上に横たわった。息を吸い込み空気を吐き出し、時間をかけて体のなかを空にした。それはもはや、人間の呼吸というものではなかった。彼は脚をもち上げた。その脚を頭の上にまわした。それは右脚だった。今度は左脚をもち上げ、それを頭の上に持ってきた。男は両手で歩く。手脚のもつれをほどく。しかし今度は、首に右脚を巻きつける。それから左脚を巻きつける。もはや彼には脚がない。あいかわらず両手を使って歩いている。横に倒れる。右腕を両脚の上に巻きつける、それから左腕も同じようにする。ボールになってしまった。ボールのように厚布の上をころがる。顎は下にあるので、このボールには顔があることが分かる。ついで額が下になり、あいかわらず顔が見えるが、こわい顔で、しかもすべてが額を土台にして平衡を保っているような顔である。目がものを食べ、鼻が上下逆に呼吸し、口がひとつの大きな目で見ており、あらゆる命令は顎から出てくる、そんな顔である。そのあと、彼は回転し、手脚のもつれをほどき、立ち上がる。

いまや立ち上がった男の腕と脚、目と口、すべてが正常になっている。

「ボビ」と男は言う。(ジャン・ジオノ『喜びは永遠に残る』、山本省訳、河出書房新社、二〇〇一年、三八—三九頁)

(11) 同書、四〇〇—四〇一頁参照。

(12) Jean Giono, *Faust au village*, Œuvres romanesques complètes, Tome 5, Pléiade, 1980, p.192. 訳文は拙訳。

(13) ピーター・メイル『南仏プロヴァンスの十二か月』、池央耿訳、河出書房新社、一九九三年。

(14) 現在入手できる版は次のとおりである。Jean Giono, La femme du boulanger, Folio 1079, Gallimard,1978.

(15) Jean Giono, *Recherche de la pureté*, Récits et essais, Pléiade, Gallimard, 1989, p.650. 訳文は拙訳。

(16) Jean Giono, *Recherche de la pureté*, Édition illustrée,Creuzevault, 1953.

(17) Jean Giono, *Entretiens avec Jean Amrouche et Taos Amrouche*, p.129.

(18) Ibidem, p.127.

(19) 例えば『ボミューニュの男』のアメデ、『喜びは永遠に残る』のボビ、『世界の歌』のアントニオなど。

(20) 「かなり前から私は、読めば世界の歌が聞こえてくるような小説を書きたいものだと思ってきた。」(ジャン・ジオノ『憐憫の孤独』、山本省訳、彩流社、二〇一六年、一九九頁)

【著者】ジャン・ジオノ（Jean Giono）

1895年-1970年。フランスの小説家。プロヴァンス地方マノスク生まれ。16歳で銀行員として働き始める。1914年、第一次世界大戦に出征。1929年、「牧神三部作」の第一作『丘』がアンドレ・ジッドに絶賛される。作家活動に専念し、『世界の歌』や『喜びは永遠に残る』などの傑作を発表する。第二次大戦では反戦活動を行う。1939年と1944年に投獄される。戦後の傑作として『気晴らしのない王様』、『屋根の上の軽騎兵』などがある。1953年に発表された『木を植えた男』は、ジオノ没後、20数か国語に翻訳された。世界的ベストセラーである。20数か国語に翻訳された。

【訳者】山本省（やまもと・さとる）

1946年兵庫県生まれ。1969年京都大学文学部卒業。1977年同大学院博士課程中退。フランス文学専攻。信州大学教養部、農学部、全学教育機構を経て、現在、信州大学名誉教授。主な著書には『天性の小説家　ジャン・ジオノ』、『ジオノ作品の舞台を訪ねて』など、主な訳書にはジオノ『木を植えた男』、『憐憫の孤独』、『ボミューニュの男』、『二番草』（以上彩流社）、『喜びは永遠に残る』、『世界の歌』（以上河出書房新社）、『丘』（岩波文庫）などがある。

青い目のジャン

二〇二〇年八月十日　初版第一刷
二〇二〇年九月二十日　初版第二刷

著者――ジャン・ジオノ
訳者――山本省
発行者――河野和憲
発行所――株式会社 彩流社
〒101-0051
東京都千代田区神田神保町3-10大行ビル6階
電話：03-3234-5931
ファックス：03-3234-5932
E-mail：sairyusha@sairyusha.co.jp

印刷――明和印刷（株）
製本――（株）村上製本所
装丁――中山銀士＋金子暁仁

ISBN978-4-7791-2694-9 C0097
http://www.sairyusha.co.jp